双生战记之一

逃离诺南德

WHAT'S
LEFT OF ME

凯特·张 著　　雨珊 译

作家出版社

献给我的母亲与父亲，感谢他们教给我关于生活的一切。

——凯特·张

序 言

艾迪和我出生在同一个躯体中，在我们俩张大嘴巴喘第一
口气之前，我们的灵魂意识就像魔鬼的手指般纠缠在一起。早
年间在一起的时光也是我们最快乐的时光。后来，人们就有了
各种担忧——父母的嘴角绷得紧紧的，幼儿园老师常常对我们
皱起眉头，所有的人在自以为我们听不见的时候都会悄声互相
询问：

她们怎么还没有解决？

解决。

我们试图用五岁的嘴去说这个词，用我们的舌头品尝它的
味道。

Ji-e-jue

我们知道它是什么意思。多少知道一点。它意味着我们当
中的一个要拥有完全的掌控力。它意味着另一个要渐渐消失。
现在，我知道它的意思远比这些要多得多。可五岁的艾迪和我
那时还很天真，很没心没肺。

天真的表象如同一层清漆，在我们上一年级之前开始逐渐
剥落。我们那位头发花白的教学顾问是第一个动手刮漆的人。

"你们知道，亲爱的，解决这件事并不可怕，"她说这话的

时候我们俩正盯着她那涂满口红的薄嘴唇，"可能就像现在一样，不过，每个人最终都会有那一下的。衰退的那个，不管是你们俩当中的谁，只不过就是……睡了。"

她绝口不提她认为谁会活下来，但事实上，她也不必说。到了一年级的时候，每个人都认为艾迪与生俱来占了上风。她能够在我想向右去的时候把我们俩移到左边，在我想吃东西的时候拒绝张嘴，在我歇斯底里想说是的时候哭喊着不。这一切她只需稍稍努力都能做到。随着时间流逝，我变得越来越弱，而她却日益掌控了一切。

但偶尔，我也能为自己挤出一条路来——真的。当妈妈问我们今天过得怎么样时，我鼓足全身的力气告诉她我的想法。玩藏猫猫的时候，我把我们俩藏在篱笆后面而不是跑回家里的地下室。八岁那年，给爸爸端咖啡的时候，我让我们俩猛地来了个大动作。那烫伤在我俩的手上留下了疤痕。

我的力气越削弱，我越是要疯狂地挣扎，想要挺下去，用任何我能想到的方式恣意胡作非为，竭力想让自己相信，我不会消失。艾迪为此恨透了我。可我无法克制自己。我记得曾经拥有过的自由——当然，从来不是完整的自由，可我依然记得曾经的时光。那时，我还能向妈妈要一杯水，或者，在我们摔倒时向她要一个拥抱。

撒手吧，伊娃。每次我们争斗的时候艾迪总会这样大叫。得了，滚开。

这样过了很久，直到有一天，我觉得，我是该撒手了。

六岁时我们见到了我俩的第一位专科医生。专科医生们比教学顾问更粗鲁专断，他们做点小测试，问点小问题，然后就要收取一笔不小的费用。等弟弟们到了需要"解决"的年龄时，艾迪和我已经经历了两位临床医生和四种类型的药物治疗，而这一切都是为了试图做自然法则本该做的事：除去日渐衰弱的那一个。

也就是，除去我。

我开始不再疯狂发飙，医生们也拿着检查结果一切正常的报告到我家，我的父母大大松了一口气。他们想不露声色，可是我们俩都听到了，在他们吻别我们，祝我们晚安之后好几个小时，他们还在我俩门外长吁短叹，说着最终啊、终于啊什么的。多年以来，我们俩一直都是邻居们的肉中刺，一个不体面却又没有隐藏得太好的小秘密，一对怎么都不肯"解决"的女孩。

没有人知道在午夜发生的事情，艾迪允许我出去，用我最后的力气绕着我们的卧室走动，一边敲着冰冷的玻璃窗，一边哭着，流着我自己的泪。

我很抱歉。这时候她会这样对我耳语。我知道她说的是真心话，不管之前她说过什么。可这无济于事。我很害怕。我只有十一岁，而且，尽管在我非常短暂的生命中，我一直被告知，衰弱的那一个消失了，这是最顺其自然的事，可我还是不想走。我还想在池塘边再看两万次日出，再感受三万个炎热的夏日。我想知道拥有初吻是什么滋味。其他那些"衰退"的孩子真幸运，他们在四五岁的时候就消失了。他们知道的少得多。

也许这就是为什么事情后来会弄成那样。我太渴望生命了。我不肯放手。我并没有彻底消亡。

我的运动神经已经丧失了控制力，是的。可我的意识却依然恋恋不舍，缱绻徘徊徊于我们的大脑，不肯自拔。我能看、能听，只是动不了。

这一点除了我和艾迪之外没人知道，而艾迪也不打算告诉任何人。到了这个时候，我们才知道对于不肯"解决"的孩子来说，等待他们的将是什么：他们成了"异类"，也就是双生人。我们的脑海里成天都想着一些医疗机构和研究所——他们把身为双生人的孩子带进去，像松鼠藏坚果一样藏起来。那些孩子再也没有回来过。

最后，医生们给了我们一张清清楚楚的医疗账单。教学顾问面带一丝满意的微笑和我们道了别。父母也兴高采烈，一副心驰神往的样子，他们把所有的东西都收拾打包，然后驱车四小时来到另一个州，一个新地方。一个没人知道我们是谁的地方。在这里，我们要比"那个有个奇怪女孩的家庭"好一些。

我还记得第一眼看见我们新家时的情景。从小弟的头顶上望过去，透过车窗，映入眼帘的是一幢奶白色带有黑色木瓦板屋顶的小房子。莱尔一眼看见它就哭了起来：房子破旧寒酸，花园里野草猖獗。在父母怒气冲冲一边让他安静，一边忙着从卡车上卸下行李箱拖进屋里的时候，艾迪和我有那么一小会儿被丢在了一旁——有一分钟左右，我们就那样站在寒冬中吸着刺骨的冷风。

这么多年过去了，事情终于成了它应该成为的样子。我们的爸妈终于能够再次正视别人的眼睛。莱尔也能够在大庭广众之下和艾迪在一起。我们进了一个七年级班，在这里，没有谁知道过去的多少年里我们一直缩在自己的课桌旁，一心希望自己消失。

他们可以成为一个正常的家庭，拥有普通家庭的烦恼。他们可以快快乐乐的。

他们。

他们没有意识到，其实根本不是他们，仍然是我们。

我还在。

"艾迪和伊娃，伊娃和艾迪，"以前，在我们小的时候，妈妈常常这样吟唱着，抱起我们在空中轻轻摇晃，一边念叨着，"我的小姑娘们。"

现在，我们帮忙做饭的时候，爸爸只问："艾迪，你今晚想吃什么?"

没有人再叫我的名字。也再没有了艾迪和伊娃，伊娃和艾迪。现在只有艾迪，艾迪，艾迪。

只有一个小姑娘，不是两个。

1

放学铃好像一阵风，把每个人从各自的座位上吹了起来。大家都松开领带，噼噼啪啪地合上书，把本子啦铅笔啦什么的胡乱塞进书包。老师还在大声提醒大家明天实地考察的注意事项，可嗡嗡的说话声已经快把她的声音淹没了。艾迪马上就要出门了，这时我说：等一下，咱们得去问问斯廷普小姐关于咱俩补考的事，你忘了？

我明天再问。艾迪说着，已经一路穿过了大厅。我们的历史老师总是用一种异样的眼光看着我们，似乎她知道我们大脑的秘密，还老是在她以为我们没看她的时候对我们皱起眉头，紧紧抿着嘴唇。也许，是我过于猜疑了。可也许不是。但不管怎样，要是在她的课上表现不佳，只会带来更多的麻烦。

要是她不让我们去实地考察怎么办？

学校里一片嘈杂声：储物柜砰砰地开合，人们在大笑，可我能清晰地听到在那片安静的、连接我们俩共同思维的空间里艾迪的声音。此刻，那里安静平和，可我能感觉到艾迪马上就会发作的烦躁和恼怒，它就像隐藏在角落里的一片黑影。

她会的，伊娃。她每次都会让咱们去的。别再烦人了。

我没有。我只是——

"艾迪!"有人大喊一声,艾迪半转过身。"艾迪——等等!"

我们俩完全沉浸在彼此的争执中,根本没注意到这个女孩在后面追赶我们。她是哈莉·穆兰。她一只手向上推了推眼镜,另一只手努力想用扎头发的发圈把她黑色的卷发兜起来。她从一群挤得紧紧的学生旁边挤过来,走到我们身边,夸张地长出了一口气。艾迪哼了哼,但没有出声,所以只有我能听到。

"你走得可真快。"哈莉说着,笑了笑,好像她和艾迪是朋友似的。

艾迪耸耸肩:"我又不知道你在跟着我。"

哈莉的笑容依旧。在这一刻,她就是那种即使面对着飓风也能大笑的人。倘若她拥有另一个身体,另一个生命,她就不会在大厅里这样执着地去追像我们这样的人。她太漂亮了,有着长长的睫毛和淡褐色的皮肤,不该屈尊这样做。她跑得也太快,按说不该这样大笑。但似乎有种不一样的东西写在她的脸上、颧骨上和鼻梁上。这为她增添了一份怪异,仿佛一个预兆,宣告着有什么事不对头。艾迪一直站得离她远远的。我们要假装正常人,这已经够麻烦的了。

但这会儿要躲开哈莉可不好办。她一只肩膀上斜挎着书包,向我们身边迈了一步:"你对实地考察感兴趣吗?"

"不是特别有兴趣。"艾迪说。

"我也是。"哈莉高兴地说,"你今天忙吗?"

"有一点吧。"艾迪说道。她设法让我们的声音尽量保持平淡,不去理会哈莉那股子兴高采烈的劲儿。可我们俩的手指开始用力拉扯衣服的下摆。年初的时候,衣服还很合身,那时我们买了全套的新制服，准备上中学。但自从上了中学，我们俩就长高了。爸妈没有注意到，没有——嗯，没有像关注发生在莱尔身上的一切那样用心——我们也什么都没说。

"想来我家吗？"哈莉问道。

艾迪的笑容绷紧了。据我们所知，哈莉从没请任何人去过她家。更有可能的是，没有人会去。艾迪能领会暗示吗？只听她大声说道："不行。我要去做临时保姆。"

"是给沃达斯家看孩子吗？"哈莉问道，"罗比和露西？"

"罗比、威尔和露西，"艾迪说，"不过，是的，是沃达斯家。"

哈莉脸上的酒窝更深了。"我喜欢那几个孩子。他们一直在用我家附近的水池。我能和你一起去吗？"

艾迪有点犹豫："我不知道他们的父母会不会不高兴。"

"你到他家的时候他们一般还在吗？"哈莉问道。艾迪点点头，哈莉说："那我们可以问问他们，对吗？"

难道她不知道自己这样子有多无礼吗？艾迪暗暗说道。我知道自己应该赞同她。可是哈莉一直对我们仰着一张笑脸，甚至当我意识到我们俩脸上的表情变得越来越不友好时，她还保持着笑容。

或许咱们不知道她有多孤独。我说。

艾迪有她的朋友，我至少还有艾迪。而哈莉似乎一个朋友也没有。

"当然，我不是想要报酬或别的什么，"哈莉说，"我只是想去陪着你，行吗？"

艾迪，我说，让她来吧。至少让她去问问沃达斯夫妇。

"好吧……"艾迪说道。

"太棒了！"哈莉一把抓起我们的手，似乎没有觉察到艾迪吃惊地退缩了一下，"我有好多事想和你聊聊。"

艾迪打开沃达斯家的前门时，电视机响得正欢。哈莉紧跟着艾迪走了进去。沃达斯先生看见我们，一把抓起了公文包和钥匙，说："孩子们在客厅，艾迪。"然后就急急忙忙出了门，边走边回头说道，"如果需要什么就打电话。"

"这是哈莉·穆——"艾迪试着介绍她，可沃达斯先生已经走了，留下我们和哈莉站在门厅里。

"他看都没看我一眼。"哈莉说。

艾迪转了转眼珠："没什么好奇怪的。他一直都那样儿。"

我们照看威尔、罗比和露西有一段时间了——甚至在妈妈减少上班时间以便照看莱尔之前就开始了——可沃达斯先生还会时不时忘记艾迪的名字。可见我们的父母并非镇子上唯一工作太多、时间太少的人。

客厅里的电视机播放着一部卡通片，主角是一只粉红色的兔子和两只巨大的老鼠。莱尔在更小些的时候也常常看这种东西，但已经十岁的他现在宣称自己长大了，不再适合看这些了。

显然，七岁的孩子们仍被大人们许可看卡通片。露西躺在地毯上，双腿来回摆动着。她的小弟弟坐在她身旁，和她一样全神贯注。

"他这会儿是威尔。"露西说着，没有转身。卡通片完了，取而代之的是一条公共服务的公告。艾迪挪开了目光。我们见过太多这样的公告了。在原来我们常去的那家医院里，这种公告就像是个被人拿在手里耍弄的圈——没完没了、一拨又一拨外表可人的男男女女们用他们友善的嗓音和温和的微笑提醒我们：要一直提高警惕，提防藏在某处、假装是正常人的"异类"——双生人。他们是逃避医院治疗的人。像艾迪和我这样的人。

只需拨打屏幕上的电话即可。他们从来都是这样说的，同时露出一口洁白、完美的牙齿。为了您的孩子、家庭和国家的安全，您只需拨打一个电话。

他们从不说打了那个电话之后究竟会怎样。但我想，他们也没必要说。每个人都知道。双生人情绪多变、反复无常，不能让他们独自待着，因此，电话通常会招致一番调查询问，而调查询问有时又会招致突然袭击。我们只在新闻里或是政府机关拿给我们看的录像里见过一次，但那一次也就够了。

威尔跳起来，走向我们，一边向哈莉投去不解和怀疑的目光。她冲着他笑。

"嗨，威尔。"她蹲了下来，毫不顾忌身上的裙子会拖到地上。我们是放学后径直来到沃达斯家的，甚至连校服都没换。"我是哈莉。你还记得我吗？"

露西终于把目光从电视屏幕上移开了。她皱了皱眉，说："我记得你。我妈妈说——"

威尔猛地拽了一下我们的裙子，不等露西说完就打断了她。

"我们饿了。"

"他们其实不饿。"露西说，"我刚刚给了他们一块曲奇饼。他们还想再要一块。"她从地上爬起来，露出一直藏着的饼干盒。"你要和我们一起玩吗？"她问哈莉。

哈莉笑着对她说道："我是来这儿帮忙照看孩子的。"

"谁？威尔和罗比吗？"露西说，"他们不需要两个人。"她瞪着我俩，看谁敢说她已经七岁了却还需要临时保姆。

"哈莉是来陪我的。"艾迪很快说了一句。她抱起威尔,他双臂抱住我俩的脖子,小下巴靠在我俩肩头。他那婴儿特有的柔细发丝轻拂着我俩的面颊,痒痒的。

哈莉咧嘴笑了,冲他摆动手指:"你多大了,威尔?"

威尔把脸藏了起来。

"三岁半。"艾迪替他答道,"他们再过一两年就要解决了。"她在我俩的怀抱里给威尔换了个姿势,在我俩的脸上勉强挤出一个笑容,"是不是啊,威尔?你们是不是很快就要解决了?"

"现在这个是罗比。"露西说着,一把抓过饼干盒。

"罗比?"艾迪说道。

小家伙又扭动着身子,艾迪把他放下来。他向姐姐跑了过去。

露西用吃剩下的一点曲奇饼引逗他。

"不!"他说,"我们不要这块。我们要一块新的。"

露西冲他吐了吐舌头:"威尔早就想要这块了。"

"不会的!"他叫道。

"会的,对吗,威尔?"

罗比的脸扭曲了:"不。"

"我又没问你。"露西说。

你最好动作快点。我对艾迪说,趁罗比还没有发作。

让我吃惊的是,哈莉抢在了我们前面。她从盒子里抓起一块饼干,扔进罗比伸出的双手中。

"给你。"她再次蹲下,双臂环抱住膝盖,"这样好些了吗?"

罗比眨眨眼。他的目光在哈莉和他的新奖品之间移来移去。然后他害羞地笑了笑,咬起饼干来,饼干渣窸窸窣窣地掉在他的衬衣上。

"说谢谢。"露西教他。

"谢谢。"他小声嗫嚅了一句。

"不客气。"哈莉说。她微笑着问道："你喜欢巧克力薄脆吗？我就很喜欢。那是我的最爱。"

回应她的是一个轻微的点头。就连罗比在陌生人面前也显得稍稍有所收敛。他又咬了一口饼干。

"那么威尔呢？"哈莉问，"他喜欢什么味的曲奇饼？"

罗比做了个像是耸肩的动作，然后轻轻地答道："和我一样。"

哈莉再次说话的时候，声音也轻柔起来："你会想念他吗，罗比？如果威尔走了。"

"咱们干吗不去厨房？"艾迪猛地从露西手中抓过饼干盒，惹得她生气地大叫起来，"快来，露西——别让罗比在客厅里吃那东西。要是你们把饼干渣掉在地毯上，你妈会杀了我的。"

艾迪抓住罗比的手，想把他从哈莉身边拉开，可她的动作不够快，罗比还来得及转身，还来得及看着仍然蹲在地上的哈莉，也还来得及低低地答一声："会的。"

2

　　沃达斯夫妇回到家的时候，天色正近黄昏，天边晚霞绚烂，金色、粉红色、蓝色层层铺开。艾迪坚持要和哈莉平分做临时保姆挣来的钱。我说了几句，她耸耸肩，说，好吧。她比我预想的有用得多。

　　我不得不同意这个说法。罗比和威尔——他们一个下午转换了不止两次——都很喜欢哈莉。就连露西也一直送我们到门口，追问下次哈莉还来不来。她妈妈说过关于哈莉的话——从那女人回家后看着哈莉的神情来看，那不会是什么好话——似乎也都从露西的脑海中溜走了。

　　出门后我们发现住的都在同一个方向，于是哈莉说她和我们一起走回家。我们朝着夕阳走去，空气中遍布着湿气和蚊子。现在才只是四月份，可最近的一股热浪使气温达到了历史最高纪录。我们的校服领子都湿乎乎地贴在脖子上。

　　她们俩走得很慢。炙人的阳光映照出哈莉黑头发中的缕缕红色，也使她那褐色的肤色显得更深。我们以前见过和她一样肤色的人——不常见，但也足以让我们不再对这样肤色的人过分惊异。可我们从未见过长着她这样脸型的人，还有她的五官。当然，还算不上画中人，甚至压根儿算不上。我们也从没见过有谁像她那样对待过威尔和罗比。

她是个混血儿，有一半外国血统。即使她自己本人是出生在美国的。这是否就是她比较怪异的原因呢？外国人不再被允许进入这个国家了——这已经实行多年——所有那些很早以前来的战争难民现在也都死了。现存的外国血统大都也像滴入大海的水滴一样被稀释了。但是人们说，还有一些小群体。还有一些人，他们拒绝同化合一，他们要保留自己的血脉和差异性，而他们本该拥抱美国为他们创造的安逸生活——那可是从外国杂种们造成的破坏中创造出来的。

哈莉的父亲或母亲会不会是来自那样的群体呢？

"我想知道……"哈莉说了一句，然后就沉默了。

艾迪没反应。她完全沉浸在自己的思绪中。但我在听，我等着哈莉继续往下说。

"我想知道，"过了一会儿，她又说道，"他们解决的时候，谁会成为占上风的那个，是罗比还是威尔？"

"嗯？"艾迪应道，"哦，是罗比，我想。他现在能掌控的事情就比威尔多。"

"事情并不总像你想的那样。"哈莉说着，一边抬起头来，不再盯着地面，装饰在她眼镜框上的两粒白色小水钻反射着金黄色的光芒，一闪一闪的，"这都是科学，不是吗？在你出生之前，你大脑各部分之间的连接、神经元的强度还有其他的东西都已经形成了。你不能只凭观察别人就判断这些事情。"

艾迪耸耸肩，看向别处："对，我想是这样。"

她换了话题，她俩聊着学校的事和最新的电影，就这样一直走到哈莉家附近。一扇黑色的熟铁打造的大门通向她家，还有一个和我们差不多年纪的清瘦的男孩站在门栏处。我们走近的时候，他看着我们，但什么也没说。哈莉看见他之后翻了翻眼珠。他们俩看上去很像：他也有她那样的褐色皮肤和黑色卷发，还有一双黑眼睛。我们听说过哈莉有个哥哥，但以前从来没见过。艾迪在离大门还有足足十二码远的地方停下了脚步，因此我们今天其实也没有仔细看过他。

"再见。"哈莉扭头和我们道别，脸上带着微笑。在她身后，那男孩也停下了手里摆弄的东西——他好像是在往手机里输入着什么，大门像打哈欠的大嘴似的张开了。

哈莉说："明天见。"

艾迪挥挥手："好的，明天见。"

我们等到哈莉和她哥哥几乎看不见的时候才转身向自己家走去。这次是独自走啦。但也不是真的独自一人。艾迪和我从来不会独自一人。

明天到底要怎样？艾迪边走边在地上踢来踢去。请她来和我们一起做保姆吗？我们几乎根本不了解她呢。

我告诉过你了。或许她觉得孤独。我说，或许她想交朋友。

突然来交朋友吗？都认识三年了。

那又有什么不可以？

艾迪犹豫了，嗯，我们不能成为朋友。你知道的，伊娃。我不能和她交朋友。不能在学校。

不能在任何人们看得到的地方。

罗比和威尔是怎么回事？艾迪的烦躁开始在我们俩的身体里涌动。她等一辆车哐啷哐啷地从我们身边开过去之后，就冲向马路对面。去问罗比关于威尔的情况吗？这和她有什么相干？他们要解决了。把他们搞糊涂，这样他们就有可能拖延。

他们可能会——她没有说完这句话，但她用不着说完。

他们可能会像我们一样。

多年来，我们的父母一直在竭力想弄明白为什么他们的两个女儿不能"解决"了，变得像正常人一样。他们责怪每一个人，从我们的学前班教师（太自由散漫）到我们的医生（为什么一切治疗都不管用？），再到我们的朋友（他们后来解决了吗？他们是否鼓励了这种怪异的行为？），在最黑暗的深夜里，他们互相冲对方发火，同时自责自怨。

然而比责备更糟糕的是他们的忧虑——他们害怕如果我们不解决，就会有那一天：我们会被关在医院里，不许回家。我们是听着这样的警告和威胁长大的，一直恐惧着十岁生日的到来，那就像是最后期限。

我们的父母曾经祈求过。我们听见他们穿过医院的一扇扇门，恳求再多给他们一点时间。只要再多一点点时间：会好的。已经起作用了。很快就会好的——求求你们了！

我不知道在那些门后还发生了别的什么事。我不知道是什么最终说服了那些医生和官员们，但爸爸和妈妈最终总会从那些房子里走出来，筋疲力尽，脸色苍白。

他们会告诉我们，还有一点时间。

两年以后，人们宣告，我已经消失了。

我们的身影现在已经很长了，双腿也很沉重。一缕缕头发在苍白的光下闪着金色。艾迪把它们扎拢成一条松散的马尾，在热得难熬的天气里，可以拉起来，不必披在脖子上。

今晚咱们看电影吧。我说着，在声音里融进一丝笑意。反正作业不太多。

是啊，好的。艾迪答道。

别为威尔和罗比担心。他们很好。莱尔就很好，不是吗？

是，她说，是的，我知道。

我们俩谁都没有提，其实莱尔并不好。那些天他什么也不想做，只是半醒着躺在床上。他每个星期都要花若干小时和透析机在一起，他的血液从身体里被抽出来，透析循环后又被注射回去。

莱尔病了，但他的病不是双生人特有的病，这就不一样了。

我们默默地走着，内心和外表一样静默。我能感觉到艾迪那幽暗、深沉、雾一般的思绪在空中飘浮，与我的思绪相抵相触。有时候，如果我全神贯注，我基本上都能捕捉到她在想什么。

可今天不行。

从某种角度而言，我也挺高兴。这就意味着她也抓不住我在想什么。

她不会知道，我在担心害怕，非常担心，非常害怕，害怕有一天威尔和罗比真的被"解决"了，担心有一天我们去做保姆，发现只有一个小男孩抬头对着我们笑。

鲁普赛德，近三年来我们一直住在这里，这地方毫无知名度。这里的人无论什么时候，即使是想干点儿芝麻大的事——那种在零售店或食品杂货店等人群密集的地方做也不会引人注目的事，他们都要去最近的城市贝斯米尔。

贝斯米尔有一样东西很出名，那就是历史博物馆。

我们全班站在博物馆门外流汗的时候，艾迪和我俩旁边的女孩一起轻声说笑着。夏天还没开始真正和春天一争高下，男孩们已经在抱怨了：学校干什么非要强制性地要求他们穿着长裤？而女孩们的裙摆也随着中央空调的温度变化而变化着：温度越高，她们的裙子越短。

"听着——"斯廷普小姐大声的喊叫让全班至少一半人的注意力都转到了她身上，他们都停止了说话。对任何一个在这一带长大的人来说，参观贝斯米尔历史博物馆就是生活的一部分，就像夏天去游泳池或每个月去看电影放松一样。这座建筑物正式的名字叫作美国博物馆布莱恩·博兰格尔历史馆，是以一个有钱老头的名字命名的，他第一个为建造博物馆捐了资。不过人们都叫它"博物馆"，好像世上再没别的博物馆了。两年之内，艾迪和我跟着两个不同的历史课班级来了两次，每次参观都让我们反胃。

老师发下学生票的时候我已经感觉到我们俩的肌肉开始紧张，艾迪的笑容也开始绷紧。因为不管叫作什么，贝斯米尔博物馆只有一个中心内容，那就是美国一个半世纪的反异类斗争史。

走进大楼的时候，空调吹出的凉风让艾迪一阵战栗，我们俩都起了一层鸡皮疙瘩，即便这样也未能稍稍缓解我们内心的焦躁不安。博物馆有三层楼高，刚走过售票窗口就是一间高大的开放式门厅，如果仰着头向上看，可以看见上面的两层楼。我们第一次进来的时候，艾迪曾经这样尝试过，当时我们俩是十二岁。看到这座博物馆，再联想到这里展示的所有历史、战役、斗争、敌意和仇视，我们简直要在这重压之下粉身碎骨了。

这会儿没人向上看。其他人是因为看烦了。艾迪是因为我们俩再也不想去看。艾迪的朋友甩下她和另一个还能笑得出声的学生走了。艾迪本该去追上她，本该挤出一丝笑容，强忍着讲个笑话，并且和其他所有人一起抱怨怎么又来这里了，可是她没有。她在人流中漂到了队伍的最后，这样我们就不必去听导游的讲解——她已经开始了。

我一声不吭，好像保持沉默就能假装我并不存在，好像这样，艾迪也就能在一小时里假装我不存在，假装从我们一进"革命斗争史"展厅导游就一直在讲的"异类"和我们不是一回事。

一只手搭上了我俩的肩膀。艾迪急走两步想甩开它，但当她反应过来自己在做什么时，又迟疑畏缩了。

"对不起，抱歉——"哈莉把手举到空中，手指张开着，很平静。

"我没打算要吓你一跳。"她冲我们试探性地笑了笑。我们俩只有这一门课是和她一起上的，因此艾迪从昨晚开始要躲着她并不太难。

"你吓着我了，"艾迪说着，把头发从我们俩脸上拂开，"就这么回事。"

班里其他的人把我们落在了后面，艾迪移动脚步想要追上去，这时候，哈莉又来搭我俩的肩膀。艾迪转身时，她一把抓住艾迪的手，一边将她向后拉，一边很快地问了一句："你没事吧?"

一股热辣辣的东西穿过我俩全身。"当然没事。"艾迪说。

我们又在大厅里静静地站了一会儿，两边是美国革命时期伟大英雄们和开国元勋们的画像。这些人已经死了大约一百五十年了，可他们依然用他们眼中充满谴责和憎恶的怒火盯着艾迪和我。在第一次可怕的战争年月里，这怒火曾在每一个正常人——非异类的人——心中燃烧，那时的法令就是灭绝

逃离诺南德

所有曾经当权的人——所有的双生人：男人、女人和孩子。

他们说这种狂热已经消退几十年了，这个国家也变得松懈、毫无防备，忘记了过去。异类孩子们被允许长大。外来移民被再次允许踏上美国的土地，迁入我们的国家，还把它称作是他们的。

二十世纪初有异族企图入侵，在这场伟大战斗开始打响的过程中，外族入侵被终结了。突然之间，已成死灰的火焰比以前燃烧得更亮，随之而来的还有新的誓言：绝不忘记，永远永远都不能再忘历史。

哈莉一定是看到了我们盯着油画的目光在闪烁游移。她笑了，露出了酒窝。她说："你能想象吗，如果人们现在还戴着这么傻的帽子到处跑？上帝啊，我多想弄到这么一顶捉弄一下我哥哥。"

艾迪勉强抿着嘴笑了笑，说："咱们应该回到班里去了。"七年级的时候，有一次我们要写一篇关于画框里的这些人的作文，她试图说服老师让她打破常规，从艺术的角度去描述，可她的游说没有成功。

趁人不注意，艾迪和哈莉溜回到我们班，站在队伍边上。大家已经参观到我最憎恨的那间展厅了。艾迪一直让我俩的目光停留在我们的手上、鞋子上——任何地方，除了那些墙上的图片。但是去年我们班学习了早期美国历史，来这里参观的时候就一直在这个展厅耗费时间，就像现在一样，并不是看看就走。自从那次之后，我一直都记得这些图片。

当然，从过去的历史中保存下来的图片并不很多。但那些提倡战后重建的艺术家们没有放过一丁点儿细节，比如一个痛苦的表情、一小块剥下来的被太阳灼伤的皮肤等等。而那些保留下来的图片如今沉甸甸地挂在墙上。它们黑白的色彩和颗粒状的质感并不能隐藏战场上的苦难。工人们的痛苦不亚于奴隶，他们是我们所有人的祖先。这些移民来自欧洲大陆的旧世界，受了几千年罪之后又被带到船上，穿过汹涌的大海，到另一片土地上去重新受罪，直到美国独立战争。那时候，异类们终于衰败下来了。

　　这间展厅很小，进出口都只有一个。又一拨学生突然拥进来，搞得艾迪一下子喘不过气来。我们俩的心脏怦怦跳着，撞击着我俩的肋骨。不管她转向哪里，我们都会撞上更多的人，他们都在移动，有些还把别人推来挤去，有些在大笑。老师一边批评，一边威胁说要是他们再不表现出一点尊重就把他们的名字记下来。艾迪挤出一条路，穿过了展厅，不再顾及别人会怎么想。我们俩成了最先走出门口的几个人之一，而且走得很快，跌跌撞撞地超过别人，仿佛要第一个冲入水中一般。

3

艾迪猛地停下来。跟在我俩身后的女孩刹不住，撞到了我们身上，结果我们一起向前冲，摔倒在地，裙子和衬衫的一部分立刻浸在水中——一股水流进了室内。水？"怎么回事？"有人问道。艾迪从地上爬起来，我们俩的膝盖和胳膊肘摔得生疼。

水现在刚刚漫到我们的脚踝，可我俩的衬衫却已经无可挽回地弄湿了，艾迪再怎么急急忙忙地想把水拧出来也没用。不过，反正也没人注意我俩，大家都张大嘴瞪着被水淹了的展厅。这是博物馆里最大的展厅之一，摆满了独立战争时期的文物，有的压在玻璃板下面，还有些不同时期的画作挂在墙上。现在，这间展厅也被浸在几英寸深的、来路不明的浑水中。

导游迅速掏出一个步话机，语无伦次地说了几句什么。斯廷普小姐竭尽全力想带领大家回到我们刚刚离开的那个展厅，有一段较低的台阶连通这两个展厅，那里还没有被淹——至少目前还没有。这股不知来自何方的水越涌越多，情况变得越来越糟，水在地上四处泼溅涌动，浸湿了大家的短袜——这可是脏水，必然会弄脏洁白的墙。

灯光闪烁不定。人们尖叫起来，有些人的声音听起来真的是吓坏了，有些人的叫声中则夹杂着笑，似乎这比他们预期的更让人兴奋。

"是那些管道。"导游喘着粗气说着，从我俩身边大步走过。她双颊通红，两眼发光，简直像发狂了一般，一边抱怨着："我们说过多少次要修理这些管道了？"她把步话机夹到裙子上，提高嗓门喊道："请大家注意，每个人都回到这个展厅——"

灯又灭了，黑暗笼罩了一切。这一次，灯没有重新再亮。但另一个东西又来了——洒水喷头。一起来的还有震耳欲聋的警报。艾迪两手捂住我们的耳朵，水喷下来，喷进我们的头发，流过我们的脸庞。在博物馆的某个角落，有什么东西开始燃烧了。

几乎折腾了一刻钟的时间，所有人才被带到大巴车上。在这样一个炎热的周五下午，没有太多其他的参观者，但当大家都从博物馆门里拥出来的时候，也足以形成一个相当规模的人群了。人们都茫茫然的，手里还捏着票根。小孩子走动时妈妈们在前面领着他们，男人们的长裤腿上有黑乎乎的斑渍，那是他们刚才在水里拖拽过的痕迹。有些人的裤腿全都湿透了。有的人在抱怨，要求给个说法或是退票，还有些人一声不吭地盯着博物馆。

"电路起火了，"艾迪和我走回大巴的时候，我听到一个女人说道，"我们差点都被电死！"

回到学校的时候，我们俩的衬衫还是湿的，而且不再是白衬衫了。不过，话题从博物馆发水灾转到了年末的舞会，离现在还有一个多月。当斯廷普小姐筋疲力尽、气急败坏地关掉教室里的灯，突然放出一段录像时，我们班四分之一的人都悄悄地睡着了，虽然我们本应该是在记笔记的。

我希望那里损坏得没救了。艾迪茫然地盯着屏幕时我说道。贝斯米尔为那座博物馆里的诸多展品而自豪——那些独立战争中保存下来的绘画、军刀和手枪；一张真正的战争初期的海报，时间可以追溯到在美国国土上发动攻击的第一年。它的内容是号召市民们报告任何可疑的异类们的活动。老师们在课堂上没有提到过，可我能够想象那种千夫所指的情景一定出现过。那时的人们不会与现在的人有什么不同。我希望那里的地基坍塌。我希望整个博物馆大楼土崩瓦解。

别傻了。艾迪说，总共也不过两英寸的积水。一周以后就什么都好了。

着火了呀。再说我只是说我希望。

艾迪叹了口气，把我俩的下巴搭在一只手上，另一只手心不在焉地拨弄着坐在我们前面的一个女孩——她睡着了，嘴巴半张着。看样子我们不必非得认真看录像并且满满当当地记上一两页笔记。对于发生在二十世纪的那场伟大战争我们已经学习了那么多遍，能背得出那些重大战役，也能一口气说出伤亡人数，还能引用在击退外敌的侵略时我们的总统发表的演说。最终的事实证明，我们对敌人而言当然是太强大了，他们终于把注意力转向了自己的大陆，他们的头脑一片混乱却又有些飘飘然。这就是战争所做的一切。是异类们所做的一切，甚至，在今天，他们依然在这样做。

是呀，艾迪最后说了一句，其实我也希望。

屏幕上，一架飞机将炸弹扔向一座模糊不清的城市。坐在我俩旁边的男孩打了个哈欠，他闭着的双眼向下耷拉着。关于战争后期的情景，我们没有太多的镜头和画面，因为那些离我们太遥远了，可有的东西被一遍一遍反复播放，直到我几乎要尖叫起来。我只能想象，如果在几十年前敌人入侵期间就有了电视新闻这样的东西，那我们将不得不看些什么？

伊娃？艾迪叫了我一声。

我把自己的情绪从艾迪身上赶跑了，让她不要感受到我的沮丧。

我没事，我说，我没事。

我们看着大火燃遍了那座混乱不堪的城市。据官方的记载，最后的那场伟大战争是在艾迪和我还是婴儿的时候结束的，但占据了世界其余地方的异类们从未停止过自相争斗。他们怎么停得下来？艾迪和我的争执就够多的了，可我们俩甚至都不能分享控制权。每一个躯体都有两个灵魂，由这样的异类构建成的社会怎么能安宁和平呢？组成这个国家的个体之间都无法保持和平，而且还引发各种各样的问题——持续不断的灰心沮丧，猛烈地攻击别人，而且，对于一个躯体内较弱势的那个灵魂而言，最终的结果就是精神失常。我能看见医生办公室里那些小册子上对我们的病情发展所做的凄凉绝望的预测，是粗黑体印刷的。

因此我理解了为什么革命领袖们将美国建立为一个不能有异类的国家，为什么他们如此努力地要消灭存在于当时的异类，那样他们就能够在一开始就保持自己的国家干净、新鲜，没有污点。甚至，我能用自己浑身上下最有理性的部分去理解为什么像艾迪和我这样的人总体来说不能被放任自流。可是理解一件事和接受它，这又是多么不同的两件事。

录像快要结束时，下课铃响了，艾迪匆匆写就一些马马虎虎的笔记。通常情况下，我会帮她，给她补充一些我记住的东西。可现在，我实在没有心情。我们俩刚把笔记本交到教室前面的讲台上，脚下的步子就已经迈到门外了。

还没等我俩再多走几步来到下面的大厅，又有一个人从教室里冲了出来，在后面大喊艾迪。

"什么事，哈莉？"艾迪说着，强忍住没有叹气。

让我吃惊的是，哈莉的笑容突然僵在脸上，好像一道刻痕，虽然只有那么一瞬，却也足以让我悄悄说了一句：艾迪，别对她太凶了。

她一直跟着咱们，艾迪说道，先是去做保姆，然后又在博物馆，我——

"来我家吃饭好吗？"哈莉说。

艾迪愣愣地看着她。大厅里人很多，可她们俩站在过道中间，谁都没有挪动一下。

"我爸妈要出去，"稍稍停顿了片刻之后，哈莉说了一句。她那厚厚的头发还没有完全干，她用一根手指绕着发梢。"家里就我和哥哥。"她挑了挑眉毛，笑容又堆满了脸庞，"我可不想独自一个人和他一起吃饭。"

艾迪，我说，别再瞪着人家发呆了，说话呀。

"哦，"艾迪说，"嗯，嗯——我——去不了。"

我以前从没听见艾迪谢绝去谁家的邀请——至少不会没有充足的理由就拒绝。我们这个学校的很多学生从小学时起就是同学，后来入校的人就意味着要碰壁多次才可能交到朋友。每个人都已经有自己的地盘，自己的朋友圈，还有午饭时固定的座位，而艾迪已经学会抓住我们俩所能得到的任何哪怕是微弱的支持。可哈莉·穆兰只是个平平淡淡的哈莉·穆兰，我猜，这就是让艾迪拒绝她的充足理由了。

"是因为我的衬衣，"艾迪说着，一边低头看着白衬衫上的污渍，"我得赶在老爸老妈回家之前把它洗掉。要是他们——"要是他们看见了，他们就会问发生了什么事，在哪里。他们的眼里就会满是那种眼神，那是每次当他们看到新闻报道说某个地方发现了异类，或者看到什么东西提醒人们观察自己的邻居，让他们永远对隐藏的敌人保持警惕时，不知不觉显现在他们脸上的神情——它简直要让我们俩的五脏六腑都翻腾起来。它会让我们想要离开那个家。

"要是你不想让你爸妈看见你把衣服弄脏了，你可以在我家把它洗干净，"哈莉说着，声音轻柔了一些，不像刚才那么兴头十足，但是很温柔，"你可以换上我的衣服，等着它晾干，没问题。你从我家走的时候可以再换回去，没人会知道。"

艾迪犹豫了。最有可能的情况是，我们的老妈会开车回家。我们一定得在她回去之前到家，可是在这之前衬衣肯定干不了，我对艾迪说明了这一切。

我可以撒谎，艾迪说，我可以说我摔了一跤，把衬衣弄脏了。我可以——

为什么不去呢？我说。

你知道为什么。

哈莉向我们走近了一步。我们差不多一样高，这样站着，好像是在照镜子，彼此映衬着对方——或者是在反转着对方。哈莉深色的、近乎黑色的头发映衬着我们俩弄脏了的金色头发。她的淡褐色皮肤映衬着我俩的苍白皮肤，我俩胳膊上还长着雀斑。"艾迪？怎么了？"哈莉又问了一遍，"你还好吗？你怎么了？"

"没，"艾迪说，"我没事。"

"那你能来我家了？"哈莉问道。

去吧，艾迪。我说，去吧。不会有人知道的。根本就没人和她说话。能有什么事呢？

　　我感觉到她有点动摇，于是更加起劲地怂恿她。今天是周五，反正没有谁打算在家吃晚饭。艾迪大概不太喜欢这个向罗比询问威尔并且毫不避讳地谈论"解决"的女孩，可我喜欢她。即使不为别的，至少她让我觉得有趣。

　　艾迪咬着下嘴唇，然后，她一定是突然意识到自己在干什么，很快地说了一句："嗯……好吧。"

4

艾迪必须先去公用电话亭打电话告诉老妈我们不回家吃晚饭了，因此等我们到了事先说好的碰头地点时，大部分学生都已经走了。哈莉独自站在学校的大门边，一直没注意到我俩，直到我们来到她身旁。她跳了起来，似乎我们把她从一场安静的沉思遐想中惊醒了。

"你搞定了？"她的声音一恢复正常，马上问了一句。

艾迪点点头。

"太棒了，那咱们走吧。"

哈莉不再像刚才那样肃穆庄严地沉思了，她又变得活泼起来，叽叽喳喳，精力旺盛，一直吧啦吧啦地说着，终于盼到周五了，她有多高兴，总算快要放暑假了，这真是太棒了，中学的第一年有多么累人，等等。艾迪只是偶尔搭搭话。

是啊，艾迪说，是的，要不是蚊子和湿气，暑假是很棒。是的，不过中学第一年也挺好玩的，对吗？

她和哈莉谁都没有提起这次半途而废的博物馆之行。

哈莉的家没有我们想象的大，特别是在见识过了守卫着周围这一片的那扇大铁门虚浮的荣华之后，更是感觉如此。它比我们家大一些，但是比我们放学后去过的其他女孩的家小。可不管大小如何，这地方让人过目难忘。全都是老墙砖和黑色的百叶窗，前院里还有一棵修长的、开着粉红花的树。草坪修剪得整整齐齐，门看起来像是新近刷过油漆。哈莉翻寻钥匙的时候，艾迪朝一扇窗户里张望着。房子里的餐桌闪耀着深赤褐色的光。穆兰家肯定用不着靠奖学金供哈莉和她哥哥去我们学校读书。

"戴文?"哈莉喊了一声，推开门。没有人答应。她冲艾迪挤了挤眼睛，"真不知道我干嘛还要费这个事。他反正是从来不答应的。"

我想起昨天我们在大门边见到的那个男孩，当时他站在黑色的门栏后面。由于戴文比我们高两级，所以他不像哈莉那样总是成为大家说长论短的话题，但我们的老师常常提起他，因此我们知道他跳过一级。

哈莉甩掉脚上的鞋子，艾迪也照做了，她解开鞋带，把我俩的那双牛皮鞋并排放在门口的擦脚垫上。等我俩再抬起头的时候，哈莉已经在厨房里了，冰箱的门大开着。

"苏打水，茶，还是橙汁?"她喊道。

"苏打水就好。"艾迪说。

厨房很漂亮，擦得锃亮的深色木质橱柜配着大理石台面。一尊很小但色彩丰富艳丽的雕像立在台子一角，两边各有半支烧剩下的蜡烛，好像哨兵一样立着。还有一只克莱门氏小柑橘摆在那尊雕像的脚下。

艾迪瞪大眼睛看着，我也太好奇了，忘了提醒她不要这样子。哈莉的表情说明一件事——对于这一切，她可没办法，只能这样任由这些东西去宣告这个家的异国情调……

"我想咱们应该叫外卖。"哈莉说着，扔给我们一罐苏打水，艾迪一个及时的转身，接住了。饮料冰凉，我俩差点把它掉在地上。"除非你是个超级大厨或者什么的。"

"我还行。"艾迪说。

骗人。我们俩的厨艺糟透了。"不过叫外卖这主意听起来不错。"她补充了一句。

哈莉点点头，没再看我俩。她稍稍转了转头，两眼盯着远处的某个地方。艾迪又瞥了一眼那个小小的供台。那些蜡烛和雕像是哈莉的老爸或老妈如此小心翼翼地摆放在那里的吗？

"戴文？"哈莉又叫了一声，还是没有回应。我想，我看见她的嘴唇抿紧了。

"我以前从来没有真正见过你哥。"艾迪说道。哈莉的注意力重新回到我俩身上时，艾迪的目光也离开了那个供台。

"没有吗？"哈莉说，"对，我想也没有。你今晚就会见到他的。他确实应该到家了……我不知道他为什么今天会晚。"

艾迪把苏打水放在台子上，拉出衬衣的下摆。"嗯，既然他不在，我是否可以……"

"哦，对了。"哈莉说着，眨了眨眼，整个人都快活起来，又是满脸笑容了，"来，你可以到我的房间去挑件衣服。那些污点洗起来不会太难的。"

艾迪跟着她上了楼梯。楼梯上铺着一层厚厚的奶油色地毯，一直铺到楼上的过厅里。我这才发现，我们俩的短袜也被水泡湿了。对这幢雪白洁净的房子来说，它们显得太脏了。艾迪查看着我俩身后，确保我们没有在地毯上留下印迹。哈莉似乎毫不在意。她在前面蹦蹦跳跳，向过厅最后的那间房子走去，那想必是她的房间。艾迪小心地跟在她身后。

看，我低声说道，尽管不可能再有其他人听到。他们家有电脑。

在去哈莉房间的路上，我们看见有一间房子里摆着一台电脑。那是个看上去很复杂的大家伙，占据了一张书桌。我们在学校里曾用过一两次电脑，爸爸也说过，那是在很早很早以前了，说等这东西便宜点儿了，我们也买一台。但之后我们俩一直没有"解决"，莱尔又病了，于是就再也没有说起过电脑。

艾迪停下来，盯着那东西看了一会儿，顺便也看了看那间房子里其余的地方。我意识到，那是一间卧室。一个男孩的房间，床铺没有收拾好而且……书桌上放着螺丝刀。更奇怪的是，房子的一个角落里放着一台内部被拆得七零八落的电脑——至少我认为它还是台电脑。我从没见过所有的电线都被拉到外面的计算机，亮闪闪的银白色的部件全都裸露着。这是戴文的房间。一定是。除非还有一个我从未听说过的穆兰家的成员。可是一个十六岁的男孩房子里放着电脑是干什么用的呢？

"艾迪？"哈莉叫道。艾迪赶紧跑了过去。

哈莉的房间比她哥哥的还要杂乱十倍，可当她请我们进去并且关上门的时候，似乎一点也不觉得难为情。她一把拉开衣柜的门，冲挂在里面的衣服摆摆手，说："你想要哪件随便挑吧。我想咱俩穿一样的码。"

她的衣柜里塞满了艾迪绝不会穿戴的东西。那些东西好像在说，看看我吧——有的上半部分太大了，能露出一个肩膀来；有的色彩艳丽，样式时髦，还有珠宝配饰，与哈莉的黑框眼镜和黑色卷发配起来一定很不错，可如果出现在我俩身上，就会显得像化妆用的假玩意儿。哈莉靠在床边休息时，艾迪试图找出一件比较朴素的衣物，可哈莉似乎根本就没有那样的东西。

"我能不能，嗯……就穿你的备用校服衬衫或者——"艾迪说着，转过身来。

就在这时候我发现有什么事不对劲儿了。

哈莉坐在床边，抬起头看着我俩，眼里有种什么东西，她的眼神黑沉沉的，凝重肃穆，使我不由得停下来，叫着，艾迪，艾迪——自己也不知道这是为什么。

慢慢地，慢得似乎是一种刻意的安排，哈莉的脸上竟发生了变化。这是我唯一能用来描述当下状况的词。那变化极其细微，如果不是像艾迪和我现在这样直勾勾地盯着她看，是看不出来的。那是没人能够注意到的——甚至根本想不到要去注意的——要不是——

艾迪向门口挪了一步。

一种变化。一种转变。就像罗比变成了威尔。

但这怎么可能？

哈莉站起来。她的头发束在蓝色的发箍下，干净整齐。那两粒嵌在她眼镜上的白色小水钻在灯光下一闪一闪的。她没有微笑，也没有歪着脑袋问："你在干什么，艾迪？"

相反，她说道："我们只是想和你谈谈。"她的眼睛里浮起一层悲伤。

我们？我重复了一句。

"你和戴文吗？"艾迪问道。

"不，"哈莉说，"是我和哈莉。"

我俩身上一阵战栗，不管是出自艾迪还是我，反正这是一阵共同的反应。我俩又离衣柜远了一步。

我们的心脏在怦怦跳——不是很快，但跳得很猛，非常猛。

心跳。

还是心跳。

"什么?"

站在我俩面前的这个女孩笑了,抽动着嘴角,眼睛却不动。"我很抱歉,"她说,"让我们从头说起吧。我叫丽萨,哈莉和我想和你谈谈。"

艾迪向门口跑去,跑得那么快,我俩的肩膀撞在了木头门框上。一阵疼痛直钻我俩的胳膊。她顾不上了,两手一起抓住了门把手。

可是那东西转不动。它只是咔嗒乱响,左右摇晃。就在它上方有个钥匙孔,可是钥匙不见了。

我心里升起一股难以名状的东西,一种巨大而令人窒息的东西,我无法思考了。

"哈莉,"艾迪说,"这可不好玩。"

"我不是哈莉。"女孩说。

现在,我们俩只有一只手在抓着门把手了。艾迪用后背顶着门,我俩的肩胛骨在木板门上顶得生疼。从我俩的嗓子眼儿里挤出一句话:"你是的。你们已经解决了。你是——"

"我是丽萨。"

"不。"艾迪说。

"求求你,"女孩来拉我俩的胳膊,可是艾迪闪开了,"求求你,艾迪,请你听我们说。"

这间房子变得越来越热,越来越闷,也越来越小。这不可能。一定是弄错了。早该有人报告她的情况。这不可能是真的。然而又确实是真的。我看见了。我看见了她的变化。我看见了那种改变。而这,这难道不能说明什么吗?难道不能说明哈莉是——

"你，"艾迪坚持说道，"你，不是你们。"

"我们，"她说，"我和哈莉，我们。"

"不——"艾迪再次转过身去。门把手在我俩手中哐啷乱响，似乎马上就要从门上掉下来。丽萨开始努力争取我们，她试图让艾迪面对着她。

"艾迪，"丽萨说，"请听我说——"

可是艾迪不肯，不肯静静地待着，不肯把我俩的手从门把手上拿下来。而我只是惊呆了，无法相信这一切，直到哈莉或者丽萨，终于放弃了拉我俩的手，大喊一声："伊娃——伊娃，让她听我说！"

随着她这一声喊，整个世界裂成了碎片。那个名字从她的舌尖上跳出来了。

伊娃。

我的。我的名字。

我已经三年没有听到有人大声叫它了。

艾迪僵住了。然后，她慢慢地、慢慢地抬起头，目光和正在盯着我们的女孩锁定在一起。一切都太清楚，太尖锐。发箍从她的发间滑落。她完美光滑的指甲映着头顶上的灯光。我能看到她眉头间的皱纹和她鼻翼两边的雀斑。

"你是怎么知道的？"艾迪问。

"戴文发现的。"丽萨说道，她的声音现在很轻柔，"他看过学校的档案记录。如果你们到一年级的时候还没有解决，他们就会追踪记录所有的情况。你最早的卷宗里记下的是你们俩的名字。"

他们真的这么干了？没错，肯定的。回想小学低年级的时候，那时艾迪和我只有六岁、七岁、八岁，我们拿回家的成绩单最上面印着两个名字：艾迪·塔姆辛，伊娃·塔姆辛。后来的几年里，伊娃就被删掉了。

我以前一直没有意识到，我的名字竟然活过了我们搬来这里的那四小时车程，并且一直活了下来。

"艾迪？"丽萨叫了一声，然后，经过了一段长久的、令人不寒而栗的犹豫之后，她又叫了一声，"伊娃？"

"别叫。"这个词仿佛在我俩的胸膛爆炸了，火一样烧到喉头，雷鸣似的喷了出来，"别，别叫这个名字。"我俩心头一阵刀割般的痛。可这又是谁的痛呢？"我的名字叫艾迪。就是艾迪。"

"你的名字，"丽萨说，"可并不是只有你一个啊。还有——"

"闭嘴。"艾迪叫起来，"你不能这样。你不许这样说。"

我们俩的呼吸变得急促起来，双眼也开始模糊了。我们的双手攥成了拳头，攥得那样紧，指甲在手掌上留下了深深的月牙儿印。

"事情就应该是这样。"艾迪说，"我就是我。我是艾迪。我已经解决了。现在我没有问题。现在我很正常。我——"

但丽萨的眼睛突然灼人地亮了起来，双颊也变红了。"你怎么能这么说呢，艾迪？你怎么能当着伊娃的面这样说呢？"

艾迪开始哭起来。泪水流进了我俩的嘴里。咸咸的，温热的，带点金属的腥甜味。

嘘。我低声道。事情有点儿让人发晕。嘘，艾迪。请你不要哭。拜托。

"伊娃怎么样？"丽萨的声音变得尖厉起来，"伊娃怎么样了？"

很悲惨。悲惨痛苦，还有负罪感。这些都不是我的感情。艾迪的情绪进入到我的心里。无论发生了什么，无论我们彼此对对方说过或做过什么，艾迪和我都仍然是一个整体中的两个部分。我们比亲近还要亲近，比紧密还要紧密。她的悲伤痛苦也就是我的。别理她，艾迪。我说，她不知道自己在说什么。

但艾迪还是一个劲儿地哭，而丽萨还是一个劲儿地大喊大叫，整个房间都被包裹在泪水、愤怒、内疚和恐惧当中。

然后这个世界终结了。

一定是有人拉开了门，因为我们俩突然倒了下去——向后倒，我尖叫着想让艾迪支撑住我俩，不要摔倒在地。她挥动着胳膊，我在为我们俩拼命撑着，同时做好迎接摔倒之痛的准备，因为我能做的只有这些。然而我们最终竟没有摔倒，没有摔倒。于是，我俩抬眼向上看，看见了天花板。艾迪还在哭——为我俩内心的害怕而哭，因为她在哭，所以我也哭，一切都没有我们的眼泪重要。但其实是有人拉住了我们。他的胳膊环抱着我们的身躯，是他把我们拉了起来。

"你们到底在做什么？"他问道。

5

嘘，艾迪。我一直在安慰她。嘘，嘘，好了，没事啦。

这会儿我俩哭得不那么厉害了，只是急促地小口吸着气。艾迪不想——也不能——和我说话。但她的存在可以掩盖我的存在，她热乎乎的，浑身瘫软，一边还在流着泪。

嘘，我说，安静，不哭。

"我不是故意的，"一个声音说道，"她不肯听我说话。我也不知道该怎么办。你要是我也不会好多少，赖安，别告诉我说你会如何如何——你刚才甚至都不在家，而且你说你要去——"

"我不会搞成这样一团糟。"

我在听他们说话，而艾迪闭起了我们俩的眼睛，我们的伤痛压过了世上别的一切。

艾迪，说点什么。说话呀，拜托了。

"艾迪？艾迪，别再哭了。我很抱歉。真的，对不起。"这是哈莉，还是丽萨？反正也无所谓。要紧的是艾迪。艾迪终于颤颤悠悠地出了一口长气，抹去了最后的泪水。哈莉问她："你还好吧？"

艾迪没有说话，只是盯着地板，抽噎着。我能感觉到她渐渐升起的热烘烘的尴尬，还有因为在某个陌生人面前表现得这样崩溃、这样反应过度而生出的担忧。

没关系。我一遍又一遍地说着。别担心。别再想了。没事的。

终于，艾迪看了看蹲在我们俩身旁的那个女孩，她虚弱疲惫地微笑着。

"哈莉？"我俩的声音是嘶哑的。

女孩的眉头蹙起来。她迟疑了一下，然后摇摇头。

"不，"她轻声说道，"不，我是丽萨。"

我想她没说谎，艾迪。我说。但她用不着我来告诉她这一点。

"那哈莉呢？"艾迪低声问道。

"也在这儿。"丽萨说，"哈莉陪你们一块儿走到我家。是哈莉下课后拦住了你。"她露出一个悲伤、扭曲的笑容，"她做那些事比我强。我想让她来告诉你们，可她说应该我来做。显然，她错了。"

我们俩的嘴巴张了又合，合了又张，却什么也没说。这简直比梦还离奇。什么样的梦呢？噩梦，还是……

"这不可能——"艾迪摇着头，"不可能有这种事。"

"这有可能。"哈莉的哥哥说道。他站在几英尺开外的地方，身上还穿着在学校穿的休闲长裤和衬衣，领带都还没有解开。我几乎不记得猛地从他的怀抱里挣脱，几乎不记得看见了他，只记得他手中的螺丝刀和在地板上闪着亮光的门把手。他把那玩意儿拆了下来。"我们——"我们，我惊奇地想道，他的意思是他和哈莉？或是他和哈莉还有丽萨？还是他和他的妹妹们以及另一个在他体内的男孩，另一个人，另一个灵魂？看着他，看着他凝视着我们的眼神，我知道了，是最后一种情况。"我们知道伊娃还在，"他说，"而且我们能教她怎样恢复活动能力。"

艾迪浑身僵硬了。我开始发抖，好像一个鬼魂在她的皮肤上战栗。我们俩的身体一动不动。

"你们想知道怎么做吗？"男孩问道。

"你这会儿把她吓着了，戴文。"丽萨说。戴文，对了，她哥哥的名字叫戴文。可我确定几分钟前她叫的是另一个名字。

"那是违法的，"艾迪说，"你不能那样做。别人会找来的；如果他们发现——"

"他们发现不了。"戴文说。

政府公告。每年独立日我们都要看的录像，内容全都是描述曾经横扫欧洲和亚洲的混乱。还有总统的演讲。每一次的博物馆之行。这一切在我们的脑海里嘀嘀乱转。

"我得走了。"艾迪说着，突然站起身来，丽萨还蹲在地上，只有目光跟随着我们。

"我要走了。"艾迪重复了一遍。

艾迪——她摇摇我俩的头："我必须走了。"

"等等。"丽萨一跃而起。

我俩举起手，掌心向外挡住了她。"再见。哈莉还是丽萨还是哈莉？我很抱歉，可我现在要回家了，好吗？我必须回去了。"她倒退着，跌跌绊绊地一直退到过厅的尽头。丽萨向前冲去，但戴文抓住了她的肩膀。

"戴文——"丽萨叫道。

他摇摇头，转向我们："不要让任何人知道。"他的眉毛垂了下来，"答应我。你发誓。"

我俩的喉头发干。

"发誓。"戴文说道。

艾迪，我说，艾迪，别走，拜托。

可是艾迪只是咽了咽唾沫，然后点了点头。

"我保证不说出去。"她低声嗫嚅了一句，然后转身冲下楼去。

她一路跑回了家。

"艾迪？是你吗？"我们推开前门时妈妈喊了一声。

艾迪没有作答，过了一会儿，妈妈从厨房里探出头来："我想你在朋友家吃过饭了吧？"

艾迪耸耸肩。她在门口的门垫上蹭干净了我俩的鞋子，磨来蹭去的动作很有节奏，把门垫上的毛刺都压平了。

"出什么事了吗？"妈妈问道。她一边走过来一边在一块擦碗布上揩着手。

"没有。"艾迪说，"没什么事。你和莱尔怎么还没去医院？"

莱尔从厨房里溜达出来了。我们俩不由自主地上下打量着他，看看他那皮包骨头的胳膊和腿上有没有磕碰的伤痕。我们总是害怕，担心任何磕碰擦伤都有可能发展成更糟的状况。莱尔似乎一直就是这样——食物中毒在他身上就发展成了肾病，后来引起了肾衰竭。他和平时一样苍白，不过看起来还算平安无事。

"现在还不到五点呢，艾迪。"他说着，扑倒在地板上去拉自己的鞋，"我们在看电视。你看新闻了吗？"他抬起头，脸上的表情混杂着焦虑和兴奋，迫切和恐惧，"博物馆着火了！还被水淹了！他们说每个人都差点被电死，就像这样：嗞——"
他绷紧身子，前仰后合，模仿着遭受电击者的痛苦。

艾迪瑟缩了一下。

"他们说是异类们干的。只是他们还没抓住——"

"莱尔。"妈妈看了他一眼，"别发神经。"

我们俩全身冰冷。

"发神经是啥意思？"莱尔问。

妈妈看上去好像要解释一番，可她朝我俩脸上瞅了一眼，说："艾迪，你没事吧？"然后她的眉头皱了起来，"你的衬衣是怎么回事？"

"我没事。"艾迪说着，挡开了妈妈伸过来的手，"我——就是突然想起来今晚有好多作业要做。"她一并连妈妈的第二个问题都避开了。在这之前，我俩一直担心弄脏的衬衫怎么解释，现在似乎不要紧了。

异类？异类们要对博物馆的破坏事件负责？

妈妈的一道眉毛挑了起来："周五还有很多作业？"

"是啊。"艾迪答道。她似乎并没有意识到自己在说什么。我俩都看着妈妈，但我想艾迪并没有看到什么。"我——我现在想上楼去了。"

"冰箱里有剩饭菜。"妈妈在我们身后喊道，"老爸回来大概就在——"

艾迪关起我们俩的房门，扑倒在床上，踢掉鞋子，把头埋进胳膊里。

哦，上帝啊。她低声念叨了一句，听起来几乎像一声恳求。

如果真是异类们在历史博物馆点的火、放的水，而且还没有被抓住的话，那么……我甚至无法想象全城的人会多么怒火中烧。那怒火会烧到城郊，一直烧到我们这里来，肯定的。每个人都会警觉起来，神经紧张，动辄就会去起诉。对于双生人，对于异类，就要这样做。但你不能仅仅只是看看他们就判断出他们是异类。

穆兰一家肯定是最先遭到千夫所指的，因为他们有外国血统，行为举止也与众不同。只要还有一点点脑子的人都绝不会在眼下和他们有任何瓜葛。

可是，我仍然心有不甘。我不甘心。

我能看见哈莉的哥哥站在门厅里，我记得他停在我们身上的目光，记得从他嘴里说出的每一个字。他说我能够再次动起来。他说过他们能教我。

如果他和他妹妹被带走了怎么办？我恐怕会在余生的每一秒都五内俱焚地想着这一天，为自己没有说出的话、没有做出的事、没有抓住的机会懊悔。

咱们回去。我默默地说道。

艾迪没有理我。我们俩躺在那里，脸深深地埋进臂弯。

咱们回去，艾迪。我说。

戴文的话在我心里好像又红又烫的煤块，烧毁了这三年来我所做的脆弱的承诺。这股火焰尖声吼叫着要冲出来，冲出嗓子眼儿，冲破肌肤，冲出眼眶，这肉体的一切既是艾迪的，也是我的。可惜，内心的这把烈火却没能冲出躯体。

你能听见自己在说什么吗？艾迪问道。

通常情况下，我不该做出应答的。我已经学会了在想说话的时候不说。安安静静地待着，假装自己并不在意。这是我唯一能让自己不至于发疯的办法，不至于因为想做的事做不了而痛苦得要死的办法——事实上我想做的也是我的需要——动动自己的肢体而已。我不能哭。我不能尖叫。我只能保持安静，让自己麻木。那样我至少就不会有什么感觉，不会再没完没了地渴求永远得不到的东西。

但今天不行。今天我无法再安安静静地待着了。

是的。我说，我能听见，你也听见了。但别人听不见，不是吗？

艾迪变了姿势，于是我们俩面对着墙。伊娃，你……你能想象如果有人发现的话我们会怎样吗？

我知道。我说，我知道，可是——

我们现在很安全。艾迪说，自从我们六岁以后，平生头一回咱俩安全了，你想抛弃这一切吗？

我的声音变成了祈求，但我太死心塌地，顾不得这个了。

这可能是我唯一的机会，艾迪。我得冒险试试——

这不是你一个人的风险。艾迪说。

你不理解，艾迪。我说，你理解不了。你也永远不会理解。我俩的眼睛紧紧地闭了起来。我不能回去。艾迪说，我不能，真的不能。

可我必须回去！

得了，你其实没有选择，不是吗？艾迪说道。

这句话就好像一刀切断了连接着我俩的筋腱，留下我一个人，疼痛难忍，如雷轰顶。好久好久，我说不出一句话。

好吧。最终我啐了一口。随便你想怎样吧。看来，我根本就无足轻重。

曾经有一次，在我们俩过完十三岁生日后的几个月，我消失了。

只有五六个小时，但在我看来却好像永无尽头一般。那一年莱尔病了，也是在那一年我们发现他的肾正在摧残着他，我们的小弟弟可能再也长不大了。

突然，我们就又出现在医院的大厅里，只是这一次，艾迪和我不再是病人了——病人成了莱尔。艾迪和我已经够让人闹心了，可莱尔的情况比我俩还要糟糕十倍。医生换了，各种测试也不一样了，给他治疗的方法也与我们的不同，但爸妈却一样因为担忧而几乎发疯，而坐在体检台旁边的莱尔，和当初的我们俩一样苍白，一样沉默。

一天晚上，艾迪坐在他床边，他伸手去关灯之前，在我们耳畔低声问了一个问题。

如果他死了，是否就意味着他又会和纳撒尼尔在一起？

艾迪哽咽着，差点儿连气都喘不过来，更别提回答他了。自从三年前纳撒尼尔消失之后，我们谁都没再提起过他，这已经成了约定俗成的习惯。

"你不会死的。"她说。

"可万一呢——"还没等她说完，莱尔又追问道。

"你不会死的，莱尔。你没事。你会好起来的。你没事。"

那天晚上她的脾气变得很坏，我们一直为一些愚蠢无聊的事争执，直到她对我吼叫，说我们的小弟病了，我能不能有点人心别再烦她。我也冲她尖叫，说已经有一个小弟死去了，可她不也活得好好的，难道不是吗？我一心想戳痛她，就像她伤害我那样。

可其实我是那样地害怕，怕极了。

我怕到有那么一小会儿，我不想和艾迪在一起待着。我不想知道明天会带来什么，接下来艾迪又会说些什么，弟弟会怎样——他今天居然问我们他是否会重新见到纳撒尼尔。

我一直都在努力挣扎不肯放手，可此时我突然想走向相反的方向——把自己蜷缩起来，越缩越小，把自己和我们俩的躯体分开，也和艾迪分开——这一直都是最让我心惊胆战的事。可我太愤怒，太伤心，也太害怕——

　　还没等我来得及完全弄清楚自己在做什么，一切就已经发生了。

　　我在尚未成熟的梦幻世界里徜徉了好几个小时，艾迪却恐慌不已，尖叫着让我回来。这一点她直到一年多以后才向我承认，但当我泪眼蒙眬昏头昏脑地回去的时候，我已经觉察到了她的恐惧。我也体味到了她的轻松。

　　从那以后我再也没有消失过，无论我们争吵得多厉害。无论我有多害怕。

　　可是今晚，我又走近了逃亡的边缘。我在逃与不逃的边缘摇摆。我吓坏了，无法跳出这一步，但是我很气恼，不由得想这样做。

　　我不知道每次艾迪和我互相不说话的时候谁更倒霉一些。对于我，整个星期五晚上和星期六一直保持沉默使得时间过得像梦一样。世界就像放电影一样从眼前闪过，遥远而又不可触摸。

　　另一方面，没有人在小事上提醒艾迪了。她进卫生间洗澡之前会忘了拿毛巾；闹钟会在星期六早上七点冲着我们大叫；她会到处找发刷，就是想不起来去书架上面看看。我什么也不说。难道我不知道她离了我不行吗？她忙着发呆或紧张得什么也做不了只会死盯着课本并且按照我说的去翻书时，是我在学习。她太慌乱说不出话的时候，是我把要说的话放到了我俩的舌尖上。

　　因此，每次我们气呼呼地不吭声、彼此不说话的时候，总是艾迪在几个小时之后——最多也就是一天——打破沉默，第一个开口说话。

但这一次，从周六到周日，艾迪一直不作声。我觉得身边空荡荡的，那种生硬、淡漠的空洞意味着她正在努力克制自己的感情。

"你还好吗？"星期天早上我们俩下楼吃早饭时妈妈问道。艾迪打开橱柜抓起一只盛麦片的碗时，我感觉到了妈妈落在我俩身上的目光。"你整个周末都有点怪怪的。"

艾迪转过身。我们俩的脸颊绷紧了，嘴唇咧开，做出一个笑容。

"嗯，妈妈，我挺好的。可能是有点累吧，我想。"

"你没传染上什么病吧，啊？"她问着，一边放下手中的杯子来摸我俩的额头。

艾迪躲开了。

"没有，妈妈。我没事。真的。"

妈妈点了点头，但眉头还是蹙着："好吧，别和莱尔用同一个杯子或别的东西，以防万一。他——"

"我知道，"艾迪说道，"妈，我也是这个家里的人，我知道。"

我俩的麦片堵在嗓子眼里。艾迪把剩下的倒进了垃圾桶。她回到楼上去刷牙的时候，我努力打起精神盯着我们俩在浴室镜子里的影像。艾迪也在看。里面映出我们俩的棕褐色眼睛，短短的鼻梁和小嘴巴。我们那头淡黄色的大波浪卷发一直都想做个发型折腾一下，可是一直都没敢怎么动。这时候艾迪闭起了眼睛，我没法再看了。她闭着眼睛洗脸，摸索到了毛巾，把它贴在我们俩的脸上。凉凉的，湿湿的。

你不会的。你不会真的想要回去的，伊娃。

艾迪总是先让步。我期待着一种满足感，一种我又赢了她又输了的滋味。可我感觉到的只是长长地舒了一口气。

想想看会发生什么事。她说。我们俩的脸仍然埋在毛巾里。现在我们可以一切正常。

我们可以就像现在这样。

每个人到头来都要解决的。它——

可我们还没解决。我说，没有完全解决。我还在，艾迪。

我们就这样在这个星期天的早上呆呆地站着，一个身穿T恤和褪了色的红睡裤，光着脚的女孩，水从下巴上滴下来，脑子里藏着一个可怕的秘密。

要是有人发现了呢，伊娃？要是他们把我们带走并且——

艾迪，我说，如果是你——如果是你被困在这个躯壳里面，如果你是不能动弹的那一个，我会回去的。我会立刻就回去。

毛巾刹那间浸满了热泪。

6

整个星期一早上，所有的人都只谈论一件事，那就是贝斯米尔博物馆的水灾。我们这些斯廷普小姐历史课上的学生突然成了学校里最吃香的人，就连高年级的也来追着我们问长问短，他们一般只对新生感兴趣，但现在，他们想让我们专门说说那天的事。

艾迪尽量躲开每个人急切的提问，可她也不可能躲开所有的人，只好一遍遍地描述博物馆当时的景象，估摸水大概有多深，还要回答类似的问题：我们的导游是什么反应，有没有人尖叫，她是不是怀疑这是恐怖袭击，她有没有看到可疑的人，等等。丹妮拉·洛斯说她看见了。火是怎么回事？有人看见着火了吗？哦，你就是摔倒的那个人，对吧？

艾迪的回答似乎总是让他们失望。显然，其他的人都被淹到了膝盖，而且都看见了角落里隐藏着可疑的人——或者至少都看见了高高升腾的火焰。

异类们干的。走廊里、洗手间、教室里到处响起一片窃窃私语，但大家都假装在认真听老师讲课。异类。隐藏的、自由的异类。就在这里。

"他们可能就在隔壁但你却绝不会知道。"数学课上坐在我们俩前面的那个女孩说道。她的声音充满了好奇和兴奋。其他人没有这么大胆。我们发现一个高年级学生第二节课后躲在洗手间里哭，她确信她那在贝斯米尔市政厅工作的老爸正处在可怕的危险中。艾迪受不了她的眼泪，飞奔而逃了。

到第三节课的时候，我们俩已经脸色苍白，几乎要发抖了。我们的双手紧紧地抓着座椅两侧以便让自己还能待得住，还能在椅子上挨到午饭的时候。我俩那天早上都忘了带钱，但因为谁也没心情吃饭，所以倒也不要紧。

终于，下课铃响了。艾迪不顾一切地向大厅冲去。空中霎时充满了学生们的叫喊声，他们急匆匆连跑带跳地冲过去，有凹痕的金属储物柜被弄得砰砰作响。一个男生猛地拉开他的领带，艾迪跳到一旁，免得被他的胳膊肘撞上。

哈莉的教室在哪儿？我问。想到今天早上发生的事，想到我们俩的拳头握得多么紧，我差点儿都不敢问了。可是我非问不可。

艾迪俯视着下面的大厅。506，她轻声说道。

我们挤出一条路向那边走去，人渐渐少了，我们加快了速度。艾迪走得很僵硬，一步一步地鼓足了劲儿向前走，决不肯有丝毫停顿，因为她害怕一旦停下来，就再也不会往前走了。很快，我们的脚步就变成了小跑，然后是飞跑，一路跑着穿过了大厅。

我们一头冲进506，撞得门和桌椅砰砰乱响，吓得那位老师大叫着跳了起来。艾迪伸出双臂，撑住一张桌子，这才没有摔倒。

"对不起，对不起。"她说着，一边弯腰去扶被我俩碰翻了的一把椅子，"我——我找哈莉·穆兰。她在吗？"

"她刚走。"那位老师说道，她的手还抚在胸前，"你真的有这么要紧的事吗？"

艾迪已经半个身子都在门外了："不，没有。对不起。"

现在去哪儿？她问道。我心里涌起一阵感激。学校里现在弥漫着一种反异类的情绪。我们俩的胸口那样沉重，每一次呼吸都让我觉得肺部有一种被挤压的痛楚。艾迪本来可以说"她不在。我已经尽力了。要不明天再说吧"，可是她没有，她只是问我，现在去哪儿。

我不知道。自助餐厅吧。然后咱们去学校外面。或许可以去马路对面的那家小餐馆。

我们在餐馆里搜寻着众人的面孔，想发现哈莉的黑框眼镜，还在那些喝咖啡和看报纸的人当中搜寻她的黑色长发。可是到处都找不到她。等我们离开的时候，午饭时间已经过了大半了。

我们去她教室门口等着。我说，她肯定得回那儿去。

那样我们上课就迟了。

我无所谓。

我们再次走进哈莉教室的时候，她的老师瞥了我们一眼。艾迪溜进去坐在门边的一把椅子上，双臂交叉放在桌上。我们等着，一直等着。

铃快要响了，伊娃。

再稍等一会儿。我说，她会来的。你看着吧。

可是她没有。时间一分一分地过去了，漫长而又安静。哈莉的老师清了清嗓子。我们俩没有理会。

最终，艾迪站起身来。

艾迪，咱们再等等——

可是艾迪摇了摇头，抓起裙子，在手心里拧着。她小心翼翼地迈着步子走出了门。她不在这儿，伊娃。那个老师会以为我们疯了。再说——

停下，艾迪。

咱们得走了。艾迪说，我不管——

不——不。停下。看——哈莉。

艾迪愣住了。我能感觉到她的意识一下子变成了空白。哈莉还没有看见我们俩。她站在自己的储物柜旁边，翻找书本。她刚才在哪儿呢？我们怎么会没发现她？但现在这些都不重要了。

艾迪，说话呀。

可是艾迪没有任何举动。

是哈莉，艾迪。拜托，说话呀。

我俩的脚好像被胶水粘在了地板上，嘴巴也好像被订书机订在了一起。我们和哈莉之间只隔着六英尺的距离，却仿佛隔着一个世界。

艾迪，为了我，拜托。

她一只手握拳贴在了胸口，艰难地向前迈了一步。

"哈莉？"她叫了一声。我们俩汗湿了的双手烦躁不安地垂在身体两侧。

哈莉迅速转过头来，她的嘴角向上抽了抽。

"哦，嗨，艾迪。"她说。

艾迪点点头。她和哈莉互相看着对方。我在努力克制着自己的焦躁。如果我再催她，可能会刺激她那已经绷得像弹弓皮筋一样紧的神经。可如果我不催促，她也许会没了勇气。

去啊，艾迪。我祈求她，去说吧，拜托了。

"我……"艾迪说道，"我……嗯——"她四下里看看，确保没有人在听。"伊娃，"她轻轻说了一句，轻得我都担心哈莉听不见，"伊娃想让你们来教她。"

一句话出口，艾迪甚至也不再手足无措，只是直勾勾地盯着前方，没有去看哈莉的眼睛。

"哦，太好了。"哈莉低声说，"那真是太好了，艾迪。简直棒极了。"

艾迪给了她一个僵硬的微笑。

午饭结束的铃声响了。哈莉抓起最后一本书，然后嘭的一声关上了柜门。她的笑容让她的眼睛也亮了起来。"放学后我在前门等你们，好吗？"她说，"咱们去我家。这次你们要好好见见戴文和赖安。肯定很棒，我保证。"

赖安。这是潜伏在戴文体内的另一个灵魂的名字。我把它藏进了内心深处。过去几天里我已经知道一切将会改变，而它是能够带来改变的事物之一。

艾迪尽量自然地答了一声："好的。"

一些男生已经走进大厅，一边聊天一边大笑。艾迪站在哈莉的储物柜旁边，看着她走回自己的教室。可就在哈莉马上要进去的时候，她又转身冲了回来。那群男生差点儿挡住了我俩，但哈莉还是挤了过来，笑着嘀咕了一句："肯定很神奇，艾迪。真的。你等着瞧。"

这一次，哈莉打开门的时候，戴文正坐在餐桌旁。他一手拿着把螺丝刀，另一只手里攥着一小块黑色硬币似的东西。一堆工具乱糟糟地摆了一桌子，好像一堵墙，几乎把他包围起来。我们出现在门廊上时，他抬头看了一眼，点点头算是和我们打了招呼，然后就又开始摆弄手中的活儿了。

"嗨。"艾迪说。她的声音里一点也没有平时她第一次和人见面时的欢快兴奋。和别的男生在一起时，她会做出一副笑脸，会大笑。而对于这一个，她似乎连看一眼都很勉强。

为什么？因为他其实并不是一个男生，而是两个？因为在他体内隐藏着两个孪生的灵魂，比肩而居？

如果是这样，那么正是这个原因让艾迪将目光瞅向了别处，也恰恰是这个原因让我想盯着他看，直到记住他的脸。可惜我不是能掌控我们俩行动的那一个。

"想喝点茶吗？"哈莉问道。她急急忙忙进了屋，甩掉鞋子，向冰箱走去。

"茶？"艾迪问道。

"是啊，很好的，我保证。"

艾迪弯腰去脱我俩的鞋，拉开了细细的鞋带。

"好吧。"

谁都不提我们为什么来这儿。艾迪站在过道边，两只胳膊交叉着抱在一起，两手抓着胳膊肘。现在干什么？

我不能确定。我们看着哈莉，可她忙着在橱柜里翻寻，顾不上搭理我们。戴文皱着眉头，正在把一样东西往那枚银币似的玩意儿上安装。真尴尬。艾迪和我还不如不在那儿。

哈莉终于转过身来，她笑着说："嗨，别站在那儿呀，艾迪。来，坐。"她指了指她哥哥对面的一张椅子，"戴文，招呼一下，我上楼去取东西。"

那男孩只是挑了挑眉毛，连看都没看她一眼："她不是你的客人吗？"

哈莉翻了个白眼。"别理他，"她从我们身边经过去楼上的时候悄声说了一句，"他就那样儿，粗人，而且不善交际。"

"别听她的，"戴文说着，一边还在忙着摆弄他的不知是什么的玩意儿，"她是因为赖安把她的门把手拆了心里不痛快呢。"

哈莉冲他做了个鬼脸，然后上去了，留下我们俩和戴文单独待着。艾迪还是没有动。

"坐下吧，如果你愿意的话。"他终于抬起头说了一句。

艾迪点点头，尴尬地又停了一会儿，才走过去在那张椅子上坐下来。戴文转身继续去拧螺丝刀，摆弄其他工具。时间一秒一秒嘀嘀嗒嗒地向前走着。

说点儿什么吧，艾迪。看在神圣的上帝的分上，你总得说点儿什么吧。

你能想出什么要说的吗？她气哼哼地问道。我们俩的身体绷紧了，烦躁像火苗一样蹿进了我俩的眼睛和嘴巴。

戴文抬起头。

好啊，现在他看着咱们了。我说什么呢？

"那么，嗯……"

他没有说话，没有应一声"什么？你想问我什么事吗？"。他只是看着我们，脸依然半转过去冲着他的工具。

你想出个话题啊。艾迪说。你想说话，对吗？那你就想出点什么能说的吧。她在沉默中不安地扭动着身子。我绞尽脑汁，可艾迪的烦躁让我很难思考。这简直就像在一只扑打着翅膀的鸟儿旁边全力思索一样。

你就说——

"那么你现在是戴文呢，还是我应该拿你当作赖安？"

这个问题从我俩嘴里脱口而出，不管艾迪用手去捂嘴巴的速度有多快，也无法收回了。我惊讶得说不出话来。

戴文眨了眨眼。或者，他是赖安？不，不可能；他刚刚还说起赖安呢。这个男孩皱起眉头，似乎有些困惑，但并不像是生气了。"不，我是戴文。不过，如果你想和赖安说话，我们可以——"

"不，"艾迪说着，向后靠了靠，"不用了，没关系的，谢谢。"她的冷淡抹去了戴文脸上不动声色的困惑，他又恢复了平淡的表情，点点头，继续摆弄手中的活计。房子里一片静默，只有当他的手偶尔滑动时螺丝刀发出的一两声响动。

你可真聪明。我说，让他讨厌我们。这可真是个好主意。

一阵燥热涌上我俩的面颊。你想让我走吗，伊娃？我正想走呢，现在就走。

我不吭声了。一堵墙砰地竖在我和艾迪之间，把她的感情封闭在属于她的那一半里面。可是她躲得不够快。我感觉到了她的自责和内疚，好像一丝细细的触须。

烧水壶尖声响起来。

"来啦！"哈莉大叫着从楼梯上冲下来。她在厨房操作台边上刹住了脚，伸出手去关了电炉子。水壶的尖叫声渐渐变成了低低的嘶嘘，最后安静下来，之后仍是好一会儿的静默，只有茶杯和茶匙发出的叮当声。

艾迪将我俩的目光从戴文的手上移开："这是什么茶？"

"哦，嗯，是我老爸的。我忘了叫什么名字。"哈莉说道。

她俯下身，把一只茶匙在杯子边沿抿了一下，以免水滴下来，然后将这些冒热气的茶杯放到桌上。"我在里面放了点冰牛奶，这样就不太烫了。尝尝看，很好的。"

她看着艾迪呷了一小口。我们俩以前几乎从不喝热茶。这杯茶比我想象的更甜，奶味更浓，香味也更醇厚。

"丽萨当初可是让茶折腾得不轻啊。"戴文说道，"一个月以前，让她纠结的是那些华丽的小折刀。"

丽萨。她现在是丽萨吗？艾迪瞥了一眼坐在我们身边的女孩，当然了，她看上去还是一样。一样的黑头发，一样的酒窝，一样的棕褐色眼睛。我对她和哈莉还不是很了解，无法分辨她们两个。

"我没有纠结。"丽萨说着，从她自己的杯子里喝了一大口茶，"要是妈妈答应，我还会继续收集小折刀。"

"这茶的确很好喝。"艾迪静静地说了一句。

丽萨冲我俩笑了笑，一个灿烂的、迫不及待的笑容："就是好喝嘛，对吧？"

时间又过去了一小会儿。艾迪摩挲着茶杯把手。即便我俩心中有一堵墙，我还是能感觉到她的紧张越聚越多，像水蒸气一样从缝隙里往外冒。

"为什么是我？"她说。

丽萨和戴文都抬头看着她，丽萨的脸从茶杯上仰起来，而戴文的头也不再埋在那堆工具里了。他们眼神里的那股劲儿，从许多方面看都一模一样，让艾迪有些结结巴巴，可她还是硬着头皮说下去。

"你们为什么挑中我？你们……你们怎么知道我和别人不一样？"

丽萨似乎很小心地在斟词酌句，她慢慢地说道："还记得去年九月，你把盛午饭的托盘掉在地上了吗？"

我们俩当然记得。当时我俩正在为什么事争执，心里在对彼此尖叫咆哮，直到外界的事物已经从我们眼中渐渐淡出。托盘从我们手中跌落的时候，餐厅里一下子变得很安静，土豆泥和牛奶洒到了半空中。

"有时候你好像在和另一个人说话，你知道吗？就好像还有一个人，你们在争斗。"丽萨顿了顿，"我也说不清。也许那就是一种感觉吧。"她向我们露出一个试探性的微笑，"或许是因为我们相似，所以有种亲切感？"

艾迪没有冲她笑。

"不管怎么说吧，"丽萨很快说道，"我们让戴文查看了你们的档案，那上面说你们到十二岁的时候都还没有解决。这就是很清楚的线索了。"

艾迪耸起了肩膀。茶杯就在我们俩面前。那轻柔的、散发着甜味的热气安抚着我们俩倍受折磨的神经。"于是你们就清楚了。就是那么回事。"

"什么意思？"丽萨问。

"我与众不同，很明显是吗？"

"嗯，也不像所有人都偷看了你的档案那么明显——"

"真的就有那么严重吗？"戴文说道。他的声音很低。他终于放下了螺丝刀，开始专心听我们的谈话了。"我是说，与众不同？"

"你听起来就像放学后电视里播的特别节目，而且还很糟。"艾迪说着，笑起来，虽然我俩的手指还紧紧地握着茶杯。她换了一种轻快的声音，带着点讽刺调侃的味道，学着电视主播："与众不同也没什么大不了的。"

"是吗？"他说。

"如果不是像我这种情况的话，是的。"

"可你还是来了。"他说。

艾迪不吭声了。然后，她吞吞吐吐地说道："是伊娃想来的。"

戴文脸上的表情依旧，但丽萨笑了。

"我——"艾迪皱起了眉。我们俩的脑袋有种奇怪的感觉。闷乎乎的，像塞着棉花。还有点晕。她推开那杯茶，现在它已经不再那样热气腾腾了，所以，应该不是茶的缘故。"我，嗯……我想——"

我们俩的身子前后摇晃起来。

伊娃？艾迪叫道。她这一声叫得孤独无助、惊恐不安。

然后她就不见了。

一片黑暗。我俩的身子向前一扑，太阳穴重重地碰在了桌子上。

我尖叫起来。

艾迪？艾迪？

没有回应。

还不只是沉默。而是一片空洞虚无，没有了丝毫艾迪本该在那里的迹象。即使是在我们俩互相不理睬对方的时候，即使是在艾迪试图尽她最大的努力隐藏感情的时候，我都能感觉到她竖起来的那堵墙。可是现在没有墙。有一道裂缝。

一阵头晕恶心向我袭来。

"把茶杯拿开。感谢上帝她没有一头栽进茶杯里。"

"是她自己把茶杯推开的。好像她知道——"

"嗯，你们俩做得太明显了。我很惊讶她竟然什么都喝。"

他们的声音渐渐变成了低语。我鼓足勇气钻进那片黑暗中去探寻，疯狂地搜索艾迪的迹象。她温热的气息，她的思想，都没有了。连一点点她曾经存在过的碎渣都没有。

我们俩的身体感到令人难以置信的空洞。空荡荡的。太大了。当然太大了。这个躯体一直都装着我们两个人，可现在却只有一个。

"伊娃？"

嗯？我应道。

"你能听见我们说话吗？"丽萨问道。

是的！——能，我能听到你们。艾迪在哪儿？她怎么了？

可他们自然什么也听不到。

"咱们先让她躺平了，"戴文说道，"我会让她回来。"

两只手抓起我俩的胳膊，把我们斜靠在座椅上。有谁把我俩的椅子从桌子旁拖走了。然后又来了两只手，这次抱住了我俩的腰。最后，我俩的身体被举到了空中，慢慢地向某个未知的目的地移去。我陷在这个既属于我又不属于我的身体里，一个字都说不出来。

他们要把我俩弄到哪里去？这一切是否都是个圈套？一个陷阱？政府是不是就这样对逃避政府机构管理的异类们斩草除根？假装他们也会有朋友，有理解他们的人。让他们觉得自己并不孤单，然后在他们不设防的时候一举抓获他们。我们自己走进了陷阱。或者说，是我。而且，我把艾迪也拉了进来。

我真是太傻了，太轻信了，太迫切太渴望才会相信自己能再次动起来。

"你能够得着那个枕头吗，丽萨？那一个……把它放到这儿……"

我感到身下有个柔软却又结实的东西。抓着我们的手松开了。那么，他们没有把我们带出房子。也许他们并没有打算绑架我俩。我甚至并没有似乎松了口气的感觉——只是没有那么难受了。

艾迪。我说，艾迪，他们对咱俩做了什么？

"伊娃？"说话的是戴文，"伊娃，听着。"

我听着。我在听着。可他们没法知道，因为没有艾迪告诉他们。

"伊娃，你被吓坏了吧？现在你不必担惊害怕了。你必须听我们说。艾迪没事。她只是……这会儿睡着了，因为药性在发作。我们觉得，如果事先让她知道的话她就不会喝了……"

他们给我俩下了药。他们真的给我俩下了药。一股怒火燃遍了我的全身，烧掉了一点恐惧。

"伊娃，你能动吗？"

我当然不能动。

"那个药会有点作用的，伊娃，"丽萨说，"试着弯一弯你的手指头。"

我试了一下。就像多少年来我一直在试那样——如果真能动，我要立马逃出这个地狱。可是什么也没发生。我被困在一个肌肤和骨头构成的囚笼里，被束缚在我无法左右的肢体中。这到底是个什么阴谋？他们是在帮助我们吗？就像这样？艾迪？我说，拜托，艾迪，醒过来。

一只手握住了我的手，而我无法抽出来。

"伊娃，"一个人说道，"伊娃，我是赖安。"

赖安。戴文的声音，可也是赖安的。就像艾迪的声音也是我的一样。曾经也是我的。

"我们还没真正见过面，不过以后会的。现在我们只是想让你试着动动手指。动一动我握着的这只手。"

我俩右手心感受到温和的压力，这引导了我。我的精神搜索到了我俩的指尖。然后我又试着弯曲了一下手指。我努力试了试。

"有很多年了，我知道。"赖安说，"这是一段很长的时间，但也不算太长。你还可以做到，伊娃。"

我做不到。我说。我不能，我不能。不能像现在这样。

不能这样一个人待在黑暗当中。

"伊娃？你还在尝试吗？"

是的，我说道，差点喊起来，是的，是的。

"我知道这很难。"他说。

你知道？我的声音在那个偷去了艾迪的裂缝里尖厉地回响着，你也曾像现在这样吗？被人下药，变成独自一人？

他听不见，所以也没有回应。而另一个声音在黑暗中响起来。是丽萨，还是哈莉？

"伊娃，相信我们。"

相信他们！

"药劲儿一会儿就会过去，"她说，"所以，请你一定要试着动一动。"

我试了。我躺在黑暗中，听他们谈论着我，试了似乎有几个小时那么久。最终，我筋疲力尽，几乎要尖叫起来，我停下了。

"对啊，"丽萨说道，"做得好。继续努力。"

"你马上就要成功了。"赖安说道。他已经这样说了至少十次。

不。我发火了。我甚至一点都没有接近成功。

我做不了。我做不到。我不够强壮，不够好，不够坚强。这种状况已经持续太久，而艾迪——艾迪不见了。没有她我什么也做不了。我从来没有离开艾迪做过任何事。

我一直梦想着能再次动起来，梦想了那么久，每一次幻想都既充满渴望又充满恐惧。可我做梦都没想到过我会独自一人，像现在这样。从未想过事情会变成这样。

"加油，伊娃。"

不。不——

"你能做到。"

闭嘴。闭嘴闭嘴闭嘴。我做不到。我不——

"伊娃——"

"我不行！"

沉默。

"伊娃？"丽萨吸了一口气，"伊娃，那是你的声音吗？"

我？

哦。

哦。

"赖安——你听到了吗？你听到她的声音了吗？"

我的头一阵眩晕。

"你能再说一遍吗？"赖安问道。

我刚才说话了。我说了几个词，动了嘴唇和舌头而且说话了。

他们听见了我的声音。

艾迪？我叫着，艾迪，我说话了，我说话了。

从遥远的深渊里传来一阵脉动。

艾迪？

又是一阵脉动。然后是一阵气若游丝的感觉。某个东西仿佛晨雾一样轻柔、缥缈，触须一般从那道裂缝中探了出来。

伊娃。她轻声叫道，听起来温暖而又胆怯。伊娃？

她回来了，睡眼惺忪，虚弱、困惑，可是终于回来了，回来了，回来了，填满了我们俩体内那个可怕的空洞。我们又重新合为一个整体了，又成了意味着我们俩的那个人。

伊娃。她问，发生了什么事？

嘘。我说。我如释重负地又哭又笑。嘘。没事。咱们没事，别担心，别担心。

她相信了我，仍然闭着眼睛，渐渐放松下来。

伊娃，她咕哝道，我做了个非常奇怪的梦。你也梦到了吗？

7

艾迪清醒五分钟后还有点头晕眼花，她坐起来的时候身子摇摇摆摆的，动起来就像从糖浆里走出来似的，胳膊腿都滞重而笨拙。

我……我抬不起胳膊。她说道。现在我们俩能看见丽萨和赖安了，他们蹲在沙发旁边，还在说话，他们的话从我俩耳边飘过，但是没飘进我们的意识里。艾迪根本就没在听。我听到了一点，得知药效还要发挥一会儿才能彻底消散干净。

别担心。我说，很快就会好的。

是那杯茶，对吗？她问。

是的。她不问，我就什么也没告诉她。我没告诉她当她睡过去之后都发生了什么。

我没告诉她我说话了。

我想她还没有准备好知道这件事。

艾迪恢复了，她的存在不再那样微弱稀薄，而是和相邻的我势均力敌了。她一直眨巴着眼睛，好像在努力从梦境中清醒。

"艾迪？"丽萨说着，向我俩走来，她的手本来要拉我俩，可是在最后一秒停住了，"现在你感觉正常了吗？"

艾迪惊了一下，好像第一次注意到她，"你，你——给我下药了。"她的声音含含糊糊的。

兄妹俩对看了一眼。

"我们不得不那样做，"丽萨说，"用点药会容易得多——"

"什么容易得多?"艾迪问道。

赖安和丽萨又互相对看了一眼。沙发硬邦邦地顶着我俩的后背。我们俩的手指插进紧实粗糙的沙发布当中。

"伊娃还没有告诉你吗?"赖安问道。

艾迪的眉头皱得更紧了："伊娃怎么会知道?"

"嗯……"丽萨抓起一绺头发，在指头上绕着，"伊娃刚才是醒着的，对吗?"

"当然不是，"艾迪说，"那不可——"

我是醒着的。我说。

艾迪剩下的那半句话卡在了我俩的喉咙里，吞咽一下都觉得痛。什么?

我犹豫了。丽萨和赖安看着我们，揣摩我俩脸上的表情。可我知道艾迪根本没注意他俩。

我刚才是醒着的。我说。

可是……艾迪颤抖着问道，怎么会?

我不知道。是药的作用。它让你睡着了，可我——我醒着，艾迪。

震惊后的沉默。她的震惊亮晃晃地、咄咄逼人地绕着我打转。

可是。她说道，可是——不会的，那——

我还说话了。我说。我不能再憋下去了。索性让她知道吧，免得这事闹得我俩不得安生。我说话了，艾迪。在你睡着的时候。

哦。她说道。然后，她又说了一声，哦，声音轻柔起来。

"艾迪？"丽萨说着，伸手搭上了我俩的胳膊。

艾迪抬起头看着她。我们俩的嘴巴张着。然后，一个嘶哑破裂的声音问道："伊娃说话了？"

丽萨微笑着说："是的。"

艾迪的目光呆呆的。她什么也没说，甚至没有和我说话。我配合她，也沉默着。我不知道该说什么。突然，她试着要站起来。我俩的腿虚弱得好像撑不住我们的身体。"我……我要回家了。"

就在我们摇摇晃晃的时候，丽萨抓住了我俩的胳膊。"不，艾迪，待着。请你待在这里。"

"再稍等一会儿。我送你们回去。"赖安道说。艾迪看了看他。她甚至不知道他是赖安，我突然想到。她还以为他是戴文呢。

"我没事。"她说着，摆脱丽萨的手，昏昏沉沉地向厨房走去。他们赶紧跟到我俩身后，硬木地板上响起一片啪啪的脚步声。

"我陪你回去，"丽萨说，"稍等，艾迪。我——"

艾迪好像没听见。

也许我们应该让人送我们回去。我轻轻地说了一句。我俩脚下绊了一跤，赶紧扶住了厨房的操作台。

艾迪没作答。我也没有再提。

她蹬上鞋子，连鞋带都没系。当她伸手去拿书包时，赖安已经帮她拿着了。他点点头，示意我俩先走出门。

"我去吧，赖安，"丽萨说，"我可以去——"

我不知道这场争执是怎样结束的。我听不见，因为艾迪已经跨过了门槛，我俩的鞋带边走边发出窸窸窣窣的响声。我听到门在我们身后关了起来。然后，一个声音在我俩耳边响起："你应该把鞋带系上，要不会绊倒的。"

艾迪弯腰系鞋带。我俩的手指抓着鞋带翻过来弄过去。等我俩再站起来的时候，赖安正看着我们。

"好了，走吧。"他说着，语气里不乏温和，"我不知道你们住在哪儿，所以你要带路。"

他们静静地走过了两个街区。外面的蚊子很凶。空中的湿气使人感觉好像是在悬挂着的雨幕中艰难地行走一样。天空好像是从图画书中取出来的一页，春末夏初时节的蓝色，那样完美，看一眼都会心痛。

我无法分辨艾迪在想什么。她的思想一片空白，她的感情也好像封在了一个盒子里。几辆车从我们身边飞驰而过，仿佛我们不存在似的。他们不知道我们是谁，我们做了什么。

我做了什么。我说话了，我说过话了。

"她说了什么？"

"什么？"赖安问道。他把脸转向我们。

艾迪停了一会儿才重复道："她说了什么？"

"谁，伊娃吗？"他问。

艾迪点点头。

赖安皱起了眉头："你这是什么意思？"

他不明白为什么艾迪要问他而不去问我。

我也不知道。我也不去想。

艾迪知道。

"我想知道在我睡着的时候伊娃说了什么。"艾迪说。我俩的声音很低，有点烦躁。

他停顿了一下，然后答道："她说，我不能。"他说最后三个字的时候变了声调，以表明那是我说的话。

"不能什么？"

"你为什么不去问她？"

艾迪没有回答。赖安不再看着我们了，但他说："你高兴吗？她说话了。"

"高兴？"

赖安停下脚步。我俩的目光盯着地面。

"高兴。"艾迪又说了一遍。温热潮湿的空气吞没了我俩的声音。

"这没什么，"赖安说，"如果你不高兴这也没什么。"

慢慢地，艾迪抬起头，看着他的眼睛。

"我想，如果你不高兴，她也会理解的。"他说。

他们继续走着，天挺热，蚊子的袭击也复仇似的越发猖狂，可他们依然不紧不慢。今天不适合做一些事，比如快步走。

渐渐地，我家的房子能看见了。低矮的，灰白色的，黑色木板的房顶，还有一排散乱的玫瑰花，那是我们的父母在决定搬来的时候少数几样还能买得起的东西之一。我家现在的房子比我们以前的小，妈妈也不喜欢这个厨房的布局，可是，我们第一次走进客厅的时候，仍旧尽量忍住了没有抱怨。或许我们年纪还小，但不至于小到那样不懂事：医生收费很高，政府发给爸妈的薪水又是那样有限。

很快，我们来到了我家的前院。印着草莓图案的窗帘后面透出厨房里柔和的灯光。

"你们进去吧。"赖安说着，把书包递给我们。艾迪看着书包，好像已经忘了那是我俩的，然后点点头接了过来，转身向屋里走去。

"那么，回头见，艾迪。"他说。

他在我家院子的墙边站住了，让艾迪自己走到门口。也许，他还想问什么却没说出口，或者，也只是本能的反应，就是人们平时说的一句随意的道别罢了。我无法确定。

艾迪点点头。她没有看他。"好，回头见。"

她在门口的地垫上蹭着我俩的鞋子。这时，赖安又说道："再见，伊娃。"

艾迪不动了。空中飘浮着快要枯萎的玫瑰花的味道。

再见。我低声应道。

我俩的手在门把手上僵住不动了。慢慢地，艾迪转动了它。

"她说再见。"

赖安笑了笑，慢慢走远了。

从那天以后，艾迪和哈莉每天下午放学后都一起去她家。艾迪不再喝茶，茶对那个药来说温度太高。哈莉把细细的白色粉末溶解在糖水里，这样能压过一些药的苦味。

艾迪和我没有谈论关于治疗周期的事。我告诉自己，不去说这事是因为不敢奢求太多好运。艾迪同意去她家，这已经是冒了最大的风险了。我还能再要求什么？但老实说，我很害怕。害怕听到她有可能会说出来的话，害怕听到她真实的感受。

哈莉和艾迪也没有说得太多，尽管从哈莉的角度来说，她并非没有努力。艾迪总是用移开的目光和只有一个字的回答截住她的话头。但只要哪天下午我们不用去做临时保姆看孩子，艾迪就绝不会错过一次治疗。她的朋友们常常约她去逛街或看电影，可她只有一次和我提出，那天不去穆兰家了。

那个特殊的下午，哈莉边往书包里收拾东西边说："我今天要去别人家。我们有一个计划，要——"

艾迪迟疑了一下："那就明天吧。"

"不，等等。"哈莉说着，笑起来，"我不会去太久的。最多半小时，好吗?"

我什么也没说。艾迪没有看哈莉的眼睛。她盯着黑板上被擦去一半的符号，破旧的课桌上的涂鸦，还有被弄弯了的塑料椅子。

"戴文会陪你们走——"哈莉说。可是艾迪打断了她。

"我记得去你家的路。"

"哦。"哈莉笑起来，她的笑声本该缓解一下气氛的，却衬得继之而来的沉默越发尴尬。她把书包斜挎在肩上，笑容依旧，眼睛却比平时眨巴得快了。"最多半小时，"她又说了一遍，"戴文知道药在哪里。他能保证你睡着的时候伊娃什么事也没有。"

艾迪最后还是和戴文一起走了，因为我们在学校门口碰上了他。这十分钟大概是我所能想象的最别扭的一段行程了。他不和艾迪说话。艾迪也不看他。炎热让他们俩都开始流汗，使得尴尬的场面越发难挨，因此，到穆兰家那幢凉爽、有空调的房子后，吞下药水躺下等着艾迪睡着竟比平时更让我觉得放松了许多。

感觉到她从我身上剥离仍会让我恶心难受，但我能越来越平静地忍受了。她会回来的。知道她会回来，知道药效最多只能持续一小时，有时只有二十分钟左右，这让我觉得这件事更容易了些。

艾迪躺下时，戴文一直坐在桌旁，但她消失大约十分钟后，我的名字就开始在黑暗中飘浮。

"伊娃？"

他叫我的名字时就像在说一个秘密，一个口令，一个从闭锁的门外悄声穿过来的密码。

嗯？我应道，尽管他听不见。黑暗，艾迪和我身下柔软的沙发，这就是一切。我能够感觉到我俩的指尖触摸下沙发面料上隆起的部分，还有抵着手腕处的布料上面的颗粒状突起。

我还感受到了他手掌的温热——他把手轻轻地放在我俩的手背上，我感受到了他指尖的压力。他用大拇指轻抚着我俩的手腕。

"我是赖安，"他说，"我想——你可能希望知道有人在这儿。"

我试着说话，把所有的力气都集中在嘴唇上、舌头上、喉咙上。我努力想用这张属于我但又不肯服从我的嘴里说出一句谢谢你。可我似乎是不能在这个特殊的一天说出话来。

于是，我转而把力气用到了赖安的手上，这样比较容易些。他的手滑过我俩的指关节，手指蜷起来，放在我俩手下。我弯起手指，钩住他的手，用尽力气握了握，这几乎就是我能做的一切了。

我想，这个表达已经很清楚了，清楚得就像我将要得到的东西。

想到有一天能够回应他，能和其他任何人一样和他坐在一起聊天、说笑，这又为我坚持去穆兰家增加了一条理由——我的理由本来就在日渐增多。我要继续战斗，无论付出怎样的代价。

8

日子一天天过去了，后来变成了一周周地过去。我以前总是用周末去电影院，或者莱尔做透析的次数来数算我的时日。我用学校布置的作业或者去做保姆给我的日子打上标记。现在，我的标记成了躺在沙发上，在赖安或戴文、哈莉或丽萨的陪伴下取得的进步。比如，我能说出多少个单词；我能动几个手指头。平生第一次，我的脑海里充满了记忆，那是我的记忆，完全是我一个人的。当哈莉在我耳边给我讲她小时候怎样拉着她哥哥去做一些疯狂的傻事时，我露出了笑容；我的第一次大笑把丽萨吓了一跳，然后她也大笑起来。即使是在我的治疗有点停滞倒退，我沉默地躺在沙发上，动弹不得，闭起眼睛躲在黑暗中的时候，我也知道，身边仍有一个人在和我说话，给我讲故事。

穆兰一家比艾迪和我早一年搬来鲁普赛德，当时穆兰妈妈换了工作。我知道了他们是怎样搬来的，知道赖安有多想念他们的老房子，因为他在那里度过了十二年。他知道图书馆里每本书的位置，熟悉蜿蜒盘旋的楼梯上每一个吱嘎作响的台阶。我也知道哈莉一点也不怀念那里，因为他们几乎没有邻居，仅有的那家人却又令人憎恶。我还知道他们都很珍爱那里留给他们的回忆。比如，房后的田野和在田野上奔跑的童年，还有在那里捉迷藏的情景。

我无比清晰地记着我第一次睁开眼睛时的情景。

哈莉大叫起来，然后跌跌撞撞地跑去叫戴文："看！她哭了。看呀！"

"伊娃?"戴文叫我。可那不是戴文。

那是我第一次捕捉到他们俩互换的那一刹那，我发现赖安挤到前面来看我。当时我还不能控制我们俩的眼神，也不能微笑，或者放声大笑，只能注视着他的脸。他离得那样近，我甚至能看到他那与众不同的睫毛，又长又黑，像哈莉的睫毛一样向上曲卷着。

我记得他当时的面容，翘起一边嘴角笑着，因为当天下午淋了雨，头发湿乎乎的，比平时卷曲。那是我第一次看他，真的，因为在学校我们很少见他，就算见着了，似乎也总是戴文在掌控一切。哈莉把他挤到一旁，他轻轻地瞪了她一眼。于是，我看着的人成了哈莉。

"很快你就能做侧手翻啦。"哈莉笑着说道。在这种时刻，我相信她。其他时候，我不是很确定。

"别担心。"一天下午，赖安说道。那天，哈莉和丽萨又不在。现在，她们似乎越来越多地让我俩和赖安待着，艾迪也不再问她们去哪儿了。我无所谓。我喜欢这个拖一把椅子坐在沙发旁，和我聊着电线、电压什么的男孩。他聊着聊着会大笑起来，说，恐怕我早就烦死了。还说，这对我来说就是最好的动力，刺激我努力去控制双腿，好赶紧跑开。

要是控制力永远也回不来了那怎么办? 我问。现在，我常常向他和丽萨说起这个问题，虽然知道他们听不见我说话，但我还是想说。有时候，他们会把这种单方面的谈话持续到一个小时。而我至少还能回报他们的就是也对他们说话，即使他们不知道。

赖安把椅子拉得更近一些："戴文和我从来没有真正地解决过。我们五六岁的时候，有几个月我的力气一直在衰退。所有的人都觉得我肯定在我俩的七岁生日到来之前就消失了。"他的嘴角翘上去，露出一丝微笑，"可我又回来了。我也不知道是怎么回事。我只记得在挣扎搏斗，戴文也在挣扎搏斗……我不知道。我们的父母从没告诉过任何人。你还记得吧？我妈妈在医院工作。"

我记得。那个药就是从医院里弄来的——是哈莉有一天和她妈妈去医院的时候偷回来的。艾迪知道了之后简直忍不住要发抖。

"她对那药了解一点。她想，或许我们就是发育晚一点的孩子。或者，她希望如此吧。所以，她没有报告药品失窃，她确信我们把药藏起来了——而她为我们做了掩护。丹韦尔——就是我们以前住的地方——那样小的一个乡村，要躲在家里很容易，我们的老爸自己在家教我们一二年级的功课，所以那段时间我们不必经常到大庭广众当中去，而且当时我们都是刚刚解决了各自体内的异常状况。我们的父母很担心，你明白吗？"

我用尽了全身力气——全身的力气和所有的注意力——终于用我们俩的嘴唇和舌头说出了两个字："是的。"就在这两个字里，我试图表达我全部的心意。

赖安笑了，我每次说出点儿什么他都会这样笑，即使有时我说的不过是几个音节。但很快他的笑容黯淡了："政府官员对于最后期限是不会再宽容的——我们的最后期限。"

我被恐惧和妒羡弄得撕心裂肺。如果你知道你的孩子有病，发育不正常，你怎么可能不带他去看医生？你怎么可能不担心？

"可说到底，不去普通的学校会更惹人注意。老妈觉得戴文表现得像我俩当中占主导地位的那个，所以她后来给我俩报到注册时只写了他的名字。伪装自己吧，她告诉我们。我们已经明白了那有多重要，于是我们就假装是一个人。"

我抬头注视着他，多希望自己能有力气也有合适的言辞告诉他，我太理解他了。我想告诉他艾迪和我曾经在操场上怎样忍受着别人对我俩毫无掩饰的好奇，以及我们心中越来越严重的恐惧。

不过，赖安知道这一切，就好像他知道他的容貌特征会让每个看见他的人都想起我们历史书上的插图，想起那些外国人，他们曾受到不遗余力的驱逐，只为保证我们的国家安全。

"所以我们就假装。"赖安耸了耸肩，"我们一直假装着。那时，哈莉和丽萨七岁，她们也没有表现出丝毫会解决的迹象。"他笑起来，"我想，老爸老妈第二次的担心更厉害了。哈莉很难隐藏自己。"

那她们怎么办了？

"她们俩当中，哈莉总是比较吵闹的那一个，因此他们在学校注册的是她的名字。"他说道，他好像只看着我就能猜出我想知道什么，"她在学校伪装得好极了，后来我们就连在父母面前也开始假装她已经完全掌控了一切。他们大大地松了口气。现在，他们……嗯，我们再也没有说起过这个话题。"他苦笑了一下，"我们都是一流的伪装者啊，我想，老爸老妈以为我们正常了。或者，他们对自己说，我们正常了。"

他摆弄着手里的一件东西，一个不需要电池但可以像钟表那样上发条的手电筒。他还有好多东西藏在地下室里：连接着麦克风的盒式磁带录音机；他自己组装的电脑和其他被他拆开的物件；甚至还有七零八碎的照相机。他答应以后等我能自己行动了就带我去看。

"我不确定我们是否还能发现其他人。"赖安说道，"就算找到了，我不知道——不知道是否安全。我们试着……想要……"他停了停，"哈莉非常渴望，比我们几个都更渴望。她需要结识伙伴，知道吗？和其他像我们一样的人在一起。可我认为——戴文和我都认为，那种事太危险，试都不能试。我们花了几个月的时间才让她相信我们。"他看了看我，又去弄他的手电筒，"不过，我很高兴她还是试了。"

我也很高兴。我想说。我很可能说出这句话的，我本来可以说的，可不知怎么的，又似乎有点儿底气不足。因为要是那天哈莉在大厅里没有叫住艾迪，要是博物馆漏水之后她没有坚持请我们来她家——或者，要是戴文不同意闯进学校的档案室，要是丽萨没有让艾迪听她说话，要是那一连串事件中有一件不曾发生——我很可能还是以周末和去做保姆的次数来数算我的日子。我会依然什么都不是，只是一个时时搅扰着艾迪生活的鬼魂。

"伊娃？"

我抬起头，让自己的目光和他的相对。看着这个男孩的脸在赖安而不是戴文掌控的时候是如此的不同，真是太令人诧异了。他的微笑让我心痛，心痛到难以回应他同样的笑容。

"嗯？"我答道。这一次稍稍容易了一些，就好像经过练习之后在乐器上演奏一支歌一样。

他停顿了一会儿没有应答。他的眉头蹙了起来，眼睛也黯淡了。有那么一会儿，我担心他要转换了。戴文几乎从不和我说话。赖安现在转换就意味着我们的谈话要结束了，也意味着我要独自躺在沙发上直到艾迪醒来。但赖安没有，只是他接下来的话说得犹犹豫豫，颇费周折。

"你有没有好奇过，那些被带走的小孩到底怎样了？"

我凝视着他。他的眉头皱得更紧了。他的嘴巴张了张，没说什么就又闭了起来。

"有没有想过，没被带走的双生人其实到底有多少？"

他的脸猛地扭到一边不再对着我，表情也僵硬了。然后，他退去了。戴文扭过身子，冲着墙。

"反正不是你能想象的。"他平静地说道。

就在这时候，哈莉回来了，戴文回到了楼上。我没法叫他回来，没法再和赖安说话。

时间一天天一周周地过去，我渐渐变得强壮，只是进展很慢，蜗牛的速度。我还是离不开那张沙发，还是只能说一些不成句的词，但那些词连起来越来越长了。很快，我能有规律地睁开眼睛，还能弯弯手指和脚趾。我第一次从沙发上将手抬起足足六英寸的时候，哈莉又是尖叫又是拍手。

要重新对我俩的身体获得控制力，这是个缓慢的过程，可我不再为此而焦虑，倒是开始担心这件事进行得太快了。对艾迪而言是不是太快了？有时候，丽萨或哈莉会告诉她我那天下午又取得了怎样的进步。艾迪从来不说太多，只是点点头，然后拿起我俩的书包，离开。

我不由自主地感到阵阵空虚。

9

艾迪以最快的速度扭动着身子从校服里钻出来，她一边脱去我俩身上的裙子，一边已经抓过了一条短裤。但莱尔还是不等我俩换完衣服就砰砰地敲着我们卧室的门："妈妈说快一点，艾迪。我们要迟啦。"

是我提议我们今天不去哈莉家而去城里的——这样就可以不必再去吃药，在药效的作用下被强制催眠。艾迪或许需要休息一天。我们一直保守着一个谁都不会希望自己要保守的大秘密。我们正在摆脱多年来没完没了的咨询和医生来访，正在推翻那些灌输给我们的关于"解决"的一切。

我不禁想到，有一天，也许我们会为这样做而后悔。我殚精竭虑用尽浑身解数说服了艾迪去穆兰家，因为我害怕如果不这样做以后我会更后悔。可是这条路一点也不安全。即使我们永远不被人发现，可随着我日渐强壮，艾迪和我该怎样生活呢？难道我们俩最终真的要让自己分裂崩溃，就像医生说的那样吗？穆兰家的兄弟姐妹们过得似乎还不错，可是……谁知道呢。

艾迪有些烦躁不安，这很正常，而我也变得心绪不宁，尽管我刚刚重新学会了微笑。因此，当艾迪瞅准机会去和丽萨说我们今天放学后要和弟弟去城里时，我丝毫没有感到意外。可是，丽萨听后带着她和赖安特有的、翘起一边嘴角的微笑问道，如果她也在城里碰上我们，我们是否会介意，我觉得有点奇怪。而艾迪竟然回答说不介意，这就更让我吃惊了。

"不会迟的，"艾迪吼道，"去坐到车里，告诉妈妈我两秒钟就到。"

他嘟囔了一句，不过我们俩听见他咚咚地下楼去了。莱尔走路总是像只大象一样，尽管他的体格看起来更像只鹤——一只长着一身软蓬蓬黄毛的小鹤，全无优雅可言。

我们俩和莱尔都继承了妈妈的长相：金黄色的头发——虽然也带了点儿爸爸的自来卷——还有褐色的眼睛。老爸长着棕褐色的头发和蓝眼睛，他过去常说他在遗传学系工作，总觉得自己受了好大的愚弄。我们都笑，可是在那笑声背后，却是痛苦的疑问：我们这有问题的异类基因到底是哪儿来的？

人人都知道异化状态携带着某种基因因素。这个国家其他的人其实大多也都是异类。他们的特征被压制只是因为当初革命的胜利者们不是异类，而且，他们精心营造着一个没有异类的国家：他们清除了那场持久战争之后残存的异类，将两块大陆连接起来，并关闭了国界。

艾迪穿好衣服，匆匆梳了一下头发就冲到楼下抓起鞋子。她半跑半跳地奔向汽车。莱尔已经在后座上系好了安全带，他身边放着一小堆破旧的平装书。每次他按照预约去做透析的时候，总是坚持至少要带三本书，而且都是探险类的小说。他的身体和透析机连在一起的时候，他就狼吞虎咽地读这些故事，借此打发那漫长的几小时，然后在回家的路上再讲给我们听。

班里的同学在体育场踢足球的时候，莱尔总是第一个累坏的孩子。赛跑时他也总是最后一名。我想这就是他为什么总要让自己沉浸在描写英雄的书本中：英雄们总会冲出紧锁的房间，攀上摇摇欲坠的高楼。

我们俩钻进副驾驶座，艾迪刚把车门砰的一声关好，妈妈就叹了口气，将车驶出了车道。"我真是不明白，你为什么就不能穿着你的校服呢，艾迪。"

艾迪忙着弄我俩的鞋子，没有作答。再说，她已经千百万次地告诉过妈妈了，没有人愿意被人看见在校外穿着校服，特别是在城里。"能不能把我放在那条有个艺术品商店的林荫路上？就是靠近——"

"好的，好的，我知道，艾迪。"妈妈说道。

莱尔用力拉着安全带，靠在我们俩和妈妈的座位之间，说："我做完透析以后可以一起去吗，妈妈？求你啦。"

我们差点儿遇上红灯，就在交通灯刚刚变成红色时我们急速穿过了十字路口。

"如果有时间就行，莱尔。"

莱尔在城里的一家医院每周做三次透析。艾迪和我以前每周和他一起搭妈妈的车去城里一两次，但最近，我们俩光顾着往哈莉和戴文家跑了。贝斯米尔对于鲁普赛德平淡的郊区生活而言是一种放松和调剂，去那里总是让人高兴的。它没有温米克大——那是我们搬家之前住的地方，可至少它也有它的吸引人之处，即使历史博物馆的存在让一切都黯然失色。

博物馆漏水之后过了月余，议论和传闻渐渐平息下来，可博物馆大楼依然关闭着，四周拉起了黄色的警戒线，显眼而又生硬地提醒着人们这里发生过什么。几乎每天晚上，当地新闻都会播报调查的进展情况，或者重播以前异类袭击事件的剪辑片段。这些节目总是以同样的内容收尾：一些男男女女被追踪捕获，被枪击中，被绳之以法，他们的头发都是乱糟糟软塌塌的，女人们脸上化的妆也都一塌糊涂，就像小丑、异类。那些曾经隐藏起来的人们，正如现在正在隐藏的我们一样。

圣路易斯的轰炸，还有烧遍了位于南美洲的阿玛佐尼亚大火最终都被发现是异类们的暴力行动造成的，与之相比，贝斯米尔博物馆里几英寸的水和几缕火苗几乎不值一提。可是这事却被一而再、再而三地提了又提。

而每一次，无论我多么努力，我都无法让自己不去想艾迪使劲让我俩从脏水中逃出来时那位导游说的话："是那些管道。我们说过多少次要修理这些管道了。"

妈妈让我俩在林荫道上下了车，叮嘱我们三小时后必须回这儿来。我们都知道莱尔的透析治疗花的时间要比三小时长，从来都是，但艾迪还是答应，到时候一定回来。

哈莉和我们在街道的尽头遇上了，她在一件似乎带有白色泡泡袖的衣服上面罩了一条亮黄色的背心裙，那泡泡袖简直像是上个世纪的东西，但不知怎么，她搭配得挺好看。我们俩都被她的衣服迷住了，一直走到拐角处才发现她旁边隔开几英尺还有一个男孩。

"他想来逛街购物。"哈莉说着，笑了起来，不过她用力忍着，只是歪了歪嘴巴，挑起了眉毛。

"我必须来，"赖安说道，"我要买——"

"他撒谎。"哈莉一边低声对我们耳语，一边碰了碰我俩的肩膀。赖安尽力装作没听见。

如果我能，我会微微笑起来。

"好了，你来带路吧，艾迪。"哈莉笑着问道，"你要买什么？"

"画画的材料。"艾迪的语气听起来好像有点后悔让他们也跟我们一起逛街。

哈莉拉起我俩的手，好像她和艾迪是朋友，好像她们都很正常很安全，好像人们并没有已经在用眼角的余光打量她和赖安，看他们脸上的外国血统。他们都假装自己没有注意到别人的眼神，假装得很好。

"我不知道你还懂艺术。"哈莉边说边走到了前面。

艾迪加快脚步跟上去。赖安似乎很乐意让我们走在他前头。"哦，我——我其实现在不大弄这些了。以前经常画画。小的时候。"

"干吗现在不画了？"赖安问道。原来他一直都在听她俩说话。

艾迪转到了另一边，这样一来，我就没法确定他是否在看着我们。

因为她画得太好了。她在我俩十二岁之前就赢得了两次比赛，后来我们才意识到获胜就意味着受人瞩目，而受人瞩目是我们永远不能拥有的。如果人们的关注在某种缺陷上停留太久，缺陷就一定会暴露，无论是多么微小的缺陷。而我俩的缺陷怎么也算不得微小。

艾迪还在画一些素描，但只是私下里画。如果有人看见，即使是我们的父母，他们都会大惊小怪，把别人也叫来看。那么，迟早会有人问，为什么不去参加比赛。她不再画油画了。太难隐藏。再说，画布也太贵。

和哈莉一起走过那条林荫道要比我俩自己走多出一倍的时

间。她要看每一家鞋店的橱窗，每一件花哨的小玩意儿，每一件衣服，每一样闪亮的珠宝首饰和制作精巧的玩具。到第四次还是第五次她要求我们停下来等等的时候，艾迪没有再跟着她进店里，而是在外面和赖安一起等着，他居然默默地忍耐着这一切。艾迪很着急，一心只想着去工艺美术用品店买要用的东西。

咱们有的是时间。我这样说是想让她少安毋躁。这时，赖安说道："你知道吗，伊娃能移动她的手了。她告诉你了吗?"

"她的手"，不是"你们的手"，而是"她的手"。我的手。当然，"她的手"听起来会更安全，以防有人碰巧听到我们说话，可是，我还是感觉到一阵暖流流遍了我的全身。

"没有。"艾迪答道。

他笑了："还不能一直动，但有时候能动。我们还在练习更多地谈话。和她说话真有意思……"他停了停，笑起来，然后又继续说道："我是说，她一定受够了听我一直说个没完。她肯定也有很多话想说——"

他看着我们，似乎是在凝神看我，于是我说，是的。说完我才意识到自己在干什么，才记起来我这会儿不是在他家的沙发上，艾迪也没有睡着。她一下子紧张起来。

"还有——"

"听着，我们不该说这些，"艾迪说道，"不能在这儿说。"她急促地吸了一口气，"而且，别再像谈论个婴儿似的说起她。什么她会握拳头了，能说出几个字了，一点小事都弄得像发生了大奇迹一样。"

赖安眨了眨眼："我不是那个意思——"

"她确实有很多话要说，"艾迪厉声说道，"我知道，她告诉我了。"

她飞快地从他身边走过，进了商店，哈莉正在里面让售货员给她从货架顶端拿下一只华丽得近乎荒唐的时钟来。

你知道他的本意不是那样的。我说。

那他说话就该更小心些。

艾迪走到哈莉跟前，她冲我俩笑了笑，然后目光从我俩肩头看过去，突然就笑得不太灿烂了。"出什么事了吗？"她问道。也许，她正准备要问，因为她刚一张嘴，警笛声就压过了她的声音。

艾迪还没离开商店，第一辆警车就疾驰而过，开得极快，我俩的头发都被车开过卷起的风吹得飘了起来。第二辆警车也紧跟其后。整条街上，人们的谈话都停止了，因为警笛声把人们说的话统统湮灭，使它们无法传到别人的耳朵里。人们呆呆的，左顾右盼，面面相觑。我们也是不知所措。

我们听不见，但却从一个离赖安几英尺外的老太太的口型上看懂了她说的那个词："异类。"她说的时候脸都扭曲了。艾迪几乎是从她身边跌跌撞撞地逃走的。但老太太其实是在对她身边的那个男人说的，不是冲着我们。她根本没有朝我们这边看。

两个男孩从我们身边跑过，去追远去的警车，警笛声渐渐弱了，可依然在我们的耳畔回响着。这时，有个什么东西——是一个人——飞快地跟着那两个男孩冲了出去。

"哈莉！"赖安大叫一声去追她，"哈莉，站住！"恐惧使我们俩僵住了。这是真的吗？是真的出了乱子？还是有人报假警，只是为了引起一场骚乱？

艾迪。我叫她。我不知道自己想让她做什么——跑？对！

可是往哪儿跑？去追赖安和哈莉吗？还是向相反的方向跑？我能说的只有一句话：艾迪，跑啊！

她跑了。她转了个身，我们俩的腿霎时有了活力，迅速逃离了警车，也远离了赖安和哈莉，远离了被他们发现的人——不管那人是谁。大街上到处都是奔跑的人——他们向商店和大楼里拥进去，或者拥出来。有人推挤着我们，然后一个又一个地挤过来，有些人使劲往跟前凑，想亲眼看看这场景，满足一下自己那病态的好奇心，其他的人试图跑开。

仅仅几秒钟的时间，这里就几乎没有可供移动的地方了。消息传播得太快。

有危险。发现了一个异类，警察已经集合起来行动了。

艾迪转过来转过去，奋力推开周围拥挤的人群。人们的身体和我们相撞。伊娃。她叫了一声，脚下绊了一跤，向后摔去。不知谁的胳膊肘撞上了我俩的脸颊，我们俩的肋骨下面也挨了重重一击，撞得我俩几乎喘不上气来。

人群向前涌动，裹挟着我俩随着他们摇来荡去，人流中艾迪跟跄挣扎着，她奋力想从人潮中挤出来，独自待在一旁。我完全没了方向，不知道该朝哪边走，直到后来我们遇上了一列警察，他们穿着黑制服，相貌威严，大声喊着让所有人都后退，后退。

他们的声音很难盖过骚乱的人群发出的嘈杂声：有人在疯狂地尖叫，还有人在跌倒后大声哭喊。艾迪和我在人潮中像弹球一样从左滚到右，想闭起眼睛却又不敢。

伊娃。艾迪不停地叫着我，借此见证我俩的灵魂和思想还在一起。伊娃——哦，上帝啊。

一条腿绊到了我俩的腿，我们顿时失去了平衡，向前猛地倒了下去——就要摔倒了——却被近旁的一只手扶了起来。那是一只警官的手。他一把拉住我们，让我俩站直了，然后又拉着我们挤出了人群——此刻的我们是否正如一条被钓上钩的鱼，或是一只被拴在绳子上的鸟儿呢？他一直把我们拉到了马路对面。我们俩大口地喘着气。当那位警官看着我俩时，我们一下子呆住了。

他知道了吗？他怎么会知道呢？会吗？

"你没事吧？"他一边问着，一边松开了我俩的胳膊。这是个高大的男人。他可以一瞬间就把我俩打翻在地，而且，他脸上的神情似乎在说他会这样做的。艾迪点点头，说不出话来。我俩的目光又回到那些抗议者身上，不想看都做不到。

"傻瓜，"警官说道，"不知道那有多危险。"危险？他指的是骚乱分子，还是那个躲在叫嚷的人群中却已经被抓获的异类？他被广大民众强大的人道正义压得粉碎，以至于我们都看不见他？"你赶快离开这儿，明白吗？"

艾迪再次点了点头。我们俩的气渐渐能喘匀了，胸口也不那么发紧了。那位警官转身又去和其他警察一起去处理那边的吵嚷争斗，努力想控制住人群。

我们俩用最快的速度跑了，远离了那些嘶喊叫嚷、大汗淋漓的暴民。我们没有再去那家工艺美术品商店，也没有去寻找已经被人潮吞没的赖安或哈莉。我们一直跑着，没有停，直到说好的三小时已经快过去，该回到碰头的地方了。

大约半小时后，妈妈开车过来了，这时候，我俩已经不再发抖。所有的警车早已开走，他们后座上的囚徒已经被制服，人群也已经散去。

"你什么也没买吗，艾迪？"我俩面无表情地钻进副驾驶座的时候莱尔问了一句。

我俩只是摇了摇头。

当天晚上，我俩都失眠了，但没有像以前睡不着的时候那样互相窃窃私语。我们默默地躺在黑暗中。我仍然能听到叫喊声和警笛声。人群愤怒的面孔映在天花板上，即便后来艾迪闭上了我们的眼睛，那些面孔依然映在我们的眼球前面。

那天傍晚的新闻里报道了这次袭击，但他们不知怎么把这事报道得有点非同寻常，搞得人群看起来似乎就像聚集到斗兽场的观众，对着场地中间戴着镣铐的人发出阵阵嘲笑，而不是他们本身就是场地里的斗士。警方在奋力维护公众秩序的时候没有放枪。

如果不是那位警官拉住了我俩——如果不是他救了我们——我们可能早就跌落在人群中，被他们愤怒的双脚踩成肉饼了。如果他知道了我俩的秘密他还会救我们吗？如果他知道我们每天放学后都在干什么，他又会怎样？或许，他就会任凭我们倒下去，然后将我俩的残肢断臂拖到他的警车后座上，把我们锁在里面。

看新闻的时候，大家坐在餐桌旁都一声不吭，就连莱尔也默不作声。他坐在那里，手里紧紧地握着叉子，眼睛一眨不眨地盯着小小的电视机屏幕。当年医生宣布艾迪已经"解决"了的时候，他七岁。我丧失了大部分活动力的时候，他只有五岁，尽管我确定他一定还记得那时我们家回荡着的恐惧感和每一次的医生来访，记得妈妈每天早上起来边做早饭边哭泣的情景，我还是不知道他到底能记得我多少。

邻居们，那些愚蠢而又叽叽喳喳的邻居们，曾经告诫过我的父母，让艾迪和我与莱尔尽可能分开，特别是当他接近要"解决"的年龄时。有人说，异类的出现会影响尚未解决的孩子，那只是个流传在城市里的传说，但是，牵扯到异类和解决的事情，总是会有危险。

电视上的画面非常清晰。围成圈的警察，暴民，这一切都是为了一个在城里我们甚至不会去瞥一眼而现在却在拍摄下的闹哄哄场景中看见了的人。我们注视着他的脸。他没有像其他罪犯对着镜头时那样试图挡住面孔。其他罪犯……

因为他就是一个罪犯。

因为他身为异类还自由自在。

因为他自身的存在使别人处在了危险的境地。

我们再听到关于贝斯米尔历史博物馆里的那场漏水与着火事件的时候已经相当麻木了，可新闻里称后来人们发现是他干的。为了销毁历史吗？还是要肆意毁掉以前的英雄？抑或只是一个异类那破碎的脑海里疯狂宣泄的结果？

他是独自一人干的吗？有时候，学校里一些胆子比较大的孩子会散布这样一些说法：全美洲遍布着一个异类们的秘密网络，就像黑社会或搞阴谋的团伙。他们有可能是国内一切恶性事件的真正根源，无论是鲨鱼袭击人还是经济衰退。

这真是个愚蠢的想法。如果异类们真有那么大能力的话，像艾迪和我这样的人就不会如此恐惧了。

新闻摄像机一直跟随着那个人，两个警察一左一右押送着他钻进了警车。他看上去像是个要蓄意破坏博物馆的人吗？也许吧。他大概四十岁，棕褐色的头发，短胡须，长着一双看上去很强壮有力的手。可是有几个镜头中的他也让我想起了我们的舅舅。自从我父母乞求官员们再多给艾迪和我一些时间——那是件很低三下四的事——却又没有把我俩送走之后，那位舅舅就再不和妈妈说话了。我父母做的也是预料中的事，是一件正确的事。妈妈以后再也没有提起舅舅，也再没有人对她提起过他。

那天晚上，爸妈和我们再没有对视过一眼。每个人都早早上床了，尽管从卧室门缝里透出的灯光可以知道，他们都没睡。

艾迪只是在钻进被窝的时候说了一句话。伊娃……伊娃，我们必须停止了。我们不能再那样了。如果被抓住……

我什么也没说。我能停止恢复的课程吗？既然我已经知道有一天我能够重新学会行走，我还能放弃吗？我能不再去听赖安给我讲他的发明吗？还有他的过去？

我能放弃这样的可能性吗？会不会有一天，我也能讲述自己的故事？

我明天就去和哈莉说。艾迪说道，伊娃，我们必须停止。

可是第二天，哈莉和丽萨没有出现。

10

我们的历史课少了她便有种奇怪的空荡荡的感觉，每个人似乎都占了比平时多一倍的空间，每个人似乎也都碰上了昨天的骚乱。艾迪没有向任何人说起我们昨天也在现场，于是我们俩悄悄地隐退到众人背后。

她出事了。我说。

不要太夸张哦。艾迪说道，你听到他们抓走一个女孩的报道了吗？你在电视上看见她了吗？她很可能是病了，要不就是待在家里，就像——

就像我们俩希望自己能待在家里一样。

要是她受伤了怎么办？我说，要是她……被人群踩踏了呢，或者发生了别的什么事？

艾迪瑟缩了一下。上帝啊，伊娃，你可真有毛病。怎么可能啊？

可是她的不安和我的纠缠在一起，我发现她在一个班一个班地扫视着大厅里的人，或许，她是在搜寻戴文。他知道是怎么回事。可以前我们从未在大厅里遇到过他，今天也不会例外。

我们俩独自回了家。艾迪的老朋友们早就不再叫她一起走了，今天没有人等着我们。

晚上，我俩睡得比前一天晚上好一点，主要是太累的缘故，但我们梦到了闪烁的红蓝色警灯和呼啸的警笛。

哈莉第二天还是没来上学。

也许咱们该顺路过去看看她。回家的路上我说。

她生病了。艾迪说。可她无法掩藏声音当中的颤抖。那颤抖不是来自我的。其实没有谁生病的时候希望别人去看自己。

她丝毫不肯让步，无论我怎么跟她争辩。

星期四上历史课时，哈莉的座位还是空的。

今天一定要去看看她。我说。

可是老爸下午要出去办事，需要有人到他店里帮忙，因此他开车从学校把我俩接到店里去了。他走了之后又返回来，问我俩是否愿意把罐装的货物重新清点上架，这就得整理上周的收据簿，还要清点和结算上周的销售情况。

我们忙完这些活儿，已经快要日落西山了。老爸让我俩在家门口下了车，吻了吻我俩的额头，许诺说他一定在我们上床睡觉之前回来。他微笑着说，也许，等学校放假了，他和妈妈会休几天假，我们全家开车去山区玩，去野营。

艾迪也回应了他一个微笑。

我不知道他是否想到过我们第一次去野营的情景，就在莱尔出生之前。艾迪和我四岁，老爸用了似乎是永远，或者是半生的时光和我一起坐在篝火前的一根木头上，星星凝视着我们，他教我怎样把两根大拇指撮在一起并用一片草叶吹响口哨。

"莱尔的数学题不会做，"艾迪走进厨房时妈妈对她说，

"吃完晚饭去帮帮他吧。"

我们俩就这样度过了这个晚上。我想着怎样让艾迪去打个电话，却突然想起来我们根本没有穆兰家的号码。以前从来没有要用到它的事由。

已经三天了。艾迪说，她明天会来的。

她还是没来。当我们俩拿起书本准备在这一天结束的时候溜出教室时，一个人挡住了我们。不是哈莉，也不是丽萨。

是戴文。

艾迪停住脚步，看着他。他也盯着艾迪。我俩的手抓着门框。

"嗨，"艾迪问道，"你在这儿干什么？"

斯廷普小姐从她的讲桌后面看着我们。戴文冲她皱了皱眉，她别转过目光，去摆弄她的本子啊、纸张啊什么的，她的手闪着白惨惨的光，脸却通红。

戴文紧抿着嘴唇，他转身对我俩说道："跟我来，咱们到外面去说。"

我们跟着他走出了教学楼，走过停车场，一直走到校园最边缘处一片安静的小树林里。艾迪紧赶慢赶才跟得上戴文的流星大步。早上下过雨，柔软的泥土在我俩的漆皮鞋底下发出扑哧扑哧的声响。空气中充满了湿润的青草芬芳。

"出什么事了？"艾迪终于问道，"告诉我，戴文——"

他突然转过身，艾迪差点儿撞到他身上。"哈莉和丽萨走了。"

走了。这个词猛烈地撞击着我俩的胸膛。艾迪强忍着激动，问了一句："你说走了是什么意思？"

戴文开口之前四下里看了看。他那样紧张，简直就是在发抖，就像一个被绑在牵引线上的弹簧，随时都准备猛地弹出去。"她本该知道后果，不应该那样做的。她就是想看个究竟。可她真不该——"他停下来，看着远处。树丛静静地立着，叶片上的雨滴还在闪烁。"我们和其他的人不一样。我们不能出现在那种情况下，就是发生袭击骚乱的时候。我们也不能离其他人太近。他们把她带走了，还审问她。"他的脸上如同涟漪一般荡开一层异样的表情，太快了，难以描述。

"他们把她带走了。"他说。

"警察吗？"

粗暴的手，闪烁的红蓝色警灯，不停呼啸着的警笛。

戴文依然没有看我们，只是盯着那些修长的白色树干。他在战栗。风吹得更猛了。树叶沙沙作响。"开始是警察，后来又来了些医院的人。"

"哪家医——"

戴文猛地转过来面对着我们，"一切都是因为她想去看看！"他的声音低下来，仿佛一阵受到压抑的悲伤的雷鸣，"我让她不要去。赖安也让她不要去。可她就是不听。"他用指头压着自己的太阳穴。等到他再张嘴说话时，他的声音变得紧绷绷的，毫无感情和语调。"他们来到我家，说她精神不稳定。"他的两眼变成了深黑色，冷冰冰的，"他们说她需要特殊的加强护理，否则就太晚了，没救了。他们想要纠正她。他们要纠正我的妹妹，艾迪。"

不稳定。特殊的护理。

太晚了。

我感觉到艾迪在我旁边扭过身去，她的痛苦和我的痛苦相互交融，渗透了彼此的身心。

在一切变得太晚之前，一定要做点什么。

这正是那些医生、专家，还有那位头发花白的教学顾问对我们父母说过的话。当时我们把耳朵贴在门上，都听到了。

"可是，"艾迪说道，"怎么做啊？他们不能——"

"他们做了测试，还有扫描。他们有结果，有数据，还有官员们的签字。他们吓唬我父母，让他们相信她的境况很危险——也可能成为一个危险分子。我们一筹莫展。"我俩看着他，风吹拂着我们的头发，在脸上飘来荡去。

"他们还要把我也带走。"戴文说。

我们俩的手指紧紧地扼住了近旁一棵树的树干。

"就像那样吗？"艾迪低声问道。

他们不能那样做。我说。不。他们不能。

戴文和赖安看着我们。一双眼睛，两个人。"我们俩可能还没'解决'。这对他们来说就是足够的理由。"

我们俩的喉头哽住了，肺部好像吸饱了黏稠蜜浆的海绵。

戴文也变了——就在一瞬间，突然的转变，就像猛地向旁边倾斜了一下，很明显。

"跑。"赖安说。

艾迪的指甲都掐进了树干里："什么？"

"他们会来查看档案的，艾迪。"他的声音现在轻柔了一些，就像有时候他坐在沙发旁，在我身边时，我听到的那样。那时，他给我讲他的各种发明方案，给我看它们都是怎样运作的。比如，平衡保持得很好、能走过桌子的小机器人，还有如果不按一定的顺序按按钮就怎么也打不开的金属小盒。"他们会来问我们和谁在一起，谁到我家来过，我们和谁一起搞的发明创造。还有你们的档案——他们会对你们的档案非常非常感兴趣。"

风在呻吟，吹得树枝摇摇摆摆。我们俩也和树一起摇摆不定。

"跑吧，艾迪。"赖安的声音里流淌着恐惧，搅得我俩也内心翻滚了，"今天别回家了。离开这里。"

"离开这里，"艾迪说，"离开？我爸妈，还有莱尔？"

"要不你就会以另一种方式离开他们！"他的声音变得嘶哑、紧张起来——似乎喊得太用力喊坏了，"艾迪，他们会把你带走的。"

"他们还会把我放回来，"艾迪哭喊道，"他们每次都把我放回来了。我已经解决了。我总是能回来的。"

沉默。头砰砰地好像大锤敲似的痛。令人心悸的沉默。

"那么你呢？"从我俩嘴唇间断断续续地蹦出这几个字，"你跑吗？"

他摇摇头："我不能跑。他们已经把丽萨和哈莉带走了。可你必须跑。艾迪，求你了，逃走吧。你不能——伊娃——"

"戴文？"有人在大喊，"戴文·穆兰！"

赖安愣住了。艾迪迅速扭过头去，看见一个身穿扣角领衬衫①的男人嘭的一声关上了车门。他大步向我们走来，鞋子陷进了泥里，他抿紧了嘴唇。

"你在这儿啊，戴文。"来人是个高个子——瘦瘦的，长着一个倔强有力的下巴，还有一头浅褐色的短发。他看起来和我们父母的年纪相仿，不超过四十五岁。一个帅气的男人。干脆利落。是个警官。"我都快要放弃找你了，正打算去看看你是否回家了呢。咱们不是说好在你的储物柜旁边见面吗？"

"我忘了。"赖安的声音很平淡。

男人看着我们，准确地说，是瞥了我们一眼。可就这一眼却

---

① 一种男式衬衫的款式，领尖有纽扣。——译者注

让我觉得自己似乎是赤裸的，觉得他似乎透过我俩的眼睛看穿了我们，看见艾迪和我蜷缩着躲在我俩的那一大团思维和灵魂当中。

"嗯，倒也没什么。"他的语气听起来就像很严重的事情其实已经真的发生了。他指了指他的警车。那东西在马路另一边闪闪发亮，好像一只等候在那里的黑色怪物。"现在你可以走了吗？"

"稍等。"赖安答道。他移动脚步，向我们走过来。我们俩还没反应过来，他已经将我俩拉过去，给了我们一个拥抱。艾迪退缩着，试图向后躲开。可他仍然抱住了我们。我被圈在我们的身体里，也被圈在他的怀抱中，不知怎的，此时的身体才成了我真正的囚笼。

"逃吧。"他对着我们耳语了一声。

然后，他就放开了我们，向警车走去，他双手插在衣兜里，脚步毫不慌乱。我们俩在背后看着他。

"哦。"扣角领衬衫男冲我俩笑了笑，仿佛在对我们承诺"我还会来找你的"，只是，他用笑容把这个威胁包了起来，还打了蝴蝶结。

"那么，你是艾迪喽？"

艾迪倒吸一口冷气。

他已经知道你了。我说，他不是真的在问你。

"是的，"艾迪答道，"就是我。"

"很高兴见到你，艾迪。"他说着，冲我们点点头，转身走开了。他的鞋子一路留下泥泞的脚印，一直到他的车前。赖安在打开车门之前最后看了我们一眼，然后钻进车里。

我们目送他们远去。

逃吧。这句话在我们俩心里回响着。

我一直想知道，如果我们听了赖安的话，那将会怎样。

11

当天晚上，一个男人来找我们了。

妈妈送莱尔去做这周的最后一次透析，可一位同事请求妈妈替她去餐厅顶班。莱尔向她保证了千万次，说他自己一个人在医院里待一两个小时没事——整个透析的过程中，护士都是随叫随到的——她这才咬着嘴唇答应了。老爸要去的地方在相反的方向。他回家会稍早一点，所以他可以开车去城里陪莱尔，等他把透析做完。这会儿，妈妈刚刚换上她的女招待制服。

艾迪和我坐在餐桌旁，正准备吃晚饭。我们俩是家里唯一不需要紧张行动的人。

我们刚吃了第一口，门铃响了。叉子停在我俩嘴里，硬邦邦的金属抵着我俩的舌头。

妈妈皱了皱眉，正在盘头发的手也停了下来："会是谁呢？"

"可能是推销什么东西的人吧，"艾迪慢慢说道，"你不理他，他自己就走了。"

可是门铃响了又响，继之而来的还有砰砰的敲门声。每一下似乎都把墙上的画和壁炉架上的小雕像震得摇摇晃晃。

"我去看看。"爸爸说。

"不！"艾迪大叫。老爸吓了一跳，转过来看着我们。

"怎么了？"

"没什么，"艾迪说道，我俩的手指紧紧地握着叉子，"只是——只是……"

门铃声打断了她。爸爸向门口走去，皱着眉头："不管是谁，肯定已经等得不耐烦了。"

妈妈用一只盘子底权当镜子，一边把头发盘成发髻，一边嘟囔了一句。我们俩热血上涌，耳朵里轰鸣作响，很难听清她到底嘀咕的什么。

"你好，"门开了，一个熟悉的声音响起来，"我是丹尼尔·科尼温特，诺南德医院的。"

然后是极其简短的停顿。

"咱们到外面去吧。"爸爸说。我们俩的神经绷得紧紧的，甚至能觉察到他的声音微微有点发抖。"拜托，咱们去外面说吧。"

"医院，"妈妈说，"真想不出他们能推销什么。"

逃吧。赖安的声音在我俩的脑海里回响着。逃吧，他恳求过我们，可我们没有听他的。我们能逃到哪儿去呢？

现在已经太晚了。

没有地方可以逃跑，也无处躲藏。我们俩僵坐在椅子上，瞪着我们的豆子和胡萝卜，手指抓着椅子边沿不安地扭动着。

"艾迪？"

我俩猛地抬起头，叉子叮当一声掉在了桌上。妈妈的眉头蹙了起来："你脸色苍白啊，艾迪。怎么了？"

"没什么，"艾迪说，"我，就是——"

门又一次开了。我们盯着客厅。

呼吸。我说，你一定要呼吸，艾迪。

空气好不容易挤进了我俩的胸腔。艾迪把椅子抓得那样紧，我们的胳膊都发抖了。

老爸先进来了。他的目光飞快地掠过一切，就是不看我们的脸，他的双手软塌塌地垂在身体两侧。跟在他后面进来的就是那个扣角领衬衫男。

他们不会让他把咱们带走的。我疯狂地念叨着。爸妈不会让他把咱们带走的。

可是我俩都知道，这不是真的。老爸是个高个子男人，可我们从未见他看起来如此渺小无助。

"艾迪，"他说，"科尼温特先生说他今天在学校见到你了？"

"你还记得我，对吗，艾迪？"扣角领衬衫男说道。

艾迪勉强点了点头。我俩的目光不断从科尼温特转向老爸，又从老爸身上转向科尼温特。两个男人都高高地站在我俩的椅子前面。站起来。我这样想着，可是我无法说出来。

老爸先说话了："他说——他说你一直和哈莉·穆兰过从甚密。"

"也不是……不是太亲密。"艾迪说道。

"我敢肯定，这个哈莉一定和很多女孩都聊过天，"老爸说道，他的声音尖厉起来，"您打算一个一个地都去找她们吗？"

他的愤怒瞬间让我俩觉得又是欣慰又是害怕。这是不是意味着他要为我们而战，不让这个男人把我俩带走？还是他的愤怒是因为他已经知道自己别无选择？

科尼温特先生没有理会老爸的问题。他的目光不怀好意地盯着我们俩，嘴角带着一丝圆滑世故的微笑："你在哈莉家到底在做什么，艾迪？"

艾迪努力想咽咽唾沫，可是她做不到。我俩的嘴巴张着，可是发不出声音来，就像有人进到我俩的嗓子眼，把我俩的声带扎住了似的。

"艾迪？"科尼温特先生又问了一遍。

作业。我说。这是我唯一能想到的。也是我们应付父母时的说辞。

"做作业。"艾迪答道。

科尼温特先生笑起来。他老练自信，泰然自若，和他身旁的老爸比起来，他们俩一个是晴朗得意的夏日，另一个却是即将发作的暴风雨。

"我做事不会拖拖拉拉的。"他说着，举起一只米黄色的文件夹，我这才发现他手里一直拿着这个东西，"这是艾迪的医疗记录和学校档案。你们的女儿……小时候解决时有点问题，我说得对吗？"

妈妈向前跨了一步，她的指节衬着黑色的宽松裤白得发亮。"你怎么能——你不可能接触到那些东西的。"

"在这种情况下，我们的确有点小特权。"科尼温特先生说道。

他打开文件夹。最上面的那张纸是一张黑白的表格，看上去像是我俩小学时的成绩单。他翻过这一页，一直翻到一张满是图表和数据的单子。"她一直到十二岁都没有彻底解决。这太离谱了，不是吗？"他的目光从妈妈移到老爸身上，"很离谱啊，我不得不说。那仅仅是在三年前。"

又是一阵沉默。

妈妈的声音最先响了起来："你想怎样？"她的声音让我好难过，让我想要冲出去抓住她的手——使劲地捏，直到我们俩都麻木为止。

"就是做些测试而已。"

"测试什么?"老爸问道。

科尼温特的目光将艾迪和我死死地钉在座位上,他的笑让我俩变成了哑巴,也让我俩对这一切都难以置信。"看看伊娃是否还在。"

我的名字好像一阵飓风,在家里发出巨响,震得椅子都摇晃起来,金属餐具也叮当乱响。或者,只是我自己有这样的感觉。我习惯了哈莉和丽萨叫我的名字,还有赖安和戴文。可这一次——这次是一个陌生人。还有我的父母。

"伊娃?"妈妈叫道。这个词爬到她嘴边,仿佛受了惊吓,又像是受到灯光的刺激而眨动的眼睛一样,闪烁游移着。

是的。伊娃。这是你给我起的名字,妈妈。是一个你没有叫过的名字。

老爸的手把我俩坐着的椅子靠背都快捏碎了。"艾迪解决了。她解决得稍有点晚,但她已经解决了。"爸妈都没有看我们俩。

可是科尼温特先生看着我俩。"这正是我们想要证实的。"他说,"我们担心解决未能充分完成——在她小的时候事情恐怕有所疏漏。过去三年里技术进步了很多。惊人的发展,真的。而且,我真的认为再做几项测试对所有人都有好处。"他看了看老爸,又看了看妈妈,然后带着愉快的微笑说道:"恐怕你们的女儿一直都向你们撒了谎呢。"

艾迪,说话!

"这不是真的。"艾迪说道,这几个词从我们俩的唇间磕磕绊绊地跑出来,"不是的——不是这样的。"

科尼温特并没有提高嗓门，可是他的话还是盖过了我们的声音："你们的女儿可能病得很厉害，塔姆辛先生，塔姆辛太太。你们一定要明白现在的不作为对她的生活会带来什么样的后果。还有对你们全家人的生活造成的影响。"爸妈谁都没说话。科尼温特的声音变得强硬起来："一个被怀疑有双生人特征的孩子，根据法律是必须要接受正当测试的。"

"只有在理由充分的情况下——"老爸说道，"你得有正当的理由——"

科尼温特将一张复印件扔在桌上。"你签过同意书，塔姆辛先生。在艾迪十岁的时候，当时她本该被带走的。他们同意让她留在家里是因为你同意让她接受所有的、任何有必要的检查——"

不。我说，不，不，艾迪。说话呀。说点什么，求你了。

"可是她已经解决了。"老爸说道，他的目光终于和我们俩的目光相对了，那样空洞散乱，那样孤注一掷，"她已经解决了。医生们说——"

艾迪，艾迪，艾迪——

干什么？她的声音那样平淡。我还能说什么？

但她终于还是说话了，我俩的声音比我想象的要平稳一些。很弱，很小，几乎听不见，可是毫不动摇："我没病。"

这句话说出来，其他人竟没什么反应，艾迪还不如尖叫几声呢。

"她说她没病，"老爸说，"那些医生，他们说——"

"我想事情没那么简单。"科尼温特说道。他哗哗地翻着那些纸张，拿出一张好像是电脑打印出来的东西："你们听说过乐复康吗？"

老爸踌躇着，摇了摇头。

"那是我们称为禁用药的一种东西，是受到严格控制的。它会影响神经系统，抑制占主导地位的思维。如果服用正确的剂量，并且有恰当的环境，它就可以让一个消退但仍然徘徊着的灵魂慢慢恢复对身体的控制力。"他把那张纸递给妈妈。她接了过来，整个人恍如身在梦中。

"你在暗示什么？"老爸问道。他没有看那张纸。

科尼温特转过来看着我们俩："你有什么话要说吗，艾迪？"他等了一秒钟，似乎真的对我俩的回答饶有兴趣。然后，他以一个失望的老师的口气说道："我们在哈莉·穆兰家的床头柜里发现他们藏了一瓶。很显然，是她从她妈妈的医院里偷来的。"

他很快地蹙了蹙眉，这是今天晚上他第一次看起来真的有点发愁了。但这个神情在他脸上一闪而过，很快，他的表情又变成了那种责备的神色，优雅而不失圆滑。"艾迪，你知道这事，对吗？"

"不。"艾迪低语道。

"我搞不懂了，"老爸说道，"你是医院或某家调查机构派来的代表吗？你是打算帮助我女儿呢还是要起诉她——"

"我要做对每个人都有益的事，"科尼温特先生说，"哈莉·穆兰已经承认她在以一种误入歧途的方法给艾迪进行药物治疗，试图让伊娃恢复——"

"不，"艾迪几乎从椅子上跳了起来，"不，她没有——我也没有——"哈莉真的就这样撒手不管我们了吗？还是这个男人在撒谎？我无法判断。不明就里使得我们俩连替自己辩护都做不到。爸妈沉默地看着我们，充满了恐惧和担忧。"根本就没有那样的事。"艾迪尽力让我俩的声音不致失控。

科尼温特先生的嗓音就像一条变色龙，先是很严厉，然后又有些傲慢，后来又显得有几分义正词严。现在，它变得很温和："我这里有所有的卷宗记录。其实只需要一两天。她要乘飞机去我们的医院，不过——"

"乘飞机去？"老爸大笑起来，他的笑声听起来就像一道伤口，生硬而痛苦，"那地方有多远？"

"三四小时的航程吧。会有人仔细关照艾迪的。"

"没有近一点的地方吗？我们——"老爸揉了揉脑门，迅速地吸了口气，"在她小时候我们给她做测试时，就在最近的医院。"

"塔姆辛先生，"科尼温特平静地说，"相信我吧。如果你像我所了解的那样关心你的女儿，你就会让我带她去诺南德而不是把她送到某个三流的机构。"他停了停，又说，"让政府来帮助艾迪吧，塔姆辛先生。就像我们帮助你的小儿子一样。"

老爸仰起了头。但妈妈抢在他前面开口了："那个女孩，哈莉，她已经在那家医院里了吗？"

科尼温特先生微笑着看着她："是的，塔姆辛太太。"

"那么——那么他们已经知道她是……双生人？"她的声音在说到最后这个词的时候破如裂帛。

科尼温特点点头。

妈妈颤抖着吸了口气："你们会拿她怎样？"

其实她早就知道会怎样。我们都知道。

科尼温特先生的笑容一如既往地挂在脸上："她会在诺南德待上一段时间。对付这种情况，我们有全国最好的医生。他们会照看她的。她的父母对治疗的态度很开明，事情很有希望啊。"

"她不会被送进政府机构吗?"老爸平静地问道。

"诺南德的治疗方案与众不同,"科尼温特说,"是该领域里一流的。我告诉过你们,不是吗?你们肯定愿意让艾迪去那里而不是别的医院。"他再次打开文件夹,抽出一些东西:"这里有更多信息。还有,你要在这儿签字。"

最后一张单子放在另外两张上面,就在我俩的盘子旁边。科尼温特从裤兜里掏出一支笔,是那种粗粗的、发亮的自来水笔,写字的时候似乎是在流血而不是淌墨水。"如果艾迪愿意趁你们俩看这些东西的时候去收拾一下,我很乐意为你们解释任何疑问。"

"收拾?"妈妈的脸顿时变得和她的手指关节一样苍白,"你不会是说今晚就——"

"飞机明早五点钟起飞,机场离这里有足足两小时的路程。我们也是今天才想到艾迪得和我们一起走。"

"那就是说,你们还没给她买机票,"妈妈说,"她不能——"

"会有人给她安排好的。"从科尼温特说这话的神情中,我能想象出一群人在机场争相与他搭话、为他送行的情景。

我不想被人安排好什么。我不想去——

艾迪,拜托——

"可是她一个人——不,不,我要和她一起去。"

"这完全没必要嘛。"科尼温特说。

"我要去。"妈妈沙哑着嗓子说道。她的话说出来像是请求,不是陈述。

他笑了:"塔姆辛太太,如果你坚持的话,当然也行。不过，我们不能提供更多的机票。"

"那稍后我们自己把艾迪送过去。"爸爸说着，肩膀放松了。

科尼温特从牙缝间吸了一口气，说道："我不建议这样。你们知道弄到机票有多难，再说了，所有合适的机票都很贵。而且，要等一个月甚至更久，才能有稍稍合理的结果出来。"他的嘴唇抿紧了，"一个月可够长的啊。"

要是他们知道会怎样呢？一个月前，我们几乎不认识哈莉，也从未见过戴文和赖安。而我，毫无希望地活着。

"我们能找到比这更快的办法。"老爸说着，紧紧地抓着我俩的椅子背，不肯看科尼温特扔在桌上的那些纸张，"给我们两周时间——不，一周。我们可以——"

"几周时间可能会发生很多事情。"科尼温特说着，扬起了一侧的眉毛，接着，就像电视机转换频道时哗哗闪动一样，他的表情也开始闪烁变换——变得冷酷而强硬，"她可能变得更糟，就像大多生病的人那样。想想看吧。比如你们的小儿子，如果他几个星期不能接受治疗会怎样呢？"

他的话仿佛把房间里所有的空气都抽干了。

"我想，"他在真空中说道，"艾迪还是跟我走吧，那样对每个人来说都是最好的办法。今晚就走。"

不。我低声道。

艾迪什么也没说。

妈妈用颤抖的手拍了拍我俩的肩膀："艾迪。艾迪，去收拾东西吧，好吗？"

艾迪抬头看着她。爸妈一边一个站在我俩的椅子旁，宛如黑夜与白昼。妈妈的头发闪着玉米色的、丝绸般的光泽，从她那苍白的、月亮似的脸上向后梳过去。老爸目瞪口呆地凝视着她，脸颊发红，嘴巴张着，却说不出一个字来。

"只是一些测试，扫描透视之类的。"妈妈说道，她的声音那样缓慢，仿佛是在说给自己听，"你小的时候都做过，还记得吗？没什么大不了的。没事的。"

老爸看着我们。艾迪也看着他。她用口型说道："不。别让我去。求你了。"

"带上那只红的粗呢背包吧，"老爸说，"别装太多东西，你只去几天。"他的声音听起来疲惫极了。

"不。"艾迪抽泣起来，但只有我听得到。我们俩的脸上没有任何表情变化，就像一块没有破碎的玻璃。我们没有动。

"去吧，艾迪。"老爸说。

除了听话，我们别无选择。

楼梯仿佛一座山。我俩的心情太沉重，把脚步都拖得很慢。

事情会有变化的。我说，别担心，艾迪。事情会有变化的。他们不会签字。

艾迪拉出那只粗呢背包，开始叠衣服，从我俩的衣柜里抽出内衣和短袜，又从壁橱里飞快地拽出一件T恤。

他们不会让咱俩走的。咱们下楼去，他们就会改变主意了。这一点你要相信我，艾迪。看着吧。你等着瞧。

可是，当我俩最终背着粗呢背包——它像个装满骨头的麻袋似的挂在我俩肩膀上，拖着沉重的脚步回到楼下时，没有人说一丁点儿似乎要改变主意的话。妈妈的脸看起来比我记忆中的还要瘦削，有了皱纹，还很疲倦。老爸坐在我俩刚才坐的那把椅子里，但艾迪一走过来，他就站起身来。餐桌上，这顿不曾动过的晚饭已经变冷了。

"你收拾好了吗，艾迪？"科尼温特微笑着，"你的父母已经关照了所有的事情。"他用手中的文件夹指了指门："我的车停在外面。和他们说再见吧，咱们这就走。"

我俩的目光滑落在爸妈身上。

"稍等。"爸爸说着，抓起我俩的手腕，把我们拉到房间的角落里。那里到处挂着我们俩和莱尔在不同年龄拍的快乐幸福的照片——从婴儿时期一直到上个月的。他让我俩在沙发上坐下来，跪在我们面前，仍然握着我俩的手。

我俩的鼻子一阵发酸。艾迪眨了眨眼睛。眨了又眨。

"只要两天，顶多。"老爸说道，他嘶哑的嗓音让我俩的鼻子更酸了，"他告诉我们的。"

"要是他说谎呢？"艾迪问道。

"只要超过两天，我就亲自去接你。"老爸说，"我会坐飞机去那里，把你从他们的眼皮子底下拐出来。明白了吗？"他有气无力地笑了笑。我们俩用尽全身的力气试图也笑一笑回应他，可就是笑不出来。我们只是点点头，用手背擦了擦眼角。"就这样想吧，艾迪，只有两天，好吗？你能对付过去的。"

我们点点头，屏住呼吸，这样泪水就不会流出来。眼睛盯着地面，因为看着老爸的脸实在太伤心了。

他把我俩拉进自己的怀抱，用力贴在他胸前，贴得那样紧，我们的眼泪都被他挤出来了。艾迪用双臂环抱住他，妈妈也来了，抱住了我们。爸爸松开后，我们拥抱了妈妈。她的眼睛红红的，没有看我们的双眼。可是她用力地握紧了我俩的手，直到握疼了我们。

"你懂的，艾迪。"她在我俩的耳畔低语道，"你知道，亲爱的。莱尔需要做治疗。他们会停了他的治疗，而且——"

我们俩的手和她的手紧紧地缠握在一起，难分彼此。"妈妈，"艾迪说，"妈妈，这——"

这没什么。

可她说不出来，怎么努力都说不出来，所以我们什么也没说，只是紧紧地抓着妈妈的手。

莱尔回到家后他们该怎样对他说呢？我的心有一半在高兴他这会儿不在家，没有亲眼看到这一幕；另一半却在哭泣，因为我想和他道别。

"他等着呢。"最后妈妈说了一句，"咱们不该让人家等着。"

"让他等着好了。"老爸说。

可是再过几分钟，我们就不得不走了。科尼温特先生领着我们向汽车走去，爸爸提着我俩的粗呢背包，放在后座上。我们正打算坐进车里，他一把把我俩拉到一边，最后一次拥抱了我们。

"我爱你，艾迪。"他说。

"我也爱你。"我俩的声音很轻柔。

我们转身准备走了，可他再次拉住了我们。

他久久地，久久地注视着我们，手放在我俩肩头，眼睛在我们脸上来回地逡巡着。然后，就在艾迪张开嘴想说什么的时候——我不知道会是什么——他再次说话了。这一次他在低声耳语。

"如果你还在，伊娃……如果你真的还在……"他的手指紧紧地抓住我俩的肩膀，几乎掐进我们的肌肤里，"我也爱你，一如既往。"

说完，他推开了我们。

12

　　去旅店的车程有一小时二十分钟。这段时间里，艾迪一直把背包抱在胸前，眼睛盯着窗外，而我一直在希望我们俩能够消失。

　　我们俩在旅店里住进一个单间，里面有张床，比家里爸妈睡的那张还要大。床罩整齐地铺在床上，下摆和地面平行。枕头摆放得端端正正，柔软的枕套被里面的枕芯填得满满的，十分松软。

　　"如果你想吃晚饭就点餐吧，"科尼温特说，"钱由医院出，客房服务会把饭给你送来。"

　　艾迪点点头。科尼温特微微俯下身，给我们看了最后一样东西：房卡。

　　"我拿着它，"他说，"咱们明天天不亮就要走了，我可不希望你一大早忙着找房卡。"他把这张房卡放进了口袋，"再说，出发之前你也没必要离开房间。要是需要什么，就打电话叫客房服务员或者前台。好吗？"

　　"好的。"艾迪说。

　　"我让前台三点钟打一个叫醒电话。我知道这太早了，可是你一定要赶在三点半之前准备好。到时候我来叫你。"

"好的。"

他笑了："好极了。那么，晚安。"

"晚安。"

艾迪没有叫客房服务。电视机屏幕黑着脸，冷冷的像是我们的敌人。被单绷得太紧，仿佛把我俩绑在了床垫上，艾迪钻进被单下面，蜷起身子，浑身抖得就像窗户底下轰鸣作响的空调机一样。

一小时过去了，我们俩还是很清醒，每一分钟都好像渗漏的水滴一般在缓慢地嘀嗒着。我们紧紧地抓着枕头。艾迪在床上翻来覆去，最后终于一下子睁开了眼睛。

没关系的。我这样说着，既是为了安慰她，也是为了安慰自己。咱们会——

这都是你的错。艾迪说道。

我顿时蔫巴了。

都怨你。她又说了一遍，声音很小。我感觉到我们俩喉咙口冒出一股酸酸的东西。怨你。

我们的眼里涌出泪水，一股咸咸的东西流到唇边。

我一直就不想那么做。她说。她的每一个字都像刀子似的划着我，直到我躲进我俩的身体里面，变得伤痕累累，鲜血淋漓，一切都被连根挖起。

我试图拦住自己的伤痛，让它不要蔓延，可我从来都不能像艾迪那样在我俩之间竖起一道墙。她一定感觉到了。我的痛苦，我的内疚——还有，我的愤怒。

我把自己包裹在愤怒当中，这股怒气在我空荡荡的躯壳里炽热得如同太阳。

艾迪发出了一声长长的、颤抖的叹息。也许，开始时是一声叹息，但结束时却成了一声哭泣。

曾经一度，我还很强壮，还能坚持不肯消失。后来我被渐渐弱化成一缕烟，被剥夺了一切，只剩下一个只有艾迪能听见的声音。可我还在坚持。我拒绝离去。

现在，我只祈祷自己能有力量面对接下来的一切，无论那是什么。

电话铃声把我俩从满是水和棺材的噩梦中惊醒。漆黑一片。黑暗让我们窒息，它用魔爪扼住了我俩的咽喉。

艾迪爬到床的另一边。我俩的手指碰到一堆没完没了的枕头和毛毯。电话不停地尖叫着。终于，我俩的手啪地拍到了一个又冷又硬的东西——床头柜。艾迪伸手去够黑影旁边更高一点的黑影，那大概是灯。

"喂——？"

"早上好——嗯，"一个陌生的声音说道，"我想，这会儿其实还不算是早上，对吗？"

我俩浑身无力，说不出话来。

"喂？"那个声音又响起来。

会是谁呢？哦，对了，叫醒电话。

艾迪答道："喂，是的，我醒了。"她坐起来，一只胳膊撑在床垫上。

"我醒了。"艾迪又说了一遍，我俩的声音不那么绵软无力了，"谢谢你。"

"不客气，"前台服务员说道，"祝你们今天愉快。"

咔嗒一声，那边挂了。我俩坐在黑暗中，电话筒依然压在耳边。

咱们得起来了。我轻声说。我的心里还回响着昨天晚上艾迪说的话：都怨你。都怨我。他半小时后就来了。艾迪没有回答我。她的沉默比任何言语都更让我伤心。

慢慢地，她走下床，轻轻向卫生间走去。冰凉的瓷砖好像根根钢针，扎着我俩的脚板。洗脸池的水龙头无声地转动着——没有像我家卫生间里的那些水龙头一样吱扭作响。水很快就变热了，艾迪差点烫到了手。她只好彻底关掉了热水。不管怎样，凉水泼到脸上顺着脸颊流下来的时候，感觉更正常一些。

她脱下衣服，又重新穿上，一直没有开灯。背包里有替换的衣服，但我俩的校服已经皱皱巴巴地堆在地板上，所以艾迪就穿上了。她刷了牙，把东西塞回背包里，然后坐在床上，在沉重的、令人昏昏欲睡的黑暗中等待着。

差不多三点半吧，响起了轻轻的敲门声。艾迪没有动。她自从坐下的那一刻就一直盯着门，因此，她甚至不必移动目光。

"艾迪？"来人的声音闯进我俩的这一片寂静世界，打破并且驱散了我们梦境的最后一点残片，"我要进来了。"

门咔嗒一声开了。灯光从门廊一泻而入，在与黑暗相接的地方将黑暗吞没了。科尼温特站在门廊处眨着眼睛。

"你还在床上吗？"他的声音低沉，但比我记忆中的更加强硬、尖锐。他走进来，打开其他的灯。灯光灼痛了我俩的眼睛。

我们俩盯着他。他也盯着我们。我们俩的手紧紧地抓着背包。他露出了微笑，然后笑出声来。

"你坐在黑洞洞的房子里干什么？来吧，咱们走。"他示意我俩动身，我们站了起来，"你没有落下什么东西吧？"

艾迪摇摇头。

"很好。因为咱们不能回来了。"

去机场的路程并不太远，但是一路很安静。沉睡中的镇子在收音机的低声呓语中向后倒退，融入一条似乎永无尽头的公路中去。每一盏路灯都成了我们俩眼前的一道金色闪光。我们俩沉默着，但有一个问题不肯沉默，艾迪直等到行程过了大半才敢问。

"戴文在哪里？"

科尼温特回答之前微微停顿了一下："我把他先送上出租车了。"他的目光离开路面转向我们，还冲着我俩笑了笑，可是这个表情让他随后说的话在我俩听来越发让人心凉。"他当时有点不高兴，所以我想，你们两个还是暂时分开的好。别担心，有人会在机场接他的。"

"我们都坐同一个航班，是吗？"艾迪问道。

"是的。"科尼温特说道，他的声音变得尖锐起来，"但是我们不能坐在一起。你见不到他。"我们在机场检票时天还黑着。艾迪和我以前从没坐过飞机，本该有的兴奋却被心里一种尖厉而扭结的痛楚代替了。

我俩从一个窗口看外面的飞机从跑道上起飞，脚步慢了下来。科尼温特催促我们："走啊。"其实我们看不太清楚，大多数时候都只看见在黑暗中闪烁的灯光。

艾迪跟着他走过检票口，然后到了安检处。我们在电视上见过这些，但从未在现实生活中如此近距离地感受过。不过，关于这些我们俩听得太多了。在学校，无论什么时候，只要谁坐了飞机，回来都要吧啦吧啦讲一大堆故事，好几年也不肯闭嘴。

时间还早，安检处除了我们之外几乎没人。科尼温特掏空自己的口袋，一边示意我俩也这么做。"把你的包放在传送带上。口袋里不要装任何金属制品。"

艾迪有点踌躇，他冲她晃晃脑袋："快点，艾迪。"

艾迪把我俩肩上的背包带子松开，刚把它放上传送带，它就移走了。

"没有金属物件吧？"科尼温特问道，"钥匙？硬币？"

她摇摇头。

"那就好，"他说，"穿过那边的那道拱门。我就在你后面。"

艾迪向他指的方向走去，在从拱门下通过之前，她转头偷看了一下。科尼温特在和一个警官说话。那警官一边还在对着个步话机嘀咕。我们隐约听到几个类似"这里？""是的，他——""三个——"这样的词，这时，一个穿制服的男人从拱门的另一边叫我们，让我们跟他过去。

艾迪照办了，但马上就被一个尖声响起的东西吓得差点儿跳起来。她向后退了一步，我俩又回到了拱门下。那声音再次响起来。

"嗨，站着别动。"那警官说着，抓住我俩的手腕把我们拖到一边。他的穿着有点像科尼温特先生——黑色的裤子和鞋，白色的衬衫，很正式，很官方。"你把口袋掏空了吗？"

他刚一松手，艾迪就把手抽回来按在胸口："我身上什么也没有。"

"好，伸出胳膊——对，像这样伸直了。我要拿这个传感器在你身上扫一遍，明白吗？"

他俯身扫过我俩的右腿时，那黑色的棍子一闪一闪地发着光。当他扫过我俩左腿时，那东西开始叫起来，就像刚才在拱门下一样。

"你百分百确定你的口袋里没有装任何东西吗？"警官问道，"再让我检查一下。"

"我一般不在口袋里放什么的。"艾迪说着，手还是伸进了我俩的裙子口袋里，"我——"

一个小而光滑的东西拂过我俩的肌肤。艾迪张开手指握住它然后从口袋里掏了出来：原来是个黑色的小圆片，比一枚二十五分的硬币稍大一点①，中间嵌着一个极小的灯。似乎——似乎有点眼熟，可我想不起来在哪儿见过。

"瞧。"警官的声音听起来倒像是没有生气，艾迪放松下来，"这样的东西就会让报警器响起来。"

那是什么？艾迪问我。她的话让我心里轻松了一点。自从我们醒来，她还一直没和我说过话呢。

我不知道。我说。

"这样吧，我替你拿着。"警官说道。艾迪把它放进他手中，他看了看，又用黑棍子在我俩全身扫了一遍。这一次，它没有再响。"好啦。"他说着，把硬币还给我们。他甚至还笑了笑。

"有什么问题吗？"

艾迪转过身。科尼温特什么时候离我们这么近了？

"没什么。"

"太好了。"他说着，露出当他在我家看见艾迪从楼上下来时的那种微笑，"把你的东西拿好，艾迪。像这样我们就要迟

---

① 二十五分硬币直径24.26毫米。——译者注

了。"艾迪拿起背包小跑着跟在他后面，他又问了一句："刚才是怎么回事？"

"没事。"艾迪答道。但我俩的手紧紧地握住了那枚硬币。

机场里面有许多入口，每一个上方都有一块牌子，上面标着一个亮闪闪的黑色数字。我们走到自己的登机口时，已经有一队人在那里等着登机了。科尼温特大步走向服务台，把我俩留在一个带着两个孩子的年轻女人后面。其中那个七八岁的男孩看起来因为穿着正装而很不舒服，他瞪着一双蓝色的大眼睛看着我俩。

艾迪一边尽量让自己不要引人注目，一边看着科尼温特和服务台的女子争论着什么。那女子一直在冲电脑做着手势。我们看不见科尼温特的脸，但他的肩膀看起来紧绷着，硬邦邦的。

"你的手在发光。"

艾迪低头看见是小男孩在说话，她微微地皱了皱眉。

"你的手。"他又说了一遍，还指了指我俩身体的右侧。艾迪看见一道明亮的红色光从我俩的指缝间透出来。是那枚硬币。这一道我们以前曾注意过的光现在仿佛有了生命，在慢慢地一闪一灭。

"那是什么？"小男孩问着，从他妈妈身边走开了。

艾迪的眉头越发蹙起来："我不知道。"

男孩踮起脚尖，想看得更清楚些。

"泰勒？"队伍移动了。年轻女人不顾儿子的抗议，抓起他的胳膊往前走去。

"那是什么？"一个声音从我俩肩头传过来。

艾迪惊跳起来，我俩的头差点儿碰上了科尼温特的下巴。

他挺直了身子。他是怎么悄没声儿地溜到我俩身边的？

"没什么。"艾迪说。我俩的手指握紧了。

他的手钳子般卡住了我俩的手腕："我可以看看吗？"

让他看。我迅速说道，如果你不肯，他只会更起疑。

科尼温特从我俩手中一把抓过硬币，举到亮光处细看。我俩的目光随着他的动作移动着，紧紧地盯着闪烁的硬币，直到他还给我们。"看起来挺好玩的。"他说。

艾迪强作笑脸："我在一家玩笑商店①里买的。"

"是吗？这是干什么用的？"

"它是——"

我飞快地说出了最先想到的东西。它是一个更大的用来搞恶作剧的东西上面的零件。

"它是一个更大的用来搞恶作剧的东西上面的零件，"艾迪说道，"其实从来也没用过它。我在背包里找到的——我的包里有好多这样的垃圾。"

"好了，"他已经转过身了，"那咱们走吧。"

通向飞机的通道里响起一片行李箱轮子滚过的声音。一位空姐站在飞机入口处，对走到门口的我们微笑着。

我们走进机舱。科尼温特沿着狭窄的通道尽快往里走，却不时被挡住，因为有人在找自己的座位，有人在往头顶的行李舱里放东西。赖安和戴文已经在飞机上了吗？一定是的。我们几个已经是最后登机的人了。

那个硬币一样的东西现在闪得更快了。艾迪说道。

不要盯着它看。我说，他会发现的。

---

① 售卖搞恶作剧和开玩笑道具的商店。——译者注

她抬起头，把手垂在身体的一侧。排队时站在我们前面的那个女人和她的孩子们终于找到了座位，我们听见做母亲的在自言自语："真是感谢上帝，我们的座位在厕所旁边。"

在我们前面，一个上了年纪的男人提起箱子，科尼温特先生不得不再次停下来，他的嘴唇抿紧了。我们手里的硬币变得热乎乎的。

赶快看一眼。我说。

艾迪微微侧了侧身，挡住硬币以防科尼温特扭过头看见。那东西不再闪烁了，而是发出一种持续稳定的红色。她咬住了下嘴唇，冲着它皱起眉头。有一间厕所的门开了，我俩没有注意到。

可是当我们抬头再看时，过道里赫然站着一个黑头发的男孩。我们一眼就认出了他。

逃离诺南德

13

接下来的事情发生得非常迅速，而且几乎悄无声息。戴文竖起手指放在嘴唇上示意我们噤声，然后又钻回厕所关起了门。

"艾迪？"科尼温特先生半是叹息半是警告地叫了她一声，"又怎么了？"

"没什么啊。"艾迪答道，我俩的心怦怦直跳，但她转过身，尽量让我俩的神情保持平静，"我以前没坐过飞机嘛。"

"没什么好看的。"我们之间隔开了三四英尺，他示意艾迪走近一点，"快过来。咱们要找自己的座位。"

她跟着科尼温特穿过通道，走到飞机中间。尽管还很早，可大多数乘客和他一样穿戴整齐，女人们穿着裙子和连裤袜，男人们穿着紧身衬衫。我俩那双磨旧了的牛筋底漆皮鞋在一排高跟鞋和皮鞋中间颇为显眼。

"34号F座，"科尼温特说道，"咱们到了。把你的包给我。"

艾迪把包递了过去。34号F座两边各坐着一个身穿黑西装的中年商人。科尼温特先生还在使劲把我们的背包往头顶上的行李舱里塞。艾迪拍了拍他的胳膊，说："这里只有一个座位。"

科尼温特先生点点头，嘭的一声关上了行李舱门。"我去那边坐。"他指了指后面，那是我们来的方向，"就在入口对面。如果你需要帮助，就叫空姐。这趟航班时间不会太长的。"

艾迪点点头，我俩手中的硬币发烫了。戴文的面容出现在我俩的脑海中，示意我们不要作声。我们坐下来，希望科尼温特会离开，可是他没有。他像个哨兵似的站在过道里，最后，坐在我俩左边的一个男人开始缠着和他说话，但实际上那男人自己一直说个没完，而我俩在座位上如坐针毡。

终于，一个身穿蓝白色制服的空姐要求科尼温特必须坐下。然后，一个站在飞机前端的女人开始解释万一飞机坠落该怎么办。艾迪和我都听着。至少我们俩得有一个记着该怎么做。我本来想等这个空姐说完了我们就逮个机会去厕所，可是紧接着飞机就开始动起来，我们哪儿也不能去。

反正他现在也不会在那里的。我说，她们刚才就让他回到座位上去。

飞机发出尖厉的噪声，在跑道上越冲越快。然后，随着机身的摇晃和我们俩耳朵里的一阵爆裂声，它从地面上飞了起来。我俩的双腿仿佛凝固了。艾迪使劲抓着扶手，脊背死死地抵住座椅。她只向窗外看了一眼就再也不想看了。我们瞥见下面黑魆魆的机场的轮廓，跑道上的灯随着我们把地面甩在身后变得越来越小。

座椅安全带的指示灯在大约十分钟或一刻钟之后熄灭了，艾迪对坐在过道边的男人低低说了声抱歉，然后就从他前面挤过去，一直走向通道最后。

几个厕所的门都关着，但小牌子上的绿色灯显示为"未占用"。艾迪四下里看了看，拉开了先前戴文藏身的那道门。那间狭小的厕所是空的。旁边的一个也是空的，下一个还是空的。

坐在近旁的一个男人奇怪地看了我们一眼。

我俩的手靠近了第四道门的把手。艾迪猛地拉开了它。

这一间有人。

"嘘。"戴文不等艾迪开口就阻止了她。他抓起我俩的胳膊，把我们拉进去，迅速地在我们身后关上门。我俩挤在洗手池和墙壁之间，被马桶和门圈起来，中间还夹着一个戴文。他的脸离我俩只有半英尺，两手抓着我俩的胳膊肘，一只膝盖抵着我俩的腿。我们被狭小的空间折叠在一起，无处可逃，我俩后背靠着墙，用力喘着气。一切都在颤抖。

"你没跑。"他的声音很平静，可是有种嗡嗡的震颤，仿佛和飞机引擎的震颤同步似的。洗手池坚硬的边缘抵着我俩的后背，艾迪没法挪动，也没法摆脱他。"赖安让你逃跑，你为什么不跑呢？"

一阵气流的旋涡使得厕所里的一切都晃动起来。艾迪紧闭双眼，直到气流过去。这个厕所实在太小，实在实在太小了。

"我当然不会跑，"她从牙缝里挤出一句，"我能跑到哪儿去？"

戴文似乎要和她争论，但飞机又摇晃起来，等艾迪再次睁开眼睛时，他已经把要说的话咽下去了。"你什么也没承认吧？"这话与其说是在发问，不如说是在确认，"你来了个一言不发？"

"我又不是傻子。"艾迪说。我俩没法集中注意力，在这个狭小、晃动的空间里，门就挡在身后，而戴文离得又是这样近。我俩的后背出汗了，身上一阵阵发热，胸口也闷乎乎的，仿佛有一根皮带将我俩越勒越紧，每一次呼吸都变成了一次战斗。戴文皱起了眉头："你没事吧？"

看着他的脸。我说，不要想别的。

"我没事。"艾迪说道。我俩的声音听起来有点粗鲁，可她按我说的做了，盯着戴文的脸。

"我也没跑。我现在就在这儿。"我俩的拳头握紧了。

有片刻工夫她和戴文谁都没说话。我们俩目光直视着前方，一动不动地站着，绷得浑身的肌肉都在微微颤抖。艾迪是要把戴文的脸分成一笔一画的线条吗？还是要分成光和影的组合？我永远也不会像艾迪那样，用调色板上飞快点过的色彩来看这个世界，但我见她画过很多人，所以我想，她会怎样用流畅的线条勾勒出这个男孩冷峻刚毅的颚骨，还有他挺直的鼻梁侧翼？她会怎样用阴影来表现他那打着卷从前额垂下来，几乎碰到睫毛的头发？

我能想象出几种她会选中然后混合在一起的色彩——赭黄色、焦土色、紫罗兰色——用它们来画戴文的，也是赖安的脸。正如艾迪的也是我的。

"你总还带着芯片吧？"戴文终于开口了。

"什么？"艾迪问道。

戴文盯着我俩："芯片。黑色的芯片。赖安放进你口袋里的，就在他——你一定要拿着它。"

艾迪一根一根地松开了我俩的手指。她举起那块芯片，但目光并没有离开戴文的眼睛："你是说这个吗？"

他也没有向下看，仍旧盯着我俩。或许，他在奇怪我俩为什么呼吸急促，四肢僵硬。艾迪把手抬得更高一点，差不多到我们嘴边的高度。那个东西在我俩和戴文之间发出红光，仿佛是希腊神话中独眼巨人那只长在又圆又黑的脸上的独眼。

这一下似乎引起了戴文的注意："对，就是它。"

他从衣袋里掏出一个一模一样的小圆片举到我俩的芯片旁边。它也发出红光。戴文每移动一下都意味着艾迪也要跟着动一动，他在给我俩让出更多的空间和空气。我努力去想点别的什么事，一些好事，美妙的事，涌入我脑海的是那一天，赖安给我讲什么是安培容量，而我认定他应该是我遇到过的最糟的老师。

"嗯，这到底是什么？"艾迪问道。

"也不算什么，"他说，"不够好。但我们那会儿只有这个了。没时间做别的。"他指了指，说："看见光了吗？"

"嗯。"艾迪答道。

"赖安把它设定成这样：两个芯片在一起时就会一直发光，"他说，"如果我们分开一段距离——"

"它们就会闪烁？"艾迪问道。

他点点头。艾迪把两块芯片拿到眼前，仔细研究起它的光和背面细小的螺丝钉来。

"很难吗？要做成这东西？"

"比偷偷查看你们学校的档案容易。"他说。

艾迪目光锐利地抬头看着他。让我吃惊的是，她居然露出一个笑容："我想也是。"

时间过去了一会儿，我俩不那么紧张了，可是却越发觉得不自在。洗手池锋利的边沿仍旧抵着我俩的后背。

"我得走了，"戴文说，"要不他会想我怎么要这么久。"

"科尼温特吗？"艾迪问道，"他坐在你旁边？"

戴文点点头，问："你坐在哪儿？"

艾迪轻轻扭转了一下脑袋："就在那边。34 号吧。我想……我想我的票是最后一分钟才买的。"

他的眼睛一眨不眨地看着我俩："他是不是说他们只是打算做几项测试？"

艾迪点点头，不再和他对视了："他说我过两天就能回来。"

戴文把他的芯片放回口袋里，但并没有走开。飞机颠簸起来。艾迪低头看着我俩的手，我俩的胳膊肘碰着身体两侧。

"他们或许弄不清楚，"戴文说，"咱们到底是怎么回事，也搞不清伊娃到底有多虚弱。她可能不会在屏幕上显示出来。你也许还能回家。"

"是啊。"艾迪静静地答了一句。

"我先出去，科尼温特等着呢。"戴文说，"你过几分钟再离开这儿。"他和艾迪在这个逼仄的空间里很别扭地挤来蹭去，终于挨到了门边。他的目光重新回到我们脸上："记住，自始至终什么也别承认。把芯片带好，这样咱们还能互相找得到。"

"我会的。"艾迪说。他点点头，打开了门，趁附近座位上的人还没发现里面不止一个人的时候赶紧又关上了。艾迪锁上门，坐在马桶盖上，把头埋进手里。在这样一个狭小而不自由的空间里，她不由得浑身发抖。

回到座位上之后，艾迪凝视着窗外这架飞机的机身。底下的灯光仿佛多了好几倍，好像突然冒出来的蘑菇圈。每个人的座椅下都发出咕噜咕噜的声音，就像一只巨大的睡猫在哼哼。一个婴儿尖声啼哭起来，他的妈妈用嘎嘎作响的玩具和呢喃低语又哄又逗地让他安静下来。

机长宣布我们即将降落，此时，与我们同排的两个男人都在睡觉。我们正在下降的时候太阳刚出来，从地平线那边仿佛涌出了一个金色的池塘，飞机一头扎向其中。我俩眯起眼看着摩天大楼离我们越来越近。自从搬家后，我们就再没见过这么高的楼。我的思绪已经游荡在记忆中了：消过毒的候诊室，过于肥大的住院服，嘀嗒响的时钟，还有冷漠的医生。

飞机降落在跑道上，艾迪深深地吸了口气。嗡嗡的马达声变成了巨大的轰鸣声，然后是一阵咆哮，最后简直成了狂吼。气流尖声呼啸着擦着飞机而过，我们向前冲着，速度那么快，我差点儿以为我们又要起飞了。但渐渐地，飞机慢下来，终于开始在跑道上缓缓滑行。灯亮了，我们身旁的那些商人们纷纷动起来。

飞机到了一个转角处的时候，机长说，欢迎我们来到这个州，这座城市，然后向乘客们报告了气温和时间。

他怎么把戴文和咱俩同时带走？艾迪说。

不知道。

我俩坐在那里等着，直到飞机完全停了下来，其他人也都站起身来，打着哈欠，舒展着腿脚。

"该起来走啦。"我俩旁边的男人说道。他耸起肩膀，蹭了蹭脖颈。

"我在等人。"艾迪答道。

过道里站满了从头顶的行李舱中往出取行李的人们。我俩左边的男人也不例外，而右边的男人却时不时地意味深长地看我们一眼。艾迪正打算说什么，这时我们突然听见前面过道上发出一阵骚动。

一个人不停地说着"抱歉"，一边从人群中挤过来："抱歉，借过。"

原来是一位空姐，她磕磕绊绊地走到已经空荡荡的我俩的座位旁边，一边露出微笑，一边试图把挡在眼前的刘海拂开，但脚下的高跟鞋似乎让她有点站立不稳。

"科尼温特先生让我来带你过去，"她说，"他那边有点事，不想让你等得太久——或者让你妨碍到别人。"夹在我俩和窗户之间的男人感激地冲她笑了笑。

艾迪站起来，抓住前面的座椅以免猛地起身晕倒。

"哪个包是你的？"空姐看着头顶的行李舱问道。

"红色的粗呢包。"艾迪说着，走到过道上，挤在空姐身边，"我们要去哪里？"

空姐把我俩的背包拽出来交给我们："就去候机厅好了。他一出去就会去找你的。"

我们往飞机前面慢慢移动的时候，艾迪看了好几次手中的芯片。红光一直亮着。戴文和赖安就在附近，离我们很近。

一道银色的晨曦透过飞机和登机通道之间的缝隙射进来。艾迪走上通道，把粗呢包抱在胸前，这时，芯片发出的光不再稳定，而是开始快速地闪烁起来。戴文一定是离得远了。

"来吧，宝贝儿。"空姐在叫我们。

艾迪合拢手指，加快了脚步。

候机厅里很明亮，一派繁忙景象。人们脚步匆匆，身后拖着的行李箱不时发出磕碰的声响。一个渺茫空洞的声音在广播一个走失小孩的名字。电子屏上闪现出各个航班的时间、延误及取消等信息。

我本想就在门边等着好了，可那位空姐带着我们一直穿过铺着瓷砖的过道，她的黑色高跟鞋一路发出咔咔的响声。这里到处都是窗户。窗外，太阳已经冲出了地平线，悬挂在金色的空中，仿佛半酣未醒，却将黄色的指尖伸向了天空。我俩手中的芯片闪动得越来越慢，直到完全停止了。

空姐带我们一直走到一个嘈杂的美食广场。艾迪环顾四周，闻着磨咖啡的香气，清早的新鲜饼干和炸鸡的油脂味，还看见了光鲜亮丽得过了头的、摆满了各种三明治的架子。空姐把我俩带到一张桌子旁边，但没有坐下。

于是我们就站着，好像两尊雕像，呆立在一片汪洋里。四处满是餐桌、喝咖啡的人和看上去似乎太大的玛芬蛋糕。一尊雕像又瘦又高，穿着时髦的高跟鞋；另一尊矮一点，穿着与校服配套的漆皮鞋。沉默就像一个讨人嫌的孩子，拉拉我们的头发，又拨弄拨弄我们的嘴唇。

伊娃。艾迪叫道。

爸妈现在在干什么？我们是向西飞过来的，因此在鲁普赛德时间应该晚一点。可能他们这会儿起床了。他们昨晚睡了吗？还是像我们小时候要去和医生见面之前那样，一直熬个通宵，以至于第二天早上他们从卧室里出来时简直像落魄鬼一样？

他们又是怎样对莱尔说的？

我……其实不是那个意思。艾迪说道，昨天晚上，我说这一切都是你的错。

我刚想说话，她却打断了我，她的话从嘴里脱口而出，好像冒出的一串泡泡——脆弱而又透明。你好受点儿了吗，伊娃？

我好一会儿说不出话来。

我俩之间的那堵墙稀里哗啦地倒了，倒了，倒了。她的感情也淹没了我，那是一股充满了担忧、害怕和内疚的洪流。是的。我说，是，我很开心。

艾迪叹了口气。墙上的最后一块残垣也被一股感情的旋涡冲跑了，尽管我说不清那是一种怎样的感情。

我们下一步该怎么办，伊娃？她问道。

竭尽全力挺过去。我说。我还能说什么呢？

"啊，他来了。"空姐打断了我俩之间的谈话。她的声音先是透出一股如释重负的轻松，然后又悄悄隐藏起来，躲在她的笑容背后。

科尼温特对空姐道了声谢谢，然后转向我们："你都准备好了？"艾迪点点头。"好极了。那咱们走吧。"

艾迪把背包斜挎在我俩肩上，跟着他走出了美食广场，走在他那双高档皮鞋的阴影里。

竭尽全力挺过去。艾迪说道。

竭尽全力。

14

机场外的马路边，一位司机来接我们。他打开车门，那是一辆光亮的黑色轿车，很像科尼温特在鲁普赛德开的那辆。艾迪坐进后排，紧紧地把粗呢包抱在胸前。科尼温特很快地和司机嘀咕了一两句，然后他们就再也不说话了，也不和我俩说什么。

我们看着车窗外，眼前闪过的是一派陌生的景象。起初只是高速路，比家乡那里的公路更宽，车也更多。后来就有一座城市出现在远处—— 一座真正的城市，摩天大楼在早晨的阳光中熠熠生辉。但最终，我们把这座城市和高速路都甩在了身后。后来的路上，我们有好长一段时间都再没有看见一栋建筑，直到到达医院。这里是一片荒凉之地，太阳把所有的植物都烤焦了，树木都长势不良，草也勉强呈现出一点绿色。

与这情景大为迥异的是，诺南德精神病康复医院却被一圈灌木丛和修剪得整整齐齐的草坪环绕着，俨然一座银白色相间的沙漠绿洲。我们的车驶进楼前的停车场时，艾迪和我看到，这幢医院大楼有三层高，到处都是奇形怪状的尖角状物体和巨大的玻璃窗，都在反射光线。

逃离诺南德

除了楼顶上两名正在做维修的工人，这座大楼看起来就像是再没有别人了。

这里的空气很干燥，丝毫没有家乡那种折磨人的湿气。但和家乡一样热，艾迪走出车门的一瞬间眯起了眼睛。

所有夏天的闷热在我们一走进诺南德大厅的时候都消失了。里面的冷气足以让人打寒战。科尼温特向前台走去，艾迪跟他走过去之前瞥了一眼站在近旁的保安。

前台接待员看了科尼温特先生的身份证，然后点点头，示意我们继续往电梯那边走。我想提醒艾迪查看一下我俩口袋里的芯片，可我不敢。这里有太多的眼睛，太多的窗户，太多闪闪发光、装有镜子的平面，都在映照着我俩的一举一动。

电梯里摆放着单调的黄绿色花朵，好像铺了一层地毯。这里也有镜子，于是看起来不是一个男人和一个女孩，而是都变成了两个。不过镜子倒真有它的作用。它使得这个已经很大的电梯看起来更加宽敞。但无论如何，我俩的心跳还是加快了。

科尼温特摁了第三层的按钮。电梯升起来的时候，我俩的胃往下一沉。小时候，不管购物中心的电梯什么时候开什么时候停，我们总是又蹦又跳的，感受那一瞬间的失重和相应的双重重力。那种感觉使我们忽略了一个事实：我们实际上是被困在了一个金属盒子里。

铃声叮地响了。电梯慢下来，停住了。我没有和艾迪悄悄说："嗨，咱们跳吧。"相反，我俩一动不动地站着，站得笔直，直到那两扇银色的门打开，科尼温特走了出去。

一条长长的白色走廊向两头无尽地延伸过去，被一排排的荧光灯照得雪亮。一股淡淡的杀菌剂味道弥漫在每一处，就像死亡紧紧附着在墓碑上一样。

一名身穿带有灰色条纹裙子的护士匆匆向我们走来。"说谁谁就来啊。"她笑着说道，一边冲她身后的一个邮递员小伙子挥挥手，"恐怕我不得不让他等着了。"

邮递员顶多比我俩大两三岁，个子很高，可是因为太瘦显得身形过于细长。他一只手拿着个棕色的小袋子，另一只手拿出一个带纸夹的笔记板递给科尼温特。他还不断地盯着我俩看，刚开始只是很快地瞟一眼，后来等科尼温特低头在笔记板的纸张上签字时，他就肆无忌惮地看着我们了。

"也许，下次我可以只让温德尔医生签字，"护士说道，"或者就让莱安纳医生——"

"我倒宁可你别那样做。"科尼温特说。

护士点点头。不过，这只是我俩用眼角的余光看到的。艾迪一直回瞪着那男孩。他的蓝眼睛冰冷、清亮，就像洋娃娃的眼睛。

别再瞪着他了。我说，他会认为你疯了。

他已经觉得咱俩是疯子了。艾迪说，倒不妨给他一点谈资嘛。

话虽如此，她还是把目光移向了别处。多少年来她一直在奋力躲避别人的关注。老习惯实在是很难打破。

"哦，嗨。"护士似乎这才看见我们。她是个肤色苍白的瘦子，一边在嘴角堆起笑容，一边问我们："你好吗？"

"很好。"艾迪答道。

科尼温特已经从男孩手中接过袋子转身走了。"拜托给她安排个今晚过夜的地方，不过先带她去见温德尔医生。"

"没问题，"护士答道，"来吧，亲爱的。你叫什么名字？"

"艾迪。"

"来吧，艾迪。"她朝着和科尼温特相反的方向向楼下的大厅走去。

艾迪跟着她，每走一步，我俩的红色粗呢包就在大腿上碰一下，在诺南德医院这片银色和白色的大楼里，格外显眼。那个邮递员会和他的朋友说些什么呢，我在想，他会说来了一个穿着皱皱巴巴的校服、脸色苍白的女孩吗？

关于我们的情况，他又会说些什么呢？说他早就回家了，而我们却被关在这里？

我们走啊走啊，走了很久才走过大厅。诺南德似乎不像我们小时候去过的那些医院那样繁忙，有几个护士在门廊处聊天。一路上我们看见一个身穿白大褂的医生快步走过，但仅此而已。这里没有穿着朴素、焦急地等在检查室外面的人，除了护士和医生以外，也没有做父母的或者其他成年人。没有病人。除了我俩。一次，艾迪大着胆子瞥了一眼我俩口袋里的芯片，可是它冷冰冰的，毫无生气。

最后，护士在一扇用很小的黑色数字标着347号的门前停了下来。

她敲敲门，叫道："温德尔医生？"

里面先是传来一阵挪动东西的声响，然后一个声音应道："请进。"

她推开房门，把我俩推进去："这是艾迪，温德尔医生。科尼温特先生刚刚把她带来。"

温德尔医生身材矮小、壮实，他头顶上深褐色的稀疏的头发集中梳拢在一起以便遮住秃顶。要是在平时，艾迪早就对此嗤之以鼻了。他眯起眼睛，透过黑框眼镜打量着我们，然后从桌子后面一跃而起，身上的大褂下摆扑啦啦地飘动着。

"哦，对，对。"他说着就来和我们握手，眼睛却在我俩全身上下打量着：我们的脸，手，腿——就好像我俩是个考古学方面的新发现，"科尼温特先生让我等着你呢。"

我真希望有人能告诉我们他要等的是什么。

护士想要拿走我们的背包，艾迪坚持自己拿，于是那护士笑起来——表情有些夸张，说："我会把它放到你的房间去的，亲爱的。很安全，别担心。"

她最后用力一拉，背包从我俩手中滑落下来。我俩一个踉跄，没站稳。没有了背包，我觉得自己很弱小，而且被暴露了出来。

"来，"护士走开后温德尔医生说道，"拉出一把椅子来坐下。"

我俩看看四周，什么也没有，只有一把金属的长腿圆凳，把它拖过来的时候它发出一阵刺耳的声音。温德尔医生在自己的椅子上坐下，微笑着。那把高背椅使他看起来越发矮小。"在测试之前，我要问你几个问题。"他扶了扶眼镜，身子向前倾过来。没有任何开场白。没有诸如你的旅途怎么样、你一定很累吧、你是从哪里来的等等这类寒暄，只有他眼里透出的一股迫不及待的劲儿，让我觉得自己就像被标本别针扎透前那一瞬间的蛾子。"首先，你和伊娃一直是怎样相处的?"

艾迪猛地向后靠了靠："什么?"

"伊娃。"他又说了一遍，脸上的笑容黯淡了一点。他的桌子上散乱地放着十几张纸，他敲着其中的一张，说："这上面说你解决的时候有很多麻烦—— 一直拖到了十二岁，对吗?"艾迪没有点头，没有说话，甚至没有动一下，可医生似乎把她的沉默当作了默认。

"那么，这就有大概三年了。老实说，我不相信在这段时间里一切都过去了。可我能说什么呢？人们太懒，官员们也很懈怠，或者是……嗯，反正就那么回事吧。"他双手指尖相抵，拱成一个尖顶，脸上重新浮现出笑容，"好啦，现在你有机会，告诉我，你是怎么和伊娃相处的？"

我对此本该是有备而来的。昨天晚上和科尼温特交锋的那一幕应该已经让我准备好对付一切。可是听着我的名字在温德尔医生的舌尖上滚来滚去，我还是五脏六腑翻腾起来，就像晕船了似的。

"没什么不好意思的，"他说，"这是完全保密的。"他的厚嘴唇绷紧了，竭力要在小胡子下面保持住一道弧线。

我俩的心里七上八下。

"我——我不明白你在说什么。"艾迪答道。我俩的脸发烫，双手也变得滑腻腻的。

温德尔医生眉毛一挑："你不知道吗？"

"是的。"艾迪说。

他的小胡子仿佛是他那皱起的眉头的加强版。"你知道的，艾迪。一旦我们给你做了测试，我们就会知道真相。所以，现在说谎可没有任何意义。"

"我没撒谎。"不知怎么，艾迪的声音竟能保持四平八稳，"我想可能是哪里弄错了吧。"

我们沉默地坐了很久，两眼只盯着大腿，医生也和我们一样静默。最后，他叹了口气站起来，神色愠怒，就像一个本来被许诺可以得到烤肉的孩子最后拿到的却是一块煤炭。"好吧，如果你坚持，那就来吧。"他示意我们跟他走出办公室，"我要做一两项测试，"他说话的时候没有看着我们，"大脑扫描，认知心理……"

艾迪紧跟在他身后穿过走廊，奋力想跟上他快得要命的步伐。我们最后来到一间实验室，温德尔医生开始摆弄一台巨大的长方形机器，一边还眯起眼看着和机器连在一起的屏幕。这间房子里除了这台机器外别无他物。艾迪站在门边，尽可能离这个灰黄色的新奇玩意儿和温德尔医生远一点。

终于，他转身说道："来吧，别紧张。"

我俩的鞋子在亮光光的白瓷砖地板上几乎没有什么响声。我俩的手放在口袋里，赖安给的芯片紧紧地贴着我们的掌心。

"站在那儿，不要碰任何东西。"温德尔医生说道，"我一秒钟就把机器调好。"

机器的长度胜过他的身高，立起来大约有五英尺。一头很窄，敞开着，里面空空如也。艾迪在旁边烦躁不安地站着。她没有触碰任何东西。温德尔医生用的时间似乎远不止一秒钟。至少有一小时了吧，要不我俩怎么会恶心难受，胃里涌上一股热乎乎的酸水呢？又怎么会耳鸣不已呢？

一阵低低的嗡嗡声开始响起来。温德尔医生压下几个按钮，仔细看了一会儿屏幕上纷繁杂乱的那一大堆数据，然后抬起头来。

"好了，基本上弄好了。我——你没有变化。"他眨着眼睛，好像他预料到我俩会很神奇地知道该怎么做，然后他疾步走到房间后面，一边说，"你做扫描的时候不能穿这身衣服。"一边在抽屉里翻寻着，找出一件长长的白大褂，"给，穿上这个。"

艾迪向后退了一步："穿这个干什么？"

"要做扫描。"他说着，把我俩推到近旁的一间房间里去，一道薄薄的蓝色帘子遮住了这个房间的一角，"现在去换衣服吧，拜托快一点。"

帘子拉开了，上面的铜环在金属杆上滑过，把我俩关进这个电话亭大小的昏暗空间里。有一小会儿，我俩一动不敢动。

闭上眼睛。我说。

艾迪照办了。这样稍微好一点。我俩尽快脱下衣服。医院的白大褂是在后背系带子的，我俩不得不费劲儿地扭着胳膊去够背上的带子。

"好了吗？"温德尔医生问道。

艾迪拉开帘子，弯腰叠好我俩的衣服，把它放在旁边的一把金属圆凳上。

"好的。"温德尔医生说着，按了一下机器上的按钮，"你的衣服就放在那里好了，几分钟之后你就可以换回去了。"

灰黄色的机器顶部在一阵嗡嗡声中打开了。

艾迪呆立在房子中间。

"你这是干什么？"温德尔医生问道。

"告诉我——"她咽了一下口水，"告诉我接下来会怎样。"

他用奇怪的眼神看了我俩一眼，"没什么，真的。你只要躺在那儿就行，"他指了指机器，"而且——"

"可是，那上面，"艾迪说道，"上面打开了？"

"嗯……只要几分钟就好。"

艾迪已经开始摇着头向后退了："不，不，对不起。我不能躺进去。"

他的手一下子伸出来，粗大的手指紧紧扣住我俩的手腕，速度快得我们根本就没有料到。我俩的肌肤顿时僵硬得像石头一样。

"这到底是要干什么？"艾迪还在争取时间。

"扫描啊。"

我俩的胸口一阵发紧，她几乎说不出话来："你要在扫描结果里找什么？"

温德尔医生的眉头皱得更厉害了。但他看起来并没有生气，倒是有几分困惑。"当然是你的大脑活动了，艾迪。你还是小孩子的时候肯定也做过类似的检查。那时候的技术很可能不如现在先进，不过意思是一样的。"他又指了指那台灰黄色的机器，"这东西能够让我知道问题有多严重。"他继续解释着，开始用一些我俩听不懂的专业术语，还提到了一些我俩闻所未闻的研究。

艾迪，我说，艾迪，咱们不得不照办。

不，不，我不要钻进那个里面去，伊娃。我做不到。

温德尔医生放开了我俩，艾迪双臂环抱着身子。我俩几乎没有听进去他说的话。恐惧让我俩心脏狂跳，喉头发干，甚至连我们呼吸的每一口气都被恐惧污染了，它变得黏腻厚重，使我们无法呼吸。

"总之，"温德尔医生说，"我们知道得越多，就越能更好地修正你。"

他微笑着，似乎觉得这样说会让我们安心。艾迪没有回应他的笑容。我感觉到我俩的胸口马上就要爆发出一阵尖叫，我们的肺似乎就要炸开了，气管也似乎皱缩在一起闭紧了。温德尔医生推着我俩的肩膀向机器走去，一边还在嘀咕着："只要几分钟，艾迪。别干傻事。"

"不，"艾迪说，"我不能——"

"你可以的。"他说。

"我不能——"

我犹豫了。那台机器冲我们闪着不怀好意的黑眼睛。

咱们不得不这样做啊。我说。

咱们不能。咱们——

"艾迪。"温德尔医生又在催促了。

你看啊。她在我俩思维的角落里哭诉起来，此刻的她显得那样弱小而苍白。那里那么小，伊娃，那么小，他想把咱们锁在里面呢。

其实这一点不用她来告诉我。可我还是请求艾迪无论怎样都要听话照办，一边充满矛盾地想，但愿我多这样说几次，就能把自己也说服。

如果咱们不照办，他们就会把这事拖得更久。只有他们满意了，才会放咱们回家去，艾迪。戴文说过——戴文说咱们自己不能承认，对吗？

温德尔医生的嘴皮子又开始动起来，可是我俩谁都没有在听他说话。

咱们不得不照办。我说，就两天，还记得吗？熬过这两天，然后咱们就能回家了。

艾迪犹豫起来，然后重复着我的话。

机器顶部的开口打哈欠似的张大了，露出一片银灰色。中间有一条白色的像舌头一样的东西懒洋洋地耷拉着，艾迪坐下去的时候，它微微起了些皱。

慢点儿。她向后躺倒的时候我说道，小心。呼吸，再呼吸。

她停顿了好几次，最后终于无可奈何地一下子躺平了。

温德尔医生将身子倾过来，把一块白色拱顶状的东西调整到距离我俩的脑门大概几英寸高的地方。

"你还好吗？"他问道，"没什么不舒服吧？安安静静地躺着。你什么也感觉不到的，我保证。"

快一点吧。我心里说道，求你了，求求你了，求求你快一点，赶紧让这一切结束吧。

伊娃。艾迪在叫我，她的声音很小，颤抖着。伊娃？

机器的顶部合起来了，缓缓地遮蔽了光明。很快，就只有我俩脚下的开口处还能透进一些光了。什么东西发出了咔嗒声，接着是更大的咔嗒声。顶盖闭合了。我们俩身陷囹圄。

黑暗，我们急促的呼吸，紊乱的心跳。我试图把自己缩小，缩得越小越好，试图躲避这台机器对我俩身体和思维的搜索。我不在这里。我不在。我不存在。

伊娃。艾迪尖叫起来。伊娃，我喘不过气了——

我俩的胳膊使劲击打着这个闭合舱的侧壁。一阵恐慌涌到了嗓子眼儿，翻滚到嘴里，变成一句喊叫："让我出去——"

嘘！我喝道，闭嘴，艾迪……

"请不要动。"温德尔医生喊道，他的声音听起来闷乎乎的，"你要是乱动我就没法读数据了。"

我俩的拳头砰砰地敲打着这张可怖的、皱巴巴的金属床，嘴里不由自主地嘀咕着，内心充满恐惧。我放弃了想要消失的努力，不再试图隐藏了。我不能这样做，不能在艾迪这样害怕、这样需要我的时候躲起来。

她的恐惧和我的碰撞在了一起。但我的没那么厉害。我已经习惯了被迫动弹不得的状态。

咱们并没有被困住。我说着，一边搂着她，拥抱着她，帮她避开恐惧向我俩伸过来的长长的魔爪。你看，这儿有光，如果咱们想逃就可以溜走。但是咱们不那样做。咱们要一动不动地躺着，对吗？只要一小会儿。

我俩的手颤抖着。我继续说话，用言辞温暖着艾迪。

分散一下我的注意力吧。艾迪说，说点儿什么，伊娃。给我说说——

一段回忆？

好的。

于是我讲起来。我给她讲我俩曾经爬上老房子那幢公寓楼的消防通道，假装自己是烟囱清扫工的事；还让她回想起有一年夏天我俩去钓鱼结果掉进湖里的经历。我挑的都是那些快乐的回忆，那些在我俩还纠缠不清互生互存的时候一起进出医院的岁月里闪光的插曲。还有那些悠闲的周末，那些父母还很幸福的日子，那些我们和弟弟们一起度过的时光。那时候爸妈还没有开始担心尚未"解决"的孩子会给他们带来怎样的影响。那时候，莱尔的病情还没有出现。

慢慢地、颤颤巍巍地，我俩紧握的拳头放松了。共同生活中经历过的故事仿佛编织成温暖的外套，将我俩包围起来。因为常常使用，它的边缘有点儿磨旧了，变得如此柔软，它的味道也因为岁月的流逝而越发醇美芬芳。我将这些故事一个一个地轮流翻腾着，直到过了很久很久，仿佛已经到了永恒的来世，才突然听见嘭的一声响——咔嗒一声——然后是温德尔医生的声音："好了。没有多难受吧，对吗？"

一只手拍了拍我俩的胳膊。我俩一下子坐直了身子，两眼猛地睁开，却又受不了突然射入的光线而眯了起来。

温德尔医生冲我们笑了笑。"做完了。"他说。不知他是否注意到我俩抖得很厉害。他没说什么，只是冲我们摆摆手，说："你出去吧。结果要等一会儿才出来。你可以趁这会儿去换衣服。"

我俩跌跌撞撞地向那堆衣服走过去，把帘子拉开一半，然后坐下来，肩膀耸起，低着头，一侧脸颊抵着膝盖。过了好久我俩才止住了发抖，去摸索背后系得太紧的结。没有人来帮忙，等到把背后所有的带子都解开时，我俩的肩膀都有点儿痛了。

艾迪一只手揉着我俩的脖子，另一只手去拿衣服。她没法一次把所有的衣服都抓过来，裙子差点从手里滑掉了。一个东西当啷啷地落在地板上。她看了看脚下四周，什么也没有。难道那声音是我俩的想象吗？

这时，我们的眼角突然闪过一道红光。

赖安。

一阵渴盼涌上我俩心头。我们急需看到一张熟悉的面孔。我想看见他。

艾迪胡乱穿好了衣服，双脚塞进鞋子里，然后从帘子后面磕磕绊绊地冲出来。温德尔医生正在用一只手往电脑里敲着东西，另一只手推了推眼镜。

"我要去洗手间。"艾迪说。

"出门，左转，再左转。"他头都不抬地说道，"其实，我应该带你——"

"我自己去就行。"艾迪说着，冲出门去。我俩手中的芯片不断地闪烁着，一亮一灭，一亮一灭，一亮一灭。

可是赖安却无处可寻。

两个护士在大厅里聊天，她们瞥了我俩一眼就又继续聊起来。她们穿着同样的灰条纹制服，头发也都在脑后盘成同样的发髻。

哪边？艾迪看看右边，又看看左边，然后又看看右边。

我不知道。左边吧。走左边。

她跑过大厅。我俩的眼睛在手心和周围的人身上瞟来瞟去，搜寻着熟悉的面孔。

手里的芯片红了又白，白了又红，不断地闪烁着。

他在哪里？

鞋子在瓷砖地板上发出吱嘎声。我俩冲到拐角处，差点儿和一个从对面走过来的人撞个满怀。他叫了一声，一堆文件夹跌落在地上，纸张撒得满地都是，一张张的全是白色的纸。

"对不起——"艾迪说着，蹲下来，趁一张纸还没有飘得太远一把抓住了它。

"没关系。"那人笑着，也弯下腰来，"你怎么这么匆忙啊？"

"我在找洗手间。"艾迪答道。

他笑起来："那你走吧，我这里没事。"

"不，我还好。"艾迪说道。我们俩没有看他的眼睛。

"你是谁家的孩子？"我们捡文件夹和纸张的时候他问道。我俩的眼睛瞥了一眼那些纸张当中的一份大脑黑白扫描图，还有上面的名字。底下一张是另一份扫描图和另一个人的名字。

"什么？"艾迪问道。

"你难道不是谁家的孩子吗？"那人问道，"谁的女儿，我是说。"

艾迪摇摇头。

那人皱起了眉头："不是？"

杰米·科塔，我们手底下的纸张上写着一个名字。双生人。两份扫描图被并排贴在一起，看起来几乎一模一样，只是右边的那份上面有一块黑色的斑渍。每一份扫描图下面都潦草地签着一个日期。其中一份是大约一周以前的。另一份是今天的。日期下面是一些文字——年龄：十三，种族渊源：美籍西班牙人，身高：五英尺，体重……

我俩还没来得及看更多的信息，那人就一把将纸张抽回去了。

"你不是病人，对吗？"他的声音里已经完全没有了笑意。

艾迪踌躇起来。那人抓过剩下的纸张塞进文件夹里。

"我只是来这儿做个检查，"艾迪说道，"科尼温特先生，是他——"

"你怎么穿着便服？"他说，"你不应该待在某个指定的地方吗？"

温德尔医生。我说，告诉他我们和温德尔医生在一起。

"我们刚才是和温德尔医生在一起的，"艾迪飞快地说道，"他——他给我们做了扫描。"

"给我们？"那人问道。

艾迪的脸发白了。"我和另一个小孩。"她说，"要是我出来太久他该担心了。我——我得走了。"我俩猛地转身朝着刚才来的方向匆匆走去，那人在后面喊我们，我们也没有理他，心里一直祈祷着不要被人拦住。没有人拦住我们。艾迪冲过拐角，背靠在墙上，闭起了眼睛，过了一会儿，我俩才重新睁开双眼。

我在发抖。

我们。

艾迪说我们。

艾迪最后一次大声提到我们时，我俩还不满十岁，那时我们还相互许诺，无论什么都永远永远不能阻隔我俩。是我和她一起在与这个世界抗争。

咱们得赶在温德尔医生来找咱俩之前回去。我轻声说。

是的。艾迪答道，是，我知道，伊娃。

可我分明听出了她声音中的犹豫。

15

找到温德尔医生的实验室并不难。所有的门都清楚地标着门牌号，我们只需跟着数字走回去就行。如果我们不回去呢？如果我们能再找到电梯乘上它重新回到一楼呢？如果我们径直走过接待处，走过门口的保安呢……但是我什么也没说，因为如果这一切都发生了，接下去又会怎样？

还是待着吧。待在这里，遵命行事，等待，因为老爸会来带我们回家。他答应过的。

再说，我们还得找到哈莉和赖安。只有知道他们都平安我们才能离开这里。

艾迪正要推开温德尔医生的实验室大门时，我们听到了里面的说话声。

"她接种过疫苗……不应该有问题……"

"在……之前，有……医生把处方开错了或者这孩子只是……"

艾迪呆呆地站着，然后，慢慢地将耳朵贴在门上。

一个声音是温德尔医生的，另一个是个女人的声音。两人说话都很轻，我们只能听到只言片语。

"认知心理测试……有时候还是更有效……"

"是的，但只是在后期。这时候……还分辨不出……有……"

女人的声音越发低了下去，最后我俩几乎什么也听不见了。

转动门把手，把门打开一道缝。我说。尽管我自己也有一部分意识在警告我这样做太冒险，我们不该企图偷听——我们应该努力成为最好的病人。

艾迪小心翼翼地摁下门把手，将门向里推了一英寸左右。

"在拿到测试结果之前没什么太多可做的。"温德尔医生说道。

"是啊，咱们得等着。"

一阵停顿。

"你没法把它弄到这个上面去，是吗？"温德尔医生问道，"你听到什么没有？它是怎么进行的？"

好半天没有回应。然后女人答道："比别的好一些。"

温德尔医生大笑起来，那女人没有和他一起笑，他的笑声也就渐渐低了下去。他清了清嗓子，说："嗯，当然，那也说明不了什么。把这个提交给评审组肯定还不够。"

"对。"

"还有时间。我们还有很多条路可以开发。艾利现在好得多了，不是吗？我想从这个星期开始给他用新的治疗法。那会缓解他的发作，而且——"

"他是个可爱的男孩。"女人嘀咕了一句。

"什么？"温德尔医生问道，"艾利吗？"

"不，"女人说，"不，我是说……"她的高跟鞋在地板上踩得咔咔作响，"我还是走吧。这个女孩的最终结果出来以后给我送一份她的材料。"

快躲开。我说，赶快。她走过来了。

可是艾迪没有动。我俩的手紧紧地抓着门把手，我俩的耳朵恨不得听见每一个字。

快呀。我叫起来，进去！进去！马上！

艾迪摇摇晃晃进去了，她扶着门以免自己摔倒。女人大叫一声，向后退了几步。我俩看着她，想把她的容貌和声音对上号。她比我们想象的年轻，二十七八岁或者三十出头吧。一个肤色苍白，长着一头浅棕色头发和一双淡褐色大眼睛的女人。

"你没事吧？"她说着，伸手拽了拽她的工作服，想弄平它。她脸上惊讶的神色和她衣服上面的褶皱一样迅速地消失了。没有了吃惊的表情，她突然显得老了几岁。

艾迪点点头："嗯。对不起。我——摔倒了，而且——"

女人翘起嘴角，露出一个礼貌的微笑。

"我迷路了，"艾迪说，"我去找洗手间，但是我肯定是拐弯拐错了，因为我一直在找这间屋子——"

"呵呵，你能找回来真是很聪明了。"女人说道。她语气里透出的漫不经心让艾迪停止了自己的喋喋不休。我俩的脸舒展了，表情变得和她一样疏远淡漠。

"……我只是知道房间号而已，就这样。"

"你是艾迪，对吗？"女人说着，伸出一只手来，一秒钟之后，艾迪也把我俩的手递了过去。她的手干燥、凉爽，她的微笑也很简短，只是闭了闭嘴唇。然后，她说："我是莱安纳医生。"

"很高兴见到你。"艾迪很自然地答道。

"你该被带到哪里去呢？"莱安纳医生问道。

"我不知道。"艾迪说着，看向温德尔医生，他刚才一直没说话。莱安纳医生也随着我俩的目光朝他看去。

"啊，这样吧，"温德尔医生清了清嗓子说道，"我要等这些结果，还要更久一点，午饭之后才能准备做认知心理测试。到那时候，她……嗯……"他顿了顿，在这一阵静默中，我们俩的内心却是起伏不定，难以安宁。

所有的目光都落在我俩身上。我们的脸发烫了。

莱安纳医生皱起了眉头："你吃早饭了吗？"

早饭？我俩早就把早饭忘得一干二净了。

"没有。"

我真想诅咒这个总是忍不住转动眼珠子的女人，可我很清楚最好不要这样做，这是个很荒唐的想法。而且，莱安纳医生穿着她的黑色 A 字裙和深蓝色衬衫，简直就是职业人员的标准像。

她低声嘀咕了几句，声音很低，说得很快，我们没听清。然后，她拉起我俩的胳膊，领着我们向门口走去："走吧，咱们先去给你弄点吃的。"

"你不是要带她去其他孩子那儿吧？"艾迪跟着莱安纳医生走向大厅的时候，温德尔医生喊了一句。艾迪尽力想跟上那女人轻快的步伐。

温德尔医生的门砰地关上了，莱安纳医生回头瞥了一眼，说："为什么不呢？反正她最后还是要和他们在一起。"

"我什么时候能给我父母打电话？"艾迪一边快步跟着莱安纳，一边问道。医生不像那位护士，她并没有回头看我们有没有跟上她。

"再过一会儿吧，没问题。"莱安纳医生说，"会有人操心这事的。"

我们又拐进一个和刚才那个很像的大厅。诺南德是一个到处都是白色通道的迷宫。我俩的黑裙子和鞋子就像一块干净画布上的墨渍。

"这是去监护病房的路,"莱安纳医生说,"在过道里总是有人陪着你,所以不会迷路的,但是最好还是对这里的布局有个大概的了解,以防万一。"她看都没看就给我们指了指另一条通道:"那边是更衣室,孩子们在那里冲澡,准备上床睡觉。学习室在相反的方向,不过以后肯定会有人带你去的。"

"我——他们告诉我说,我只在这里待两天,"艾迪说,"所以我其实并不需要……我是说,我反正很快就会回家了。"

莱安纳医生放慢了脚步,似乎正打算转身面对我们。但就在最后一刹那,她又加快了脚步:"嗯,知道了也没什么坏处。这家医院大楼的整个副楼都拿出来给双生人专用了,不过——"

她停了下来。艾迪差点儿撞上她。

"什么——"艾迪问道,可她突然看见墙角有推送病人的轮床,她立刻闭上了嘴。

我们以前见过很多轮床,不知姓名的人躺在不甚牢固的白色轮床上从我们身边被推过去,输液的药水滴答滴答,一直滴进他们的静脉中去。大多都是些病弱的老人和妇女——衰弱不堪,喘一口气都颤抖不已的人。

躺在这张轮床上的男孩却并非衰弱不堪。他的体形和年龄都很小,长着一双棕褐色的眼睛,护士推着他经过我们身边时,他正向上瞪着天花板。

莱安纳医生稍稍有点躁动不安,很轻柔,很克制,只有一秒钟，但已经引起了每个人的注意——我们俩，护士，还有那个躺在轮床上、头上包着绷带的男孩，而她的不安也足以让我捕捉到了那个名字。

杰米。

杰米·科塔？

其他人都转过来看着莱安纳医生，但艾迪却忍不住一直盯着那个男孩。他没有动，但他的目光和莱安纳医生的目光对视了一会儿，然后他看向了别处。杰米·科塔。十三岁。两次扫描。两个日期。

两个日期。两次扫描，针对的是同一个人，可扫描的结果却不同。杰米·科塔，头上缠着绷带，他的大脑经过了两次扫描——

两次扫描。

得出一张扫描前和扫描后的两次扫描结果的对比图。

整个世界就这样远去了。

16

护士加快了脚步，很快她和轮床就离开了我们的视线。可艾迪和莱安纳医生都没有挪动脚步。

手术。我突然回想起以前见过的所有的医生。还有我和艾迪小时候他们建议我俩做的各种治疗。有药丸——那么多药丸。还有指导顾问，精神病医生和冷飕飕的、白色的检查室。可是从来都没有谈论过手术。

"早饭。"莱安纳医生与其说是在对我们说，不如说是自言自语了一句。她的声音在过道里有回声。"沿着这条通道一直走下去。"她说完就继续向前走了，比刚才走得更快。一路上她没有再给我们指点别的地方，也没有说话，我们一直走到一个双扇门前，从里面出来了一个护士，身后拖着一辆很大的不锈钢推车。

"啊，你好，莱安纳医生，"护士笑着说，"孩子们还没吃完饭呢。"

莱安纳医生轻轻地，但却很坚定地拍了拍我俩的肩膀，让我俩向前走了一步。她的眼神比先前更加疏远淡漠了。"我就是来把艾迪放在这儿的。"

"没问题。"护士说着，将笑脸转向艾迪，一边拉开了门，"进去坐下吧。我去给你拿个盘子。"

艾迪没有动。手术。手术。

莱安纳医生把我俩推进门去。艾迪扭转身子，却刚好看到她咔嗒一声关上了门。莱安纳医生和护士留在门的另一边。我俩的心像一块疙疙瘩瘩的石头压在了胸口。

这间房子看起来就像我们学校餐厅的缩小版。中间横亘着一条长长的桌子，周围配着圆凳。坐在凳子上的这群人不是很整齐划一的。男孩们都穿着淡蓝色衬衫和黑裤子，女孩们是相似的衬衫和水手裙——年龄稍大一点的看起来和我俩年纪相仿，可身形最小的那个男孩不比露西·沃达斯高多少，他长着一头黄褐色的头发，脸色苍白，如果他有十岁的话，那他实在是太瘦小了。

我们俩没有盯着他看太久。因为在靠近桌子一端的地方——半隐藏在其他孩子中间——坐着戴文和哈莉。

戴文仍然穿着他平时穿的衣服，但哈莉穿着和其他人一样的淡蓝色制服。我俩的双手握成了拳头，手指蜷起来，掐进了手心。艾迪差点儿，差点儿就要喊出声了。

戴文的嘴巴也张开了——

"你是谁?"最小的男孩问道。

孩子们的谈话都停了。所有的眼睛都瞅向我们。我数了一下，十三个。十三个孩子。加上艾迪和我是十四个……坦白地说，是二十八个，如果他们真的全都是双生人的话。他们几乎已经把桌子占满了，不过，还有几个空位子，是这一片蓝色中尚未补上的空缺。

"安静，艾利。"坐在他旁边的一个金发女孩说道。他不再吭气了，但仍盯着我俩看。他看着我俩的目光里有种不安的神色，就像一只躲在角落里的动物的眼神。他不该到这儿来的。现在我们近距离地看着他，发现他根本还不到十岁。他本该再和家人待上一两年的。

"杰米回家了。"另一个女孩说道。她大概比艾利大两三岁，长得简直就像个小仙女，一头长长的黑发几乎垂到腰际，看上去似乎比她本人还重，"所以他们要再找个人来代替他。"

沉默缠绕着每个人的脖颈，它在一张张困惑痛苦的脸上拍打着它那有鳞屑的尾巴。大多数孩子都掉转了目光。塑料餐叉都被丢进了黄色的餐盘里。

他们以为杰米回家了。

"好了，别站在那儿啊。"金发女孩招呼我们。她是这里面年龄大一点的。她的眼神使她本来很苍白的脸色看起来没那么白了。

慢慢地，艾迪走过去坐在和戴文处于对角线位置的一张椅子上。他冲我俩点点头，那样轻微，几乎难以察觉。在他旁边，哈莉紧紧抿着嘴唇，克制着自己的神情。

"你叫什么名字？"有人问道。对于有生之年一直活在"躲避"中的我们俩来说，成为如此众多的人关注的中心实在令人窘迫不安。

"艾迪。"艾迪答道。尽管这间房子并不大，我俩的声音还是回荡在一片静默中。一切都是那样明晃晃的，我们仿佛置身于审讯之下。

"还有呢？"

"嘘！"有人提醒了一声。大家都紧张地四处张望着。我从他们的低声嘀咕中听到了只言片语，争论的，否认的，还有"嘘嘘"地提醒别人安静下来的——护士不在，大家这样乱哄哄也就罢了——可这并不能说明什么，因为他们有监控摄像——这里没有——即使这里有——嗯，我想——

"嘘！"似乎每个人都同时发出这个声音。

这一声很及时，因为就在这时候，门开了，一位护士走进来。她对房间里的沉默和一排排睁得圆圆的眼睛报以微笑。"今天早上这么安静啊。大家还没睡醒吧？"说着，她对着艾利特意微微地笑了笑，可他没有回应。"好吧，"她说，"我看艾迪已经找了个座位。抱歉，让你久等了，亲爱的。我得回厨房去给你拿个盘子。"

我俩的餐盘看起来和其他人的一模一样。盘子的每个分割区里都有一小勺食物：烂糊糊的炒鸡蛋，烤过的碎咸肉，还有两个肉馅饼。

"谢谢你。"艾迪平静地说了一句。

"不客气，"护士说，"如果你需要什么，我就在那边。"她在门边的一把折叠椅上坐了下来，跷起二郎腿，从地上捡起一本杂志。

房间里安静了一会儿，然后，就像一部电影开始播放了似的，嗡嗡的说话声又响起来了。大家继续吃着医院早餐，刀叉发出叮叮当当的声响。所有人说话都是低低的，头也低着，肩膀向前倾，只有艾利的目光在艾迪和我身上游荡了一会儿，然后又穿过整个房间落在护士那里。

"艾迪……艾迪。"

我俩冲着哈莉眨了眨眼睛，她微微对我们笑了一下，然后就又苦着个脸了。"我很抱歉，"她低声说道，"我真的非常、非常抱歉。我的本意不是——我只是——我必须看看他。我不能只是——"

"嘘。"戴文冲护士那边歪了歪脑袋，提醒我们当心。

哈莉把剩下的话咽了回去。我想起了赖安对我说的关于哈莉的那些话，她多么渴望结交其他的双生人，多么想和与她一样的人在一起。就像我们俩。

艾迪踌躇着应了一句："没关系。"

"现在那些都不要紧了。"戴文说着，一边用叉子和切奶酪的刀对付着一块煎饼。他小心谨慎地让自己的脸上没有表情，甚至连他惯有的因为专注或小小的不快而蹙眉的神情也没有。"他们在这里。我们都一定要出去。"

"怎么出去啊？"艾迪问道。

"保持低调，这是首要的，"戴文说道，"吃点东西，艾迪——她看着呢。不，别去看她。吃东西。"

我俩的饥饿已经变成了胃痛。食物并没有缓解多少，但艾迪还是吃了，她先尝了尝鸡蛋。最上面一层吃起来就像橡皮，中间的像海绵，无论吃到哪里都很咸。她机械地嚼着，一边听戴文说话。他的嘴唇几乎不动。其他的小孩似乎也没有谁在听我们说话，但这一点很难判断。那些没有和其他人说话的小孩盯着自己的餐盘。"一直低着头。什么也别承认。你还有希望，或许你的测试结果是阴性的，或者，只是有一点点让他们起疑罢了。"

要说我没有一阵清凉的解脱和放松感，那是撒谎。仅仅听他这样说就让我俩都好受了一些，哪怕只是一点点。可这种感觉马上又被恐惧盖过了。"你们俩怎么样？"

"我们要想办法。"丽萨说。现在是丽萨——我不用想就知道。她的声音几乎超出了"低语"的界限。"你们就操心你们

151

逃离诺南德

俩自己吧，好吗？这地方有些事情——"她深深地吸了一口
气，说，"我们觉得杰米没有回家，艾迪。我们——"

"别说了。"艾迪还没来得及说出事实真相，也没来得及描
述那个我俩看见的躺在轮床上的男孩，以及那两张现在想来，
可能是手术前和手术后的扫描图，还有缠在他头上的绷带。这
时，突然有人制止了我们。

我们猛地抬起头，护士的脸好像幻影一样已经在我们眼前
跳动了。可是，不，刚才说话的是个女孩的声音。是那个金发
女孩，她的头发梳成细细的、整齐的小辫子。她毫不畏缩地先
是盯着我俩的眼睛，然后又依次盯着丽萨、戴文，最后，她
说："别那样谈论那些事。"

艾迪偷偷地瞟了护士一眼，她正在看杂志，似乎什么也没
发现。

金发女孩的嘴唇抿得紧紧的，直到后来丽萨慢慢地点了点
头，她才缓和下来。

手术这个词在我俩脑海里响个不停，声音越来越大，可如
果其他小孩都认为杰米已经回家了的话，我们也就不该知道真
相。或者，我们应该假装不知道。艾迪咬紧了牙关。

咱们以后再告诉他们。我说，一旦找到独处的机会就告诉
他们。

接下来的饭吃得很安静。

一刻钟之后，护士站起身，拍了拍手，宣布早餐结束了。
她领着我们从餐厅出来，走过大厅，让我们一直走在右侧。我
们的队伍站得乱七八糟的，很多小一点的孩子都并排走着。

走了没多久，我们停在一扇门前面。门，走廊，门，门，

走廊，门。诺南德似乎只有一连串的走廊和门，以及藏在它里面的未知的恐怖。

这扇特殊的门后面是一间铺着暗淡的蓝灰色地毯的房间，比我们刚刚离开的那间大得多，但是比那一间狭窄，似乎以前是一间会议室，但现在里面摆着的不是一张长桌子，而是六张圆桌错落地摆放着，房间的尽头是一张巨大的方桌，放在离门最远的地方。一个穿着白色扣角领衬衫的男人冲护士点了点头，她笑了笑就转身走了。我立马认出了这个男人：科尼温特先生。

"好了，"他说，"你们知道该做些什么。艾利，今天莱安纳医生会来和你见面，不是休斯医生了。"

艾利听到自己的名字转过身来，但他很快又看向别处了，似乎一点也没听懂科尼温特的话。其他的孩子们开始向房间的另一边移动，那里有一个低低的书架靠墙放着，还有几只透明的塑料抽屉一个摞一个放着，我们能看见里面的笔记本和铅笔。

艾迪和戴文正打算跟着丽萨走过去，这时，科尼温特按住他俩的肩头挡住了他们。"嗨。"他笑着说道。戴文挣脱了他的手，脸上毫无表情。

"嗨。"艾迪轻轻地应了一声。

他领着我们俩和戴文走到书架和桌子旁边，一边从书架上抽出一个活页夹，一边问道："那么，你们俩还好吗？早上过得开心吗？你们学过几何没有？我这里有几张试题。"

"不好意思，您说什么？几何？"艾迪被他突然的转变话题弄蒙了。戴文却一言不发，他看着科尼温特的神情就像看着一个自作聪明的笨小孩。

科尼温特笑嘻嘻地看着我们："我敢说你们的父母不希望你们因为待在这里而耽搁了学习。"

从开始到现在，最让我俩担心的事难道是学习，是几何？！

"今天是星期六。"艾迪冷冷地说道。

"对，"科尼温特说道，"但在这里我们并不在乎是星期几。"他的笑容变得僵硬起来，就像在外面放了太久的蛋糕，"现在，告诉我，你有没有学过几何？"

艾迪努力隐藏起我们俩脸上厌恶的神情："去年学过。戴文比我高两级，所以他肯定也学过。"戴文的目光转向我们，但他还是什么也没说，默认了艾迪说的关于他的情况。

"很好。你们，这个对你们俩来说应该都不太难。"科尼温特把几张纸塞进我们手中，"书架旁边的第二个抽屉里有铅笔和计算器。我过一会儿来检查。"

"可是——"

接过来。我说，我们不能和他争辩。接受就好。

艾迪痛苦地咽下了还没说出口的抗议："好吧。"

科尼温特的牙齿非常白，非常整齐。简直是完美无瑕，就像他那熨烫得无可挑剔的衬衫和完美的白衣领一样。"好姑娘。"他说了一句，然后将同样的试题塞给戴文，"戴文，你要在十点见温德尔医生，所以你要尽量在十点以前做完。"

我们坐下时没有人抬头看我们，就连在我们左右近旁的小孩们也都没有反应。静默在这里压倒了一切。我们俯身开始做起题来，不明白这是要干什么，这又是为了什么。

题目比我们想象的还要容易一些。我们几分钟就做完了第一页。但是艾迪没有马上翻到第二页，而是瞥了一眼周围。每个人都坐在那里忙着完成自己的任务——有些拿着一本书，有些是一个小包裹，还有些是一些试卷。他们看起来都很正常。如果我们在诺南德以外的地方遇见他们当中的任何一个——在学校，或者，在街上——我们都绝不会知道他们头脑中的秘密。我们绝不会知道他们和我们一样。

看。艾迪用眼角瞟了一眼右边，让我朝那里看。

是艾利。

看他的脸。她悄声说。

他的眼睛周围出现了一阵抽搐——眨眼，眨眼，颤抖。然后，他的额头皱了起来，眉毛也一会儿蹙起，一会儿展开。很快，这种痉挛遍及他的整张面孔，从他那双褐色的大眼睛一直延伸到嘴巴。两种不同的表情在争斗，都想占上风。

我俩的心猛烈地跳起来，嘭、嘭、嘭，一直撞击着肋骨。

我们是不是应该——

艾利呻吟起来，用他那双小手捂住了脸。坐在他旁边的女孩没有抬头看他，但她盯着书本的神情似乎太过费力，手中的铅笔也在不停地抖动。其他人却似乎并没有注意到。

伊娃？伊娃，咱们是不是该——

"不！"有人低低喝了一声，抓住了我俩的胳膊。艾迪猛地转身，和一个黑头发的小女孩面对面地看着对方。原来是小仙女。她剪得光秃秃的指甲几乎掐进了我俩的肌肤。"不，"她又说了一遍，"你不能。"

"可是——"

"不。"她说。

艾利叫喊起来，他的头埋进胳膊里，全身都痉挛着。艾迪和我很小的时候曾经见过一个男孩由于突然发作而陷入癫狂的状态，从床上翻滚下来，那是我俩第一次去本地医院的时候。

直到那男孩使劲撞击着地面，脑袋在地上前前后后磕得死去活来护士才把他带回房间，我当时简直担心他的脖子都会折断了。艾利现在也接近那个样子，但是他疯狂晃动的不是他的脑袋，而是他的手指，他的腿，他的肩膀、胳膊和全身，似乎他和另一个分享他身体的灵魂正在试图把他的肉体撕裂。

但这不对劲儿——真的不对劲儿。艾迪和我从来没有过这种情形。从来没有，不管小时候我俩为了谁占上风争夺得有多激烈。

科尼温特先生来了，他一只手迅速有力地将艾利从椅子上拉起来，另一只手去掏对讲机："莱安纳医生，请来一下。艾利有情况。听见了吗？莱安纳医生，请回答。"

对讲机里传来一阵嘈杂声，然后是一句"马上就到"。艾利在这个男人的手中痛苦地扭动着，他的胳膊在胡乱地抽打——苍白的皮肤、黄褐色的头发、蓝色的诺南德制服混杂在一起。"停下来！"他一直喊着，这话令人不解。他是在对谁喊呢？"停下，停下。"他的一只胶底帆布鞋猛地踢在科尼温特的小腿上，科尼温特叫了一声，差点儿松开了他。艾利挣脱了一只胳膊，可他的挣扎太没有章法，动作配合得也不够，难以让他进一步挣脱。那男人半拖半抱地把他弄出了房间。

门砰地关上了。寂静统治了这间屋子，铁拳似的统治。但只维持了一会儿。

窃窃私语的声音如同田野间的沙沙声。所有的任务都被瞬间丢在了一边。大家的脑袋凑在一起，肩膀耸了起来，眼睛死死地盯着门口。监视的人走开了，所有的人都仿佛活了过来。房间的另一边，戴文和丽萨正在说着悄悄话，他俩都从那边看过来，看着艾迪和我。

搭在我俩胳膊上的那只手紧了紧——我们差点儿都忘了它还在那儿。"他那样发作的时候你要假装他不存在，"小仙女说道，"除非他闹得实在太凶，那时你就可以跑开了。但只要他那样发作，他们就不许我们和他说话。"

"为什么？"艾迪问道。

小仙女的眉头皱了起来。"因为他是病人，"她说，"而且医生们正在让他好起来。我们有可能会让他重新变得错乱癫狂。"

"这叫好起来？"艾迪说道，"他以前是什么样的？"

小仙女没来得及回答，因为就在这时，我们听到了艾利的尖叫声。

重重的脚步声从四面八方纷至沓来。闷闷的喊叫声和命令声透过大门传进来。男孩再次发出了尖叫，这一次比刚才叫得更高。声音渐渐远去了。

"这会儿他是艾利。"小仙女说着，拉起自己的头发，紧张不安地将长长的黑色发绺缠绕在指头上。

艾迪皱起眉头："你这话是什么意思？他刚才不是艾利吗？"

小仙女闭紧了嘴巴。

"他们说他是艾利。"坐在我们右侧桌旁的一个男孩说道，"其实他们在撒谎，因为以前能掌控行动的就是艾利。"他看了看周围的小孩。没有人和他的目光相对，他向后缩了缩。

"闭嘴。"金发女孩说道。她那又长又细的小辫子用黑色丝带扎着。丽萨在我们吃完早饭慢慢走过大厅的时候，曾在我俩耳边悄悄告诉过我们她的名字：布丽姬特。"你们马上闭嘴。"她又说了一遍。

谁也没来得及再说什么，门就开了。莱安纳医生扫视了一圈，目光和每一个人对视了一遍——那些没有看向别处的人。

"一切都好。"她说。她的浅棕色头发从马尾辫里散脱了，但她并不理会。她的声音很平静，调整得恰到好处："回去做自己的事吧。"

科尼温特在她之后也赶来了，两人低声交谈了几句，然后又各自离去了。我们只听到他们谈话的最后一句：在他们来之前看好他。

"好啦，"科尼温特对我们说道，"你们都听见莱安纳医生的话了，都回去做自己的题。"

我们在绝对的安静中做题一直做到十点钟，然后，来了一个护士，要带走戴文。丽萨的手指扭结在一起，她似乎是在竭力克制着自己不要去抓她哥哥的胳膊。在戴文放下铅笔起身离去之前，他们俩对视了一眼。

没有混乱。没有惊慌失措。只是安静地离去。

可我俩看着这一幕，充满了恐惧。

17

午饭时间是十二点整。十二点一刻的时候，科尼温特让我们放下手中的任务，到门口排队。护士把我们再次带回到吃早饭的房间，我们俩坐在了黑发小仙女的对面，她低着头。丽萨占了我俩左边的座位，看到布丽姬特挑了桌子另一头的位置，我感到一阵轻松。

护士给我们挨个发着餐盘，从她那辆银色的推车里拿出来，推到我们面前：土豆泥，一汪稀薄的、黄褐色的肉汁，还有些可能是炸鸡肉片之类的东西。可是，谁说得准呢？那上面盖着那么厚一层浸透了肉汁的面包屑。

就像早饭时一样，护士退到房间角落里之后，大家就开始了低声的谈话。

"杰米没有回家。"艾迪在丽萨耳畔悄悄说道。我俩的声音那么小，我都不能确定丽萨听明白了没有。但她不动声色。"我看见他了。在轮床上。头上还缠着绷带。"

"戴文。"丽萨的声音太大了，别人都转过头看着她，可她似乎浑然不觉，只是瞪大眼睛看着我俩，"戴文。他们带走了戴文——"

"他们只是带他去做测试。"小仙女说道。她正在拿叉子叉着炸鸡肉片，她的眼睛先朝着护士那边眨了眨，然后才看向我们和丽萨："第一次来这儿的人，他们要拉去做好多测试。他会回来的。"

丽萨看起来忧虑重重，她没有说话。艾迪很快问道："你确定吗？"她踌躇着不知该叫这黑发女孩什么。

"凯蒂。"她自报了家门。

这名字并不适合她。太普通，太甜太软。这个女孩应该有个神话故事中的名字来配她。我正这样想着，凯蒂却不再嚼东西，她停下来看着我俩，似乎知道我的想法，突然，她脸红了，瞟了一眼她两侧的邻座，然后低声咕哝着说道："是啊，我也觉得是这样。"她拂了拂头发——她的头发用两只楔形的发卡别着，还残留着一些颜色，深红色的，可惜大部分颜色已经磨掉了，露出了里面的铁丝。

"我们在这里成天就做这些吗？"艾迪问道，"测试，还有其他什么的？一直都这样吗？"

凯蒂将她的肉汁浇在土豆泥上："也不都是。我们还要学习。有时候下棋做游戏，有时候他们会让我们看看电影。"

"他们还要问我们问题。"坐在我俩右侧的金发男孩悄悄说道，一边还瞅了瞅护士。艾迪吃了一惊，可那男孩继续说着，似乎他一直都在参与我们的谈话："他们要让我们说在哪一天、哪一周做了哪些事，还要告诉他们小时候的一些事情。"

凯蒂点点头："有时候他们还让你吃药丸，就像卡尔——"她的脸色突然变得煞白，声音也支吾起来，然后她又飞快地说了些令人困惑的话，"就像艾利，就像杰米那样。"

"什么样的药丸？"丽萨问道，"是干什么用的？"

"让我们好起来的药丸。"凯蒂答道。

丽萨的脸扭曲了。艾迪不等她说话，先插了一句："今天早上那男孩的话是什么意思？在学习室的时候，他说……他说医生们说那是艾利，说他们在撒谎，因为以前占有控制权的是……艾利？"

凯蒂咬着她的叉子。金发男孩的嘴角向下撇着。

"汉森糊涂了。"最后他粗声说道，"是艾利掌控行动。一直都是这样。"

"嗯，当然啦，"艾迪说，"可是——"

男孩不再看着我们了。

我俩的目光和丽萨的相遇了。艾迪试图提另一个问题："不管怎样，艾利到这儿来不是太小了吗？他还不到十岁，对吧？"

艾利坐在离丽萨五六个座位以外的地方。没有人和他说话。因为他太小吗？还是因为早上在学习室发生的那一幕？莱安纳医生在午饭开始的时候把他送回到我们这伙孩子当中，是牵着他的手带他过来的。他那种动物似的警惕戒备没有了，取而代之的是眼神里的空洞虚无和脚下蹒跚不稳的步伐。

"他八岁。"凯蒂刚说了一句，金发男孩就说道："他爸妈不要他了。"

"为什么？"艾迪说，"他还有两年的时间啊。"

凯蒂耸耸肩，一双瘦削的肩膀勉强撑起天蓝色的、短短的衣袖。"他们不想要他了，反正只要他还是个双生人就不要他。也许，如果他们治好他，他爸妈还会把他带回家去。"她往嘴里塞了一口土豆泥，咽了下去，然后看着我俩，"他们会带他回去的，只要他能被治好。"但是，她的声音里夹杂着一丝颤抖。金发男孩的眼神里也有这种颤抖，丽萨的下巴在颤

161

抖，这里每一个孩子的每一个动作都在颤抖。整个房间里涌动着恐惧的暗流。

围坐了满满一桌的孩子们都在假装自己什么也不知道，假装信任我们的监护人，假装自己并不害怕。

今天是玩棋类游戏的日子。每个人都被分入不同的小组，都拿到了自己的棋盘、卡片之类的东西。凯蒂的目光跟随着我们，于是艾迪示意她跟着我俩和丽萨来到了房间的一个角落里。

我们挑好了自己的棋子，然后投骰子来决定谁先走。艾迪正要伸手拿骰子的时候，门开了。先是一个护士走了进来，然后是戴文。他有点发抖，有点苍白，但的确是戴文。

丽萨吃了一惊，她伸出手一把抓住了我俩的手腕。她是要防止我俩跑过去吗？还是为了防止她自己？

带戴文进来的那个护士和原本就待在房子里的护士悄悄说了几句话，然后她们转身朝我们这边看过来。不，不仅仅是朝我们这边看，而是看着我们。艾迪和我。

其中一个护士轻轻推了戴文一下，他向前踉跄了几步。

他怎么了？艾迪说。她的恐惧中带有几分出乎意料的、深沉的愤怒。他们一定是对他做了些什么。

"艾迪？"一个护士叫道。但我俩的眼睛没有离开戴文。

"艾迪，请你过来。"

艾迪没有动。她的声音非常干涩。他们对他做了什么？我想不会是——

这时，戴文仿佛是初次见到我们。他死死地盯着我俩，脚步也加快了，一边还叫道："艾迪——"

"艾迪!"护士又叫了一声,这次的语气严厉多了,"过来。"

"去啊。"凯蒂小声说道。可丽萨并没有松手,戴文也还在继续叫着我俩。

除非他不是戴文。我在赖安离我不到两英尺的地方才认出他,可我确实认出了他,即使艾迪认不出。

"艾迪,"他说着,在我俩旁边坐了下来,"艾迪,不要——当他们,当他们……"他皱着眉头,似乎找不到一个恰当的词,"那是个谎言,艾迪——"

一只手把我俩拽了起来——甩开了丽萨抓着我俩的手和赖安那咕咕哝哝、含混不清的话语。

"你没听见我叫你吗?"护士问道。

艾迪拗着不肯走,她回头看着,想听到赖安最后说的话。"没有,我——"

"行了,温德尔医生在等你。来吧。"

丽萨睁着一双惊恐的眼睛在后面盯着我们。护士对她说道:"你照看着点你哥哥。他吃了药,有点迷糊,不过一会儿就会好的。别担心。"

"什么药?"丽萨问道。

但那护士没听见,或者说,假装没听见。她拉着我俩离开了其他小孩,离开了凯蒂褐色的大眼睛,还有黑白双色的骰子,以及五颜六色、已经被忘记了的棋类游戏。

门关上之前,我们听到的最后一点动静就是赖安的声音,他终于想起来了自己要说的话。

"别相信他们。艾迪。别信——"

除此以外,再没有更多的信息了。

温德尔医生笑眯眯地看着我们走进他的房间。我本来以为我们要重新回他的办公室，可我们却来到了一间小一点的房子里。这里的墙是一片寂然的蓝灰色，地板在头顶上灯光的照耀下闪闪发亮。温德尔医生站在一个像是在牙医诊所里常见的那种椅子旁边。

"你来了，艾迪。"他说话的语调好像我俩是一枚丢失了的硬币。他向前凑过来，艾迪向后缩了缩。"怎么了？哦，这和早上的测试完全不一样。我保证。"他指了指那把椅子，说，"都是在开放空间里的，看见了吗?"

"戴文，"艾迪说道，"戴文，他——"

"有点发晕、迷糊？别担心，只是一点镇静剂。他很快就会恢复正常的。"

他又试着来抓我俩的胳膊，艾迪躲开了："你为什么要给他镇静剂?

"为什么艾利——或者卡尔，不管他叫什么吧——抖得那么厉害，我简直都担心他要抖得散架了！你又对杰米·科塔做了什么?

"还有，你为什么告诉其他孩子他回家了?"

温德尔医生笑了一声，可是听起来就像呼哧呼哧在喘气。他推了推眼镜，把它弄得比自己的塌鼻子高一点。"那是为了让他平静一点。你知道你看牙医的时候他们会给你吸笑气吗?"

要让他从什么事当中平静下来？我很想问，可温德尔医生不给我们说话的时间。他拍拍椅子，说："坐下。只要一小会儿，然后你就可以重新回到小伙伴们当中去了。"

一只金属托盘放在台子上，里面的注射器闪着寒光。

"艾迪？请你快一点。"

艾迪拖着沉重的脚步一步一步走向那把深蓝色的椅子，爬了上去，向后仰着，头靠在头垫上。我们又能怎样呢？

"我一直在翻看你的病历记录，"温德尔医生说，"你几年前应该打一次疫苗的，但是你没打。"

"什么疫苗？"艾迪问道。我俩的指甲深深地掐入椅子扶手的软垫当中。

"破伤风。我很惊奇你们学校竟然没有让你去打。"

破伤风？艾迪问我。

我不知道。我不记得了。

以前我们俩打了所有要求打的疫苗，这是肯定的。麻疹，腮腺炎，反正就是那一类的东西。不给孩子按规定打疫苗是要被重重罚款的。但这些疫苗大多都是在我俩还是婴儿或者蹒跚学步的时候就已经打过了，年代太久远，根本想不起来。这个破伤风疫苗一定不是必打的。

艾迪看了看温德尔医生手里的针："你说的是真的吗？我们不能——不能先给父母打个电话吗？"

"在你的档案里记得很清楚。"他说着，却根本没看档案，"这没什么，艾迪。就像捏你一下似的。"

我们害怕的不是打针。

"可我——"

"忍着别动啊，"温德尔医生说道，"只是打个针而已，这一针很重要哦。你知道破伤风是怎么回事吗？"

我们不知道。不等我俩再说什么，他已经摆好姿势，将针头扎进了我俩的肘弯处。

艾迪叫了起来，可温德尔医生的另一只手抓住我俩的胳膊，让我俩保持不动，他在推动注射器。当他生米已成熟饭地将针头拔出来时，我俩也安静下来了。他迅速在我俩的胳膊上压了一支棉签。

"没必要惊慌失措,看到了吗?"他说。

我俩说不出话来,只是死盯着肘弯处那个小红点。温德尔医生在上面压了一张创可贴,这就算完了。

"都结束了。"他笑着说。

我们俩呆呆地坐在那里,看着他。他那么矮,我们几乎用不着抬头看他。我俩肘弯内侧的皮肤突突地跳着。

他咳了几声,指了指门口:"我会叫护士来的,她会把你们带回去。"

"什么?"艾迪问道,"那么测试——不做测试了吗?"

"恐怕现在给你做还不是时候,"他说,"你倒不如在晚饭前回去。"

他说着,已经转身回到他的仪器旁边了。"现在去站到门口吧,护士马上就来。"

我们盯着他看了一会儿,然后,艾迪慢慢地照他说的做了,走到门口,站到了外面。正像他说的那样,一个护士几秒钟后就出现了。

我俩完全是在茫茫然的状态下走着,所有原本准备好的紧张和激动都烟消云散了。只是打了个疫苗而已。以后还得再来,做剩下的那些测试。

"快点,亲爱的。"护士叫着。她已经走出去好远。艾迪加快了脚步,可是不起作用。那女人走得太快了。我俩的眼角似乎出现了一团模糊的影子,我们动,它也动,我们停,它也停。

"别落在后面。"护士说着,又折了回来。她伸出手,皱着眉头,好像——好像准备要……接住我俩:"其他人还等着呢，我们不想——"

我们听不到她说我们不想怎样了。

一声闷闷的喊叫。

一阵虚弱……

晕倒。

黑暗。

18

艾迪？

她的名字是我醒来后最先进入我脑海的东西。我俩还是
小孩子的时候——在那些医生出现之前，在那种恐惧出现之
前——我们俩总是会一起做梦，醒来之后就会互相叫着对方
的名字。随着时间一年年地过去，这种情况越来越少了，直到
最后彻底消失。

艾迪？

我们俩静静地躺着，思维却好似一团混沌。我试着转动了
一下大脑，想在脑海里找到艾迪。她不可能还在睡觉，但有时
候她清醒得要比我慢一点。

……艾迪？

她没有回应。我更加努力地搜寻她，恐惧成了冰冷尖厉的
刀锋，将我残留的睡意削得一干二净。

艾迪，你在哪儿？

回忆和意识让我突然清醒了。医院。我们是在医院里——
治疗中心。我们刚才走到了大厅。有一个护士。那么现在呢？
现在是什么情况？

艾迪！

我的声音回荡着，因为这种似曾相识的感觉而不寒而栗。这是我有生以来第二次这样呼喊艾迪的名字——狂乱地在脑海里翻寻摸索，企图探到一点点她还在的迹象。

第一次是在一个多月以前，我们喝下那杯加了药的茶时。乐复康，赖安把那种药叫作这个名字。它通常是做什么用的？当时我还努力问了这么一句，那是在给我的治疗进行到后期的时候，那时我已经能更好地控制舌头和嘴巴了。赖安回答说，它是用于特殊治疗的，还说到了精神病病房之类的。

精神病病房。精神病医院。

诺南德精神病康复医院。

就是这里。

艾迪！我尖叫起来。

没有回应。只有我独自一人。这里不是哈莉家。没有赖安坐在我身旁，陪我说话打发时间。

我用力睁开了双眼。

我们身处的地方一片昏暗，没有窗户。一道黄色的光从门缝底下透过来。只能看到这些了。我重新闭起眼睛。

艾迪？

但我并没指望着能有回应，事实上也的确没有回应。她不在了。要多久呢？在哈莉家，这种情况从未超过一小时。可是，在哈莉家，我也从未和艾迪同时失去过知觉啊。

我不敢再想了，越想越难受。

就这样吧。或许我们已经失去知觉好久了，或许艾迪很快就会回来。我就躺在这张床上等着吧。

我竭力克制着自己不去想如果一直这样等啊等，却什么也

169

逃离诺南德

不会出现，那又该怎样。

我俩的胸脯轻轻地一起一伏，一起一伏，双眼依然闭着。我让自己和这一片已经吞噬了艾迪的雾蒙蒙的黑暗拉开距离。通常，当她回来的时候，我会感觉到她踏破黑暗的边沿，将那一片空虚像卷地毯似的卷到一边，然后飘进我旁边的那个空间里。我所要做的就是等待，等着药力过去，等她醒来。

我不愿去想别的任何事。我不愿去想我们为什么会在这里，他们为什么要对我们做这些，为什么要对我们说谎，以及如果艾迪醒过来，我们该怎么做。

不。我只愿意等着她回来，等着我俩再重新合为一体。那样我们就可以一起琢磨那些事情了。

我们俩的呼吸很平静，很顺畅，完全就是一个熟睡着的女孩的呼吸。就我俩的身体所能感知到的而言，我们的确是在睡觉。反正艾迪是睡着的，而这正是最要命的问题。我因为愤怒而呼吸急促，因为恐惧而心跳，因为难堪而脸红，这都是多久以前的事了？当然，一般来说，当我愤怒、害怕，或者尴尬的时候，艾迪也是一样的，因此，这并不是多严重的事。

逃离诺南德

或者我——

一阵尖厉的警报声划破了我的思绪。我俩的眼睛猛地睁开了。

天花板上的一盏灯不停地闪着红光，闪啊——闪啊——闪啊——

我的大脑一片空白，然后又浮想联翩。

着火了？煤气泄漏了？

我们屏住了呼吸。

出事了。

艾迪。艾迪，醒醒！

没反应。什么都没有，只有疯狂尖厉的警报声和闪个不停的红灯。

艾迪！

或许，应该有人来。对啊，对，肯定的。有人把我们带到这儿来。他们知道。他们应该来。他们要救我们出去。

因为艾迪还在睡觉，我动不了。

我俩的眼睛使劲眨巴着，望着门口，可门缝里透过来的那道光依然清晰、平静，毫无变化。没有人在门口。没有人到这儿来。

可他们应该来啊。他们必须来。

哦，求你了，艾迪！

我觉得自己听到了奔跑的脚步声和远处的呼喊声。人们在疏散，在跑，跑向远离我们的地方。这仿佛是贝斯米尔博物馆那一幕在重演，也像是发生袭击骚乱的那天再现了。

艾迪，你必须醒来。你得大声呼救——

可她没有醒来。我们俩只能躺在那儿。

声音越来越嘈杂，就在我们门边。嘀咕声，脚步声，迅速地响起又飘过。

不。我叫起来。不，不，不。求你了。回来吧，回来吧。

我以前说过话。现在我也能张口。只要我能全神贯注。

拜托！这里有人！这里有人！

我俩的嘴巴还是闭着的，舌头依然动不了。没有声音。警报呼啸不停，红灯闪烁不停。红——白——红——白——红——

突然，一个声音从我俩喉间发出咕嘎一声，随之而出的是一个词——微弱的、耳语般的词：

"……救命。"

"拜托。拜托——救命！"

我俩的身体一颤。我一口接一口地吸着气，呼吸声听起来似乎很吵，我用尽全力大声喊道："来人啊，这里有人！出不去啊！"

应该有人听到的。应该有人来的。可是没有。

警报响了才几分钟，还不够让所有人都撤离，还不够让我俩单独待在这里。

不是吗？

我尖叫起来，忘了要喊什么。我俩的喉咙喊出了前所未有的高音——艾迪从未这样高声喊叫过。没有人来。没有人打算要来。

"艾迪！"我最后大叫了一声。

她不在。她不会动了。而我动不了。

可我必须动起来。

我把所有的力量都凝聚在手上。我试图弯曲手指，试图弯曲胳膊肘，把身子支撑起来。在黑暗中，因为头动不了，我无法分辨我是真的在动还是只是想象自己在动。

直到我俩的指甲挂到了床罩，我才意识到发生了什么。

可是没时间去细想了。没时间停下来。我俩的心跳得厉害，简直都快从胸口蹦出去了。不管是它要爆炸还是我要爆炸，都不是什么太好的前景。

我弯动手指，想找个办法把身子撑起来。胳膊还不太听使唤，它们动得太慢，随着我的控制力时大时小乱晃着。我俩的胳膊肘在身体两侧弯曲着，就像鸡翅膀一样。随着一声无声的呐喊，我猛地向前坐了起来。

整个世界似乎都在旋转。我又想喊又想笑又想哭。然而时间不允许我做任何事。警报还在响，灯还在闪烁。

我必须出去。

站起来也挺费劲。我们的肌肉很健壮——只是我不能控制罢了。我摇晃了一下，又跌回床上，不得不重新开始。第二次比第一次容易了一点。

最后，我汗流浃背地迈出了第一步。

近三年来我的第一步。

可是没时间庆贺。

第二步。

第三步。

第四步。

我摇晃着。叫喊着，然后摔倒了。

我抓住床沿，把自己拉了起来。保持平衡是最难的。想象一下，要把脚分开，那得分开多远？

走到门口之前，我又摔倒了两次。

终于抓住了门把手。我把脸贴在冷冰冰的门板上，闭起了双眼。门。我竟然走到了门口。

现在怎么办？

会有人在大厅里发现我吗？还是我应该不顾一切跑出去？

我发抖了。真的在发抖。我俩的身体对我的疑虑做出了反应。

我是不可能自己跑出去的。

去大厅，去大厅呼救，会有人听见你的，会来人的。

我俩的手轻轻地滑动着，然后再次紧紧地握住了门把手。

我转动了它。门没有动。恐惧让本来就在发抖的腿更加软弱。门被反锁了吗？不，没有，我又转了转，门开了。我们俩也随着门的摆动向前一晃，借着这股冲力来到了大厅，只为保住宝贵的生命。

这时候，有人来了。有人抓住我们，推着我们，拉着我们，把我们拽回到床上去。回到床上？不，不——方向错了！

"我们必须离开。"我说，"警报，还有火——"

"嘘，"那人不让我们出声，"嘘……"

"赖安！"我叫了起来，我几乎笑起来，虽然他显然不明白是怎么回事，"赖安，是我！伊娃。"

"嘘。"他急了，一遍遍地示意我不要出声。我们现在又回到了床上。他半推半扶地将我弄到床垫上。他的动作很僵硬，牙关咬得紧紧的。

"我能动了，赖安。"我说着，笑了起来，大声地笑着，一边抓住他，"可咱们必须离开这里。有警报——"

"没有火警。"我试图站起来的时候他把我摁了回去。

"那就是煤气泄漏或者什么的——反正咱们得赶快出去。有警报——"

"那是个陷阱，"他说，"他们给你下了个套。"

给我下套？

我又笑起来，声音很大："什么？"

"他们要让你动起来。引诱你出来。"

就像有只橡皮塞一下子堵住了我的气管一样，我顿时无法呼吸了，眼前仿佛出现了一团星云。

要让我动起来？引诱我出来？

我又笑了，但这次变成了弱弱的、持续不断的咯咯笑。我无法控制自己。"好吧，他们这办法挺管用的，不是吗？"

赖安看着我，红灯依然在他头顶上闪烁着，在他脸上投下红色和白色的光影。他没有笑，甚至连微笑也没有。

我笑着，希望他也高兴，一直笑到几乎喘不过气来："我能动了，赖安。我走路了。我能走了！"

"是的。"他说。可他的声音听起来是那样忧郁。

一阵奇怪的陶醉和兴奋盘踞在我的脑海中，要不是有赖安抓着我俩的肩膀，我恐怕又要倒下去了。

"我会动了。"我又说起来，一心想让他听得清清楚楚。然后我还是笑个不停，整个人高兴得直冒泡，仿佛一朵飘飘然的云彩。

接着，我一把抓住了赖安的衬衫领子——把他拉得更近一些，感觉到他的胳膊紧紧地环抱着我。笑声在我的嗓子眼里变味了。"我不会让他们把我切除的。"我屏住气说道，"我不会。我绝不会。"

艾迪和我开着灯坐着。

灯光很亮，足以引起大厅里的人警觉了，可是我们俩谁都没有提议去把灯关掉。我们已经在黑暗中度过了整整一天，够了。

他们允许我们给爸妈打了电话，但只给了几分钟时间，还有一个护士从头至尾监视着我们。她假装在打扫和整理本来已经干净得无可挑剔的房间，但我们知道，她在偷听。其实就算护士不在旁边，我们也不会告诉爸妈我们被迫注射了药物，又被下圈套哄骗的事。如果告诉了他们，我们就得解释我到底是怎么能动的。我们就得说，对，他们的担心是对的，科尼温特先生也是对的。我们依然不是正常人。

这倒不是因为反正他们很快就会知道。医生们会告诉他们的。要是医生们想让我俩留在这里，就一定会告诉他们。

我们不说，是因为爸妈似乎没问什么特别的。老妈先接的电话，然后老爸又来说了几句："你好吗？航班怎么样？兴奋吗？吃得还行吗？他们有没有给你准备一间好点的房子？"就在护士开始故意咳嗽并且看着我们的时候，老爸说："我想，没什么大问题，对吗？只过了一夜嘛。"

"是的。"艾迪小声说，自从她醒来之后她说话一直很小声，"没错。"

护士走过来嘀咕着说，医院的电话线很忙，他们可没办法让每个人都打这么长时间的电话。这话听起来好可笑，可我们又能说什么呢？

"我们明天再打过去。"老爸许诺道。

他们不让我俩回到其他孩子中去，说是我们神经过敏、太疲倦，也太紧张。

"你需要休息。"他们这样说着，带我俩走过大厅，"你的房间现在一切都准备好了。我们会把晚饭给你送来的。"

他们就差把我俩锁在房间里了。

艾迪默默地解开我俩的鞋带上了床。在我们俩的心里，她的周围，又竖起了一堵墙，一道防线，那是在几小时前她醒来后感觉到赖安温暖的胳膊环抱着我们的时候出现的。当时，一个护士从门外冲进来，脸气得通红，黑眼珠瞪得老大。她一边把赖安拽走，一边大声呵斥着，说了些要和其他孩子待在一起、要听指挥之类的话。赖安没有反抗，可他的双眼片刻也不曾离开我俩的脸。

伊娃？艾迪盯着天花板，它看起来几乎和墙壁一模一样，一片白色，只是被刺眼的顶灯把这一片白打破了。这间房子小而简朴，只有一张床和一个床头柜。床几乎从一面墙延伸到另一面墙，没有窗户。不过，至少我俩的粗呢背包还在，就像今天早上护士承诺的那样。

我打起精神，应道：嗯？

她停顿了一会儿，然后才说：……感觉怎么样？

一瞬间我还以为她前面还说了什么而我没有听到。什么感觉怎么样？

她又等了一会儿才答道：独自一人。

独自一人？你说的是什么意思啊？

她轻轻叹了口气，我俩的眼睛还是一直盯着天花板上一个个隆起的灯。

我醒来的时候，你正和戴文坐在一起，而且——

赖安。我说，那是赖安，不是戴文。

她沉默了，然后继续说道，你和赖安坐在一起，他——她又停下不说了。你独自一人。没有我。

他们给咱们下套。我说，但其实我也吃不准她到底要说什么。他们发出警报。我以为着火了还是怎么的。我不知道他们在监视咱们——

我说的不是这个。

我停下来。好吧，那你说的是什么？

她使劲闭上了眼睛，手指紧紧抓着枕头的边沿。我不知道……你。赖安。她长长地深吸了一口气。没有我在旁边听着，那样和人说话感觉怎么样，伊娃？

我没有立刻回答，于是她继续说道：到现在已经有一个多月了——每一天。每一天你都可以独自和别人说话。你可以……在我不在的时候。

我没有说出最明显不过的事情——那个时候大多数情况下，我其实都无法说出足够多的词来组成一个句子。

我可从来都没有那样做过。她说。

霎时间，我荒唐地觉得，她听上去有一点嫉妒。

艾迪。嫉妒我！

笑声汩汩地冒出来，洒得到处都是，太欢快了，甜蜜得有些令人反胃。是沉默的笑声，因为没有药物的作用，艾迪对我俩的嘴唇、舌头、肺叶拥有牢牢的掌控权。但她听得见我的笑声，就像她听得见我沉默的声音一样。

怎么了？什么事这么好笑？

什么事这么好笑？她真的有必要问吗？

你从来没有过，是吗，艾迪？哦，我真为你难过。生活就是这样，如此不公，对吗？

她瑟缩了一下。我俩的眼睛一下子睁开了。伊娃，我——

那么，咱俩或许应该换一换。那样是不是公平些呢，艾迪？你更喜欢那样吗？

她猛地翻身到侧面。伊娃——

我今天有五分钟，艾迪。过去三年里只有这五分钟，而你还嫉妒这个？

我没有！她说，我不是那个意思！

那你是什么意思，艾迪？告诉我。

她默不作声。

一阵暴风雨前的阴云在我俩之间滚过，夹杂着雷声和冰冷的雨点。

我们俩瞪着墙。艾迪慢慢地转过身，我俩的脸平贴在枕头上。

你觉得很容易，是吗？她说。

我不知道你在说什么。

我俩的呼吸变得紧张起来。继续说啊，把自己说成个可怜虫啊，伊娃。你有权这样说。我是幸运的那一个，对吗？我是个幸运的家伙。艾迪占有控制权，因此一旦有坏事发生那都是她的错，不管怎样都是。不像你，连责备都没人责备你。

你说的话简直毫无意义。我说。

一堵墙轰地立在了我俩中间。白色的，还在颤抖。我俩的嘴唇咧开，响起了一声哭泣。艾迪把脸埋进了枕头，捂住嘴巴，免得抽泣声被别人听到，直到没有了声音，只剩下泪水。

我们一直都把这件事搞得很糟。她说，这一次我们要变得正常了，伊娃。我只想正常一次。

我缩了起来，把自己缩得尽可能小。我躲在我俩思维的角落里，躲开了艾迪的眼泪。可我无法躲开她说的话。

我想消失，想滑入十三岁那年冬天我感受到的虚无中去，那里没有尖锐的东西，没有伤人的东西，只有梦的河流，将我一圈圈地旋转，直到我也成了它们当中的一部分。

可我不能。现在，我有太多的东西，不忍丢弃。

19

第二天早上，他们让我俩穿上了蓝色制服。有许多纽扣的天蓝色衬衫，垂到膝盖的海军蓝裙子，比老妈浆洗的还要挺括，衣领也一样硬挺、雪白。和我们的校服不一样的是，这套制服没有校徽或其他的装饰，也没有口袋。

"快来。"艾迪系鞋带的时候护士说道。他们让我俩穿着自己的鞋，还有和校服配套的黑色短袜。我很想知道他们把我俩其他的衣物怎样处置了。

艾迪先前已经把赖安的芯片偷偷地从我俩的衣兜里取了出来。现在，它安然妥帖地待在我俩脚踝骨下面凹进去的那一块地方，短袜裹着它，贴着肌肤。

"我们要去哪里?"艾迪问道，声音单调而平淡。

早上我俩都是默默醒来的。睡眠的最后一层面纱滑落的时候，我的名字并没有出现在她的舌尖。或许，曾经出现了，但她苦涩地咽了回去，就像我苦涩地咽回她的名字一样。

护士笑着答道："去见你的新室友。所有的孩子都有自己的小病房。你今天就要住进去。"

"住进去?"艾迪不解地问道。护士没有回答，只是继续冲我俩淡淡地微笑着。

艾迪伸手去拿我们的粗呢背包，可护士拦住了我们："等一会儿会有人给你拿过去的。"

这会儿不会超过早晨八点钟，没有表，我们也说不准。但是一走进大厅，就能看见金色的太阳挂在天空中，阳光通过诺南德医院的大窗户透了进来。我们俩似乎是唯一透过玻璃窗向外看的人。带我们穿过大厅的女护士直视着前方，其他从我俩身边走过的护士和医生们似乎也都有更要紧的事要做，顾不上去看诺南德的墙外都有些什么。

最终，护士在一扇很普通的门前停了下来。她从口袋里掏出一串钥匙，挑了其中的一把插进锁眼里。

"欢迎来到病房，艾迪。"她说。

里面还是黑洞洞的。一盏夜灯在远远的角落里发出微弱的光，可是就着灯光也看不清什么，特别是在刚刚走过诺南德光明敞亮的大厅之后。艾迪眨了眨眼，努力想让眼睛适应这里的情况。

她的努力多余了，护士很快就开了灯，我们什么都看清了。

这间病房在很多地方都和学习室很像。地上铺着织得很密的地毯，墙被刷成淡蓝色，只有两处例外—— 一处就是那扇灰色的门，还有一处是一个小小的壁龛，似乎是通向两个卫生间的入口。一株阔叶植物立在一角，小小的花盆里郁郁葱葱地冒出许多枝叶来。房子里有两张中等大小的圆桌，几把椅子，一个壁橱。可是没有小孩。

"其他人还在自己的房间里。"护士仿佛读懂了我的心思，她指了指那扇灰色的门，说，"咱们去你的房间吧，好吗?"

门后面是一条过道，比我们以前见过的都更窄更短，过道尽头远远地亮着一盏昏暗的灯，但护士很快就打开了天花板上的顶灯，把那一点微弱的光淹没了。

我数过了八扇门之后，护士打开第九扇，把我俩推了进去。

"凯蒂？"她一边跟在我俩后面跨进来，一边打开灯，"起床啦，宝贝。你这儿来了个新室友。"

床上的女孩飞快地坐起来，毯子都被踢落在地上。原来是小仙女凯蒂。她的黑色长发纠结卷曲着，看上去比她的身体要丰盈得多。她的眼睛瞪得大大的，嘴巴也张着。

"这是艾迪。"护士的声音听起来冷漠无情，却又故作欣喜，就像幼儿园老师在开学第一天对孩子们说话的语气一样。

凯蒂看着我俩却什么也没说。长久的沉默笼罩着我们，沉甸甸的。终于，护士拍了拍手，说："好了，姑娘们。我要去叫醒别的孩子。你穿好衣服起来吧，凯蒂，给艾迪说一下咱们早上的日常安排。"

凯蒂下了床，一边急急忙忙地穿衣服，一边偷偷朝我们脸上瞥了一眼。她的衣服——那一小堆蓝色的东西——正在床头柜上等着她。护士关上门出去了。

艾迪一动不动地站着，双手交握着放在前面。

"嗨。"凯蒂静静地打了声招呼，然后就不再说什么了。

她刚把衣服穿好，走廊里就响起一个声音："请大家都到过道里来。"

凯蒂急忙向门口跑去。艾迪最后又看了一眼这个房间——白色的墙，铺着瓷砖的地板，金属框架的床，薄薄的枕头。这里的窗户孤高决绝，明摆着是从不让人打开的。我试着想象在这里睡觉和醒来的情形。要多久才能适应医院里这冷冰冰的白色床单？

不，护士说得不对。我们还没有和爸妈好好地说过这里的情况。再说老爸许诺要来带我们走的。

这不是我们的房间。

"你不来吗，艾迪？"凯蒂停在门口问道。

有那么一刹那——仅仅就是一秒钟——我感觉到艾迪和我中间的那堵墙开了一条缝儿，然后又合拢了。但就那么短暂的一瞬间，也足够我去捕捉艾迪感情上的微弱迹象了。

那是一丝恐惧。

"哦，我来了。"她说。

大房间里是一片安静的混乱。有些孩子还没完全醒来，瘫坐在木质椅子里，头靠在桌子上。艾利缩在角落里，蹲得很低，脸都被自己的膝盖挡住了。几个大一点的孩子在门边悄悄地说着话。

哈莉从凹进去的那扇门后走了出来。她一只手抬起眼镜，另一只手揉着眼睛，嘴巴张得很圆，像个字母"O"似的打着哈欠。很快，赖安也出现了。他迅速环视了一下房间，和我们俩的目光对上了。艾迪看向了别处。但不一会儿，他就坐在了我们身边。

"你还好吧？"他压低声音，让它淹没在病房里半睡不醒的人发出的这一片嘈杂声中。

"还好。"艾迪答道。

他迟疑了一会儿。

"她也挺好的。"艾迪说罢，转身从墙边走开，挪到了一个角落里。她走过护士身边的时候，那女人正在拍着巴掌。

"听着，艾利，雪莉，我把你们的药拿来了，请你们过来一下。"她拍手的时候艾迪停了下来。等她再走动的时候，护士已经注意到她了。护士低着头皱起了眉，然后又微笑起来，说："我差点儿忘了，艾迪。有人刚刚来对我说你父母打来电话了，正等着你呢。"

我们的父母。他们现在应该已经告诉爸妈我俩的测试结果了。其他的一切都从我的脑海里溜走了。爸妈在电话那头等着我们，这是世上唯一要紧的事。

"我能去接他们的电话吗？"艾迪问道，我俩的声音出乎意料地大，"拜托，我需要——"

"稍等一下，艾迪。"护士举起一只手转向一个刚刚走过去的小女孩，"拿着这个，雪莉——你的杯子呢？你要用水把这个喝下去，记住了吗，亲爱的？"

小女孩走了。艾迪试图重新引起护士的注意："拜托，我能不能现在去和他们通话？"

护士犹豫了一下。她看看房子四周，又看看手中的药瓶，最后叹了口气说："你连五分钟都等不及吗？"

艾迪摇摇头，眼里充满了祈求。

"好吧，好吧，我找人带你去打电话。"

"谢谢你。"艾迪嗫嚅道。

我俩走过赖安身边时他抬起了头，但没说什么。时间还早，大厅里比较空旷——只有一个送报纸的少年和两个一边低头看着手中的纸板夹一边悄悄说着话的医生。但很快，另一个穿着灰白两色制服的女护士就出现了，领着我俩的护士拦住了她。

"艾迪要打电话，"她对后来的那个护士说道，"我要带其他孩子去吃早饭。你带她去办公室好吗？是四号线。"

"没问题。"后来的那个护士冲我俩笑着，"来这边。"

我们走了几分钟之后，她把我俩带进一间小办公室。一张乱七八糟堆满了纸张和文件夹的桌子占去了房间里大半的空间。护士指了指桌子后面的一把转椅，说："你可以坐在那儿。"

艾迪坐下来，看着她拿起电话的听筒，摁了一下闪着光的橘红色按键。

"喂?"她说完之后停顿了一下，"您的女儿吗，先生? 她叫什么名字?"又是一阵停顿，"好的，对，她就在这儿。请稍候。"

她把电话递到我俩迫不及待伸出去的手中。艾迪一把把听筒摁在了耳朵上："喂?"

"嗨，艾迪。"老爸的声音，他那不合时宜故作欢快的语气让每个字听起来都不对味儿，"你怎么样?"

"还好。"艾迪答道。她把电话线绕在手腕上，吞了一下口水，转身尽量躲着那个倚靠在桌子边上的护士，说："我想你，还有妈妈。还有……"

还有莱尔。可是还没等说出口，我俩的声音就哽住了。

那边是一阵极其轻微的踌躇。然后老爸又开口了，这一次，那股欢快劲儿没了："我们也想你，艾迪。我们爱你，你知道的，对吗，宝贝?"

艾迪点点头。她抓紧了话筒，低声说："嗯。我知道。"老爸那边没说话，于是她又问道："莱尔怎么样?"

你们是怎么对他说的?

"哦，他很好，艾迪。"老爸说完，好像突然意识到这有点不对头，又说，"你走了他真的很难过。"

艾迪什么也没说。

"不过……昨晚我们接到了一个电话，"老爸说，"他的医生打来的。"

我俩浑身的肌肉顿时僵硬了。

"艾迪，他们要把莱尔转到做移植手术的名单里。他们说……他们说会优先照顾他。即使要把移植的器官从外地运过来也在所不惜。"

乍听到这话，我们俩毫无反应。然后我们感到一阵发冷，一阵眩晕，眼底似乎要冒火，肺似乎抽紧了，喘不过气来。我们知道这意味着什么，不仅仅是对莱尔，也是对我们俩。

移植手术意味着莱尔不必每周去做透析，不会再莫名其妙地出现青肿瘀伤，也不会再有不想睁开眼睛的日子。

移植手术意味着我父母创造了奇迹。

移植手术意味着一场交易。

"你说只有两天就好的，爸。你说过的，你说你会来接我回去，如果……"我俩的喉头哽咽了。我们把听筒握得那样紧，手指头都抽筋了。艾迪伤心得语不成句。

"我知道，"那边传来老爸的声音，"我知道，艾迪。我知道。可是——"

"你说过。"艾迪哭起来，她一阵抽泣，我俩的胸口一起一伏。她使劲闭紧双眼，但泪水还是流了下来，热乎乎地在我们的脸颊上滚落。"你答应过的。"

我们的弟弟。我们那可爱的、要命的、烦人的小弟要被大修一番，弄成个全新的人。

而我们，再也见不到他了。

"艾迪，"老爸说，"别，艾迪——"

我俩的耳朵里一阵轰鸣，淹没了他的话。他要说的话有什么要紧呢？反正他没来。

他没来。

他没来，更别提带我们走了。

"他们说会让你好起来，艾迪。"他说，"他们是一家很好的医院——是咱们这一带唯一一家专门治疗这种……这种情况的医院。我们希望你好起来。你自己也希望好起来，不是吗，艾迪？"

他没有提艾迪"好起来"对于我——他的另一个女儿来说意味着什么。这个女儿，他也声称自己是爱她的。他说过他爱我。我听见他说过。

艾迪没有作答。她把听筒举在耳边哭泣着，知道护士正在看着我们，也因此而憎恶她。

"艾迪？"老爸静静地说道，"我爱你。"

那么我呢？

"我们——"艾迪张大嘴喘了一口气，"我是说，我——"

太迟了。电话那边传来的沉默说明了一切。

"我想回家，"艾迪说，"爸，带我回家。求你了——"

"你生病了，艾迪，"他说，"我没法让你好起来。可他们——他们说他们治得多了。他们能……"

"爸——"

"我知道这很难，艾迪，"他的声音紧绷着，"我知道。上帝在帮我，我知道，可现在对你来说这是最好的选择，对吗？他们要帮你康复，艾迪。"

那些话他真的相信多少？他这样说又能减轻多少他放弃我们的内疚感？

"可我没病，"艾迪说，"我——"

"你有。"他说。这些话那样沉重，打得我俩喘不过气来。

"我没有。"艾迪说道，可是声音轻得只有我能听见。

"今晚我们会再打过来，一旦有可能，我们也会马上坐飞机过去，"老爸说，"艾迪，听他们的话，按他们说的做，好吗？他们只是想让你恢复到最佳状态。妈妈和我也希望你能有最好的状态。你明白吗，艾迪？"

　　有好一会儿，她什么也没说。他也什么都没说。电话嗡嗡地响着，一片静默。

　　"艾迪？"老爸又叫了一声。

　　我们没有吭声。

20

那一天接下来的时光我俩一直是麻木的状态。这里有太多的人，太多双眼睛。其他的孩子们，护士，科尼温特，我们永远无法独自待着，可那恰恰是我们最渴望的。可惜，我们非但独处不成，还被他们一会儿赶到这个房子吃饭，一会儿赶到那个房子活动，而且总是处于他们的监视之下，总是被他们盯着。一切都成了背景噪声，就像收音机里的嘈杂声一样。赖安和哈莉一次次地试图过来和我们说话，可艾迪每一次都在他们稍稍靠近的时候就躲开了，她转过脸，挤到其他孩子当中，一直躲到远得不能再远的地方。我也没有再试图劝说她。

夜幕终于降临，一个护士让所有的人排好队，带着我们穿过这会儿变得十分安静的大厅，向病房走去。诺南德的窗户外面，蛋黄颜色的夕阳正在慢慢向地平线坠下去。一些孩子去接受药物治疗，其他的四处跑来跑去。我们俩坐在一把硬靠背椅上，盯着地毯发呆。

"艾迪？"凯蒂叫了一声，打断了我俩的沉思冥想，"咱们现在该回自己房间去了。"

艾迪默默地跟着她走了。哈莉也走在我俩旁边，她的双手扭在一起，眼睛迅速地在我俩和她哥哥身上来回瞟着。她哥离我们稍微远一点。她似乎准备好要在艾迪走到我们房间门口的时候说点什么，但终究没说，只是盯着地板，然后就进了我俩隔壁的房间。

凯蒂等我俩进去之后关上了房门。我俩的粗呢背包放在第二张床边，上面搭着一件叠好的白色睡衣。艾迪懒得换上它，连鞋都没脱就钻进了被子下面。

几分钟之后，灯咔嗒一声关上了，只剩下黑暗，再没有监视，也没有了那些无聊的声音。艾迪紧咬着牙，可泪水还是从我俩的眼皮底下流了出来。

沉寂。然后，在夜色中响起了低语声。

"艾迪?"凯蒂从自己的床上下来，蹑手蹑脚地走向我俩床边。黑暗屏蔽了她的表情，我俩什么也看不清，除了她那个线条柔和的鼻子和圆脸的轮廓。她的声音就像纤细的芦苇，又像一支忧伤的催眠曲："艾迪，你哭了?"艾迪把脸转向墙壁，可有一只手轻抚着我俩的脸颊，"艾迪?"

"嗯?"艾迪轻轻哼了一声。

有好一会儿，凯蒂没有作答。我还以为她回自己床上去了。但艾迪抬眼一看，见凯蒂还站在我俩床边，身上的白色睡衣让她看起来越发像个小仙女了。

"有时候……"她犹豫了一下，然后接着说道，"有时候我想想他们在家都做些什么，心里就会好受一点。"艾迪盯着凯蒂的眼睛，只见她哽咽了一下，继续说，"我以前总是和萨莉说家里的事。说说我的兄弟姐妹。"

"萨莉?"艾迪问道。

凯蒂点点头。"她是我以前的室友。可她不在这里已经有几个月了。"

"她去哪儿了？"艾迪慢慢地坐起身来。她向后靠着，直到我俩的肩胛骨靠到了墙上。我俩的眼睛这会儿已经适应了黑暗，能够辨认出凯蒂颤抖的嘴唇。

"他们对我说她回家了。"她说，"就像杰米一样。"又是一个杰米。我们要不要告诉她呢？那会对她有好处吗？

"艾迪？"

她的声音里有某种东西使得我俩把疲惫和内心的刺痛咽了回去。这是和莱尔一样的声音。每当莱尔和我俩单独相处并且疲乏得没心思再去顾忌自己的语气听起来是不是太生硬的时候，他也会用这样的语调说话。

想到莱尔我俩的胸口一阵发紧。若是从这个地狱里还能出现什么好东西，那就是让我们的小弟能够拥有我俩一直渴望的那种机会。

艾迪拍了拍我俩床边空出来的地方。凯蒂稍稍迟疑了一下，就盘腿坐了下来。

"给我说说你家里的事。"艾迪说。

"家？"

艾迪点点头："家。就是家。给我说说你的兄弟们吧。"

"我有三个兄弟，"凯蒂说，"还有一个姐姐。泰最好。他照顾我们，因为妈妈……他二十一岁了。"

"哦？"艾迪小心翼翼地凑过去，把我俩的手指伸进女孩的长发。她的头发纠结在一起，我们没有梳子，于是艾迪开始用手梳理打结的头发。凯蒂先是浑身僵硬了一下，然后就放松下来。

"他会弹吉他，而且弹得很好。"

艾迪继续梳理着凯蒂头发上纠缠在一起的结。

"他还说要教我呢，"凯蒂说道，"可是……可是他现在遇上麻烦了。因为他不让他们把我带走——"

我俩的手指停住了。

"咱们说说你姐姐吧。"艾迪说，"她多大？"

"十七——不，我想她现在应该十八了。"

"我有个小弟弟，"艾迪飞快地说着，不顾我们胸口一阵紧似一阵的痛楚，"他叫莱尔。十岁。"

凯蒂点点头，可我能感觉到这场谈话正在结束，这感觉如此明显，就像一出剧结束时落下的幕布一样。艾迪从凯蒂脸上拂去一绺头发。"你觉得自己这会儿能睡着吗？"

凯蒂点点头，没再看着我俩的眼睛。

"要是你愿意就睡在这儿吧。"艾迪说。空气冷飕飕的，她的睡衣看上去很单薄。"我可以去你床上。"

又是轻轻地点了点头。

"晚安，凯蒂。"

艾迪从床上溜下来，可还没等她走出一步，一只手就伸出来抓住了我俩的手腕。

"怎么了，凯——"

她靠近我俩身边，嘴巴离我们的耳朵那么近，以至于当她说话的时候，我们俩感觉不只是听到了这个词。

她说："妮娜。"

然后她的眼睛就变得又大又亮，期待地盯着我俩的眼睛。

"她在等。"

"晚安，妮娜。"艾迪低声说道。

那只抓着我俩手腕的小手用力地握紧了，指甲都几乎掐进了肉里。我们听见一声叹息，仿佛是从梦境中解脱出来。那只手松开了。妮娜翻身钻进了毯子下面，没再说什么。

几小时以后，我俩依然醒着。一个护士刚刚来过，她打开我们的房门，很快地看了一眼我们的床铺然后就走了。

我俩能听见妮娜轻柔的呼吸声，她的黑发披散在她的——不，是我俩的枕头上。不知刚才护士是否发现我们换了床位，反正她没管。也许有人会在早上训斥我们。也可能谁睡哪张床是我们拥有的一点小小的自由。

我俩因为睡眠不足而头痛。自从离开家以后，我们每晚睡眠就没超过四小时。从昨晚开始，我也一直没有说过话。艾迪和我之间的那堵墙牢固而严密，什么都无法穿透。

我对自己说，我还在生她的气。对她说的话生气。对她暗示的意思生气。可爸妈没有来。老爸也没有来把我俩揽在怀中，就像我们小时候那样。我们俩好孤独。我们只有彼此，再无他人。我们应该相依相存。

然而那堵墙一直都在，还有沉默和气恼。艾迪和我彼此不说话。我本来也可以等，等着她先有所表示，就像我多年来做的那样。

可是我实在太难受，我厌倦了孤独。

艾迪。

她瑟缩了一下。我瞬间觉得有点怕，怕她不理我。她主动和解的时候我可从来没有不理她。

艾迪，我——

我很抱歉，她说。这话好像破碎的蝴蝶翅膀，从我心头拂过。

你说什么？

我为所有的事道歉。为——为了事情变成这样而道歉。

我沉默了。我知道她的意思并不是说来到诺南德，也不是指那些医生、各种测试和害怕永远不能回家的恐惧。

你还记得咱们过去常常梦见永远不去"解决"吗？艾迪说，那时候咱俩还很小，甚至还没上学。咱们那时老是想着能共生共存，永远这样。

我记得。

艾迪从凯蒂的床上爬起来，一脚踩在冰凉的地板上，忍不住战栗起来。她轻轻走到窗边，看着外面漆黑的一片和星星点点的夜空。

伊娃？

嗯？

有时候我很想知道，要是咱们永远都不"解决"，那会是什么样子。只要我们永远不会憎恨自己，永远不要让这个世界在我俩之间钉上一个楔子，逼着我们成为艾迪或者伊娃，而不是艾迪和伊娃。我们天生就是灵魂纠缠在一起。如果我们不顺其自然，又能怎样呢？

是啊。我说，我也是。

艾迪把头抵在冰冷的玻璃窗上。对不起。她又说道。

她的道歉本该让我觉得好受一点的。可相反，却让我的痛苦更深重了。我该怎样回答她呢？好吧，我接受你的道歉？不，那不是你的错？

那的确不是艾迪的错。我从没认为那是艾迪的错。要是有错，也是我的。我才是那个本该消失却一直赖着不走的家伙，是我永远地毁了她的一生。一个在刚出生的那一刻就被打上死亡标记的隐藏的灵魂。我早该消失了。可是，我却把艾迪拽到这个残缺的生命中来，提心吊胆地活着，永远生活在恐惧中。

我穿过横亘在我俩灵魂之间的空荡荡的空间去拥抱她。我说，我也很抱歉。

我们看着窗户外面的那个世界。下面是个黑洞洞的院子，一片不规则的场地，用铁链围在四周。我们勉强能在黑暗中辨认出这块空地。奇形怪状的诺南德大楼占据了这片地的一部分，多少妨碍了一点我们的视线。但这片圈地只有延伸出去的一部分被铁链围墙挡住了，在围墙的那边，是大片的黑暗。一点光也没有。

咱们要从这儿出去。我说。

艾迪把手指摁在窗玻璃上，我努力地想象，仿佛看见它消失了，看见我俩毫发无损地降落在底下的院子里，轻而易举地扫除那铁链围成的围墙，然后逃跑了，跑啊跑啊，直到黑暗将我俩重重包裹起来，让我们从人们的视线中消失。

21

第二天早上，我俩一醒来就感觉到气氛不对。来把大家吆喝到病房去的护士没有像平时那样露出笑脸，艾利从椅子上起身时不小心磕绊了一下，她厉声喝令他重新站起来一次，艾利被吓哭了。凯蒂一定是看见了艾迪瞪得直呆呆的眼神，于是她悄悄溜到我俩身边，低声道："因为他们在这里。"

"谁?"艾迪问道。可护士要求大家安静，凯蒂就不敢再说话了，哪怕声音再小也不行。她一直闭着嘴直到我们来到吃饭的那间小餐厅。

即便在那里，凯蒂也一直等到那个护士回到自己的角落里才说道："是评审团。"她身子下面放着餐盘，一边俯身靠近我们一边说着，结果一绺黑发掉进了燕麦粥里，她沮丧地叫了一声。

"他们是干什么的?"艾迪低声问道。这个时候可不适合大声说话。

因为就在那时，门开了，护士仿佛僵住了似的，科尼温特走了进来，房子里的气氛马上就变了。科尼温特先生与这里格格不入，尽管这里有冰冷的瓷砖地板、亮瞎人眼的荧光灯，还有时刻监视着我们的护士，可是，我们这十四个孩子围坐在一桌吃饭，有种亲密的感觉，它让我们融为一体，却与科尼温特先生界线分明，就像水和油无法相溶一样。

他巡视房间的时候，谁都没有说话。他冲护士点点头，护士回应他，也痉挛似的点了点头，就像一只鸟。许多孩子其实都没吃饭，只是把食物在餐盘里翻来翻去。哈莉看起来和我俩一样困惑。戴文歪头看着自己的餐盘，但我们能看见他的眼睛其实在盯着科尼温特。

我们三个都坐在桌子的同一侧，正对着门，因此刚好能把后面进来的几个男女看得一清二楚。他们总共只有四个人，但气场强大，在房子里走动的时候，似乎比他们实际上的阵势要大一些。三个男人都衣冠楚楚，打着领带，裤缝笔直，那个女人穿着一条黑色的紧身窄裙，两个耳垂上各有一粒小小的钻石耳钉在闪烁。他们公然地打量着我们，就像那个瘦长的邮递员男孩第一天早上看着我们一样。他们的神情仿佛是在参加一个动物园观光之旅，我们就是旅行日程上安排的下一批动物。

科尼温特轻声和其中一个男人说着话，那男人点点头，并没有看着他。他们待了大概两分钟，看着我们假装没有注意他们，然后就和科尼温特离开了，整个房间重新恢复了声调一致的呼吸，好像一个人，好像我们共用着同一个肺。

"他们是谁?"当餐桌上开始响起一片嗡嗡的说话声时哈莉问了一句。护士似乎有点倦怠，靠在她的椅子旁，好像也并没有在听我们说些什么。

"评审团，"凯蒂又说了一遍，"他们是政府的人。"

"这里就是政府。"戴文说道。凯蒂耸了耸肩。

"他们是管政府的政府。他们才是重要人物呢。"

"他们多长时间来一次？"哈莉问道。

凯蒂摇摇头，舀了一勺燕麦片。她举着勺子的样子和莱尔一模一样，他就是这样把勺子当铲子似的拿着，用它来拨弄食物的。"我以前只见过他们一次，大概是一年前。在我刚来这里不久。"

护士的脸色恢复正常了——事实上，恢复得有点过头，两个脸蛋红彤彤的。她揉着脑门，吃力地站起来，然后像所有的护士们常常做的那样，拍着手说道："快点，孩子们。快点吃。"

大家都不再说话了。静默中我在慢慢体味凯蒂刚才说的话，我在想她已经在诺南德待了多久。

学习和吃午饭的时候，评审团都没再来打扰我们，晚饭也一样。但我们吃完最后一顿饭之后没有像昨天一样去学习室，而是来到了一间类似于候诊室的房间。

在过去的这些年里，艾迪和我曾经在无数个候诊室里待过：有些有咖啡桌，上面摆满了光滑漂亮的健康杂志；有些贴着清凉的、令人心神宁静的蓝色壁纸；有些放着花里胡哨的给小孩子们玩的积木和火车轨道玩具。而这间房子里，这些东西一样也没有。一排椅子靠墙放着，正对着对面墙上的两扇门。呈现在我们眼前的似乎一切正常：过道外面白色的检查室。就是这样。可这里所有的布局和摆设却仿佛在尖声狞笑，宣告自己是一间不折不扣的候诊室。

莱安纳医生、温德尔医生和科尼温特站在一个角落里，看起来像个奇怪的三人组合。温德尔医生脸颊发红；莱安纳医生脸色苍白，但正在急促而激动地说着什么；科尼温特冷冰冰的，但他的话语更冷。他们的争论一直都是低声进行的，护士清了清嗓子，他们立马停止了，三个人都抬头向我们看过来。温德尔医生的脸色变白了，莱安纳医生变得支支吾吾，而科尼温特的表情毫无变化。

"很好，孩子们都来了。"他说。尽管他的语调彬彬有礼，脸上的表情也很平静，可他的声音听起来就像在宣告一个解聘通知："那么，你们两位开始吧？评审团一会儿就来。"

他走了，所有的孩子都分开站在两边，给他让开道，没有一个人愿意碰到他，哪怕只是碰碰他的衣角。好一会儿都没人说话。莱安纳医生呆呆地盯着墙。

最后还是护士打破了沉默，她仿佛是从自己拥有的一个容量无限的笑容库里抽取了一个微笑，然后贴在了自己脸上："好吧，孩子们，找个座位，安安静静坐下来。医生们准备好了就会叫你们。"

大家慢慢地坐下来。艾迪坐在靠近门口的一把椅子上，凯蒂占了我俩旁边的一个座位。丽萨坐在我俩另一边，赖安坐在丽萨旁边。他看着我俩，但并没有盯得太久。我们这一整天都没怎么说话。所有的护士都高度警惕，稍微有点窃窃私语她们都要严加制止，不管是学习还是吃饭的时候，她们都在桌子边巡视我们。

我们吃完午饭要离开的时候，赖安拍了拍我俩的肩膀，趁着艾迪还没有马上躲开，他轻声地问了一句，我俩是否还好。艾迪点了点头，在我俩走开之前，他轻轻地握了握我们的手。今天一整天，我们就只有这一点接触了。

我们不得不告诉他们我们对萨莉遭遇了什么所产生的怀疑。这已经不是一个小男孩的事了。其中的过程，这种手术，发生在不止一个人身上，杰米和萨莉似乎都没有回来，尽管医生告诉大家他们已经回家了。

温德尔医生进了一间检查室。莱安纳医生站在附近的门廊处——她甚至没有靠在墙上或门框上——只是站在那里，支撑着自己。

艾利嘤嘤地啜泣着。房子里仿佛平静的水面荡开了一圈涟漪，但没有人说话，只有几个脑袋转过去看他。

"他是不是——"艾迪说道。

"卡尔怕针。"凯蒂说道，她看见了我俩的表情，"他们每次采血的时候他都会哭。"

"卡尔？"艾迪问道。

凯蒂摆摆手，说："我——我是说艾利。"

"你的意思是你弄错了？"艾迪皱起了眉头，"你以为他是卡尔，但其实是艾利？"

凯蒂看着那个小男孩。他双手握拳，短短的双腿蜷起来蹬在椅子腿上。"是艾利。"她说，她的声音有点麻木生硬，但语气很肯定，"他一直都是艾利。"

男孩的哭声引起了莱安纳医生的注意。她用眼角余光瞟了他一眼，然后就把目光移开了。她扫视着整个房间，凝视着我们每一个人。渐渐地，她身上的某种东西松懈下来。

"凯蒂，"她说着，一边低头看着手里的纸板夹，"你第一个来吧。"

凯蒂起身跟着莱安纳医生进了检查室。艾迪一直等着，直到温德尔医生也叫进去了一个小孩，两扇门都关了起来，她才转身对哈莉和赖安低声说道："不只是杰米。"

"我们知道。"丽萨说。

"什么？"艾迪叫了起来。赖安挑了挑眉毛，警告她小点声，于是她压低嗓门问道："你们怎么知道的？"

"我和其他人聊过。"赖安说着，冲房子另一头的几个大点的男孩歪了歪脑袋，"有些小孩在这里确实已经待了很久了。几年了吧。他们眼见着有些小孩不见了。回家了。除非……"

"没有人真的回家了。"艾迪说。

艾利又抽泣起来。坐在他旁边的金发小男孩尴尬地将一只手搭在他的肩头，但其他人却假装没看见。每个人似乎都在花很长的时间去假装自己没注意到艾利。他一早上都举止怪异，跌跌撞撞，脚步不稳，话说得很少，偶尔说两句也含混不清，可是没有人说他什么。

"咱们要从这儿逃出去，"赖安压低声音说，"现在就走。"没有人问他我们要去哪儿，要做什么。任何地方都比这里好。任何事情都好过待在这里。"这里的制度有漏洞。任何事情都总会有漏洞的。咱们就是要找到那些漏洞。"

现在这样子可不行。我说，他们都高度警惕。或许，等评审团走了，他们会管得松一点——

正说到评审团，他们就出现在门口，似乎是被我的想法招来的。值班的护士把他们迎进来。科尼温特这次没有领头，而是跟在别人身后，和一个男人说着话，正是早餐时和他说话的那一位。

所有的小孩都把身子往下缩了缩，刚才的谈话也都悄无声息了。就像早上一样，评审团和我们拉开一定距离，默默地观察着我们。我们的眼睛不时地瞟一瞟他们，其他小孩也会偷偷地看上他们几眼，但谁也不敢像他们盯着我们那样盯着他们看。

时间滴答滴答地过去了。

其中一间检查室的门终于开了，门把手转动的咔嗒声划破了屋里的静默。凯蒂走了出来，她一眼看到身着黑衣的那几个男女感到很吃惊。在她身后，莱安纳医生还在纸板夹上填写着什么。

"艾利?"莱安纳医生先叫了一声，然后才抬头看。

再然后她就愣住了，就像刚才凯蒂一样。凯蒂先回过神来，匆匆跑回自己的座位，坐在我们旁边。莱安纳医生却似乎好半天反应不过来，但最后，她还是清了清嗓子，又叫了一遍："艾利?"

艾利摇着头。

"来吧，艾利。"莱安纳医生说着，一边伸出手来，但她并没有离开门廊。她绷着脸，声音几乎变得嘶哑起来。

"不。"艾利的声音充满了恐慌，他又变得像野猫一样警惕、小心，就像我第一天见到的那样，"不，不，不。"

凯蒂抓住了我俩的手。她没有看我们，也没有看艾利或是莱安纳医生和评审团，只是盯着自己的膝盖。可她握着我们的手那样用力，简直把我俩弄疼了。她的肘弯内侧贴着个创可贴，不知为什么，艾迪总忍不住盯着那东西看。

"艾利。"科尼温特叫了一声。凯蒂瑟缩了一下。

评审团所有的人都看着艾利，这个八岁的小男孩不肯离开他的椅子，不肯按照这些成年人说的去做。

"有什么问题吗?"温德尔医生说着，打开了另一间检查室的门。

"谁来帮帮忙把这个孩子弄进检查室?"科尼温特说道。他听起来并没有生气，甚至也没有烦躁、恼火或者沮丧。可他的右手已经握成了拳头，垂在身体一侧。我们俩还看见，他的脖子已经梗起来了。"莱安纳医生？你来帮忙好吗？"

莱安纳走到艾利身边，艾利从椅子上跳了起来。他一早上都行动不稳，走路也是摇摇晃晃的，但我俩的注意力被分散了，没有看得太仔细，没有看见他眼前蒙着的那一层泪翳，泪水和他的警惕在共同抵抗着要强加给他身体的那份折磨。

艾利跌跌撞撞地向前跑，脚下一绊，摔倒在地。莱安纳医生抓住了他——也许是为了把他拖进检查室，也许只是为了防止他再摔倒，我不知道——但不管是什么原因，艾利却尖叫起来，就像她在用刀子割他。莱安纳吓得放了手。艾利爬起来又跑了。

艾迪紧紧地抓着椅子，免得自己跳起来，免得自己挣脱凯蒂的手冲过去救艾利。艾利现在被逼进了房子的一个角落里，夹在评审团那几个人和温德尔医生之间，温德尔连自己的检查室都顾不上了，跑过去要抓艾利。此刻，我脑子里唯一想到的就是莱尔做透析第一个疗程时的情景。他哭个不停，护士安慰他，爸妈分散他的注意力，艾迪给他读故事听。而眼前这个小男孩，又是尖叫又是踢打，被温德尔医生粗暴地抓住，旁边的人却都只是眼睁睁地看着——

"放开他。"艾迪大叫一声。

我们都愣住了。赖安的眼睛唰一下看向我们。可是话已出口，艾迪不可能再收回来了。科尼温特转过身，很吃惊，但温德尔医生并没有住手——他没有放开艾利——还没等我反应过来，我俩已经离开了座位，来到房间的另一头。他们难道看不见艾利有多痛苦吗？他们就不能对这个小家伙稍微好一点吗？

我俩还没伸手够着艾利，就有人抓住了我们。是评审团的一个人——就是常常和科尼温特说话的那个——他抓得我们好痛！他大声呵斥着我俩，把我们抓得牢牢的。我听到他嘴里说出的第一句话就是："你不许这样。你必须马上冷静下来。"

他的指甲深深地嵌入我俩的肌肤，疼得我们眼泪都出来了，我们看不清他的脸，只能听见他的声音。他把我俩转了个圈，让我俩的后背顶着他的上半身，脸却冲着其他孩子。每个人都看着我俩。每个人脸上都挂着不同的表情，但每张脸上都有着同样的恐惧。赖安已经从椅子上抬起了半个身子，但他忍住了。

那男人慢慢地把艾迪和我带回到椅子边。我们在他的手里成了用塑料和人工颜料做成的玩偶娃娃，每个关节都是僵硬的。他把我俩推回椅子上。我们没有再起身。艾利已经被逼在墙角，温德尔医生和两名护士抓住了他，在他的挣扎和尖叫声中把他拖进了一间检查室。

22

那天晚上熄灯了之后，凯蒂很安静。她蜷起身子面对着墙，膝盖几乎都贴到了胸口，头发披散在枕头上，好像一大摊墨渍。不到半小时，她的呼吸就变得缓慢而均匀了。

我们俩却很难合上眼睛，更别提睡觉了。我总是听到一些回声。艾利的尖叫，评审团官员的话，都在我的耳畔回响着。他们甚至连测试都没有再继续进行。医生和评审团的人带着艾利消失了，留下我们和一个满脸不高兴的护士，她把我们连推带搡地弄进卧室，嘟囔着说，她该下班了。

没有人敢冒险再跑出去。即使护士已经走了，没有坐守在大病房里，其他人也肯定能听见开门的响动……谁知道他们会不会告发呢？

你觉得他们会对那些孩子做些什么？艾迪问我。她手心里还捏着赖安的芯片，我俩的眼睛盯着它，它在缓慢地闪动。或许，这东西能让她觉得安心，就像它能安慰我一样。

我不必问她说的是谁。我说，就和对我们其余的人一样。

不。她翻了个身，要比对艾利和卡尔做得还过分。他们才不会只是要让他们解决了……他还那么小，而且——

他这么小就来了这里是因为他爸妈不想要他了。我说。

艾迪的沮丧难过也在撞击着我的心，我知道她不想就这样撒手不管。可还没等她再次张嘴说话，她手里的芯片突然闪动得快了。

我们俩呆呆地盯着它看了一会儿，然后，艾迪一句话都没说就把被子推开，腿一蹬下了床。冰凉的地板顿时让我俩身上起了一层鸡皮疙瘩。

凯蒂没有翻身。艾迪穿过房间向门口走去，我们的睡衣在月光下白得耀眼，赤裸的双脚在地板上发出轻微的响声。等我们走到门口，芯片发出了稳定的红光。她打开门，向前迈了一步，结果差点和赖安撞个满怀。

艾迪把手指压在嘴唇上，这才没有让自己吃惊地喊出来。赖安的反应却没那么快，要不是艾迪用另一只手捂住他的嘴巴，他已经差点儿喊出了她的名字。结果艾迪把芯片掉在了地上。还好，过道里铺着地毯，它没有发出哐啷啷的响声。

我们呆立了几秒，努力想屏住呼吸，努力想编出一个过得去的借口，以防有人听见后过来查问。但是没有人来。

赖安看着我俩。他的头发朝着各个方向乱翘着，有些卷发被压得没了形，有些似乎在和地球引力抗衡。我能感觉到他吹到我俩肌肤上的气息，还有我俩的指缝间他嘴唇的曲线。

艾迪慢慢地把手从他嘴巴上放下来。赖安弯腰去捡芯片的时候，她的手伸向后面，轻轻地关上了房门。

然后，谁都没说一个字，甚至连一个不要说话的手势都没有，艾迪和赖安就都转身向大病房走去。在黑暗中，它似乎显得小了一点。这里没有窗户，唯一的光就是我们手中的芯片发出的红光。我们坐在一张桌子旁边，艾迪和赖安还是谁都不说话。

我有一百件事想说，有一百件事想象着自己能做、想做，只要我能。只要我能！可艾迪控制着我俩的身体，她就这样在黑暗中呆坐着，连个笑容都没有地消磨着时间。

"护士可能很快就会来查看我们的卧室。"她终于咕哝着说话了。

"那还得一小时以后呢。"赖安说着，看了看他的手表，他似乎因为有话可说而放松了一点，"丽萨说护士们每天晚上差不多都在同一个时间来查房。"

艾迪点点头。然后，为了不再陷入尴尬的沉默，她说："好吧，你有什么事？"

"你说什么？"赖安问道。

艾迪加快了语速："你来到我们的房间门口，肯定是有事吧。如果你有什么事要说，那就快说。"

赖安的芯片当啷啷地落在桌子上。"我没什么事，"他说，"因为我并不是要去你们的房间。我只是路过。"他冲着大病房另一头凹进去的那扇门歪了歪脑袋，说，"这地方只有那一个卫生间。"

我们俩的脸发烫了。"好吧。"艾迪站起身来，"那么——"

"艾迪——"赖安趁着她还没有走进大厅赶紧叫住了她。他自己也慢慢地站起来，说："艾迪，我说谎了。我想问问你是否还好。"

"你一直在问我好不好，"艾迪厉声说道，"我很好。你也很好。哈莉和丽萨都很好——"

"我一点都不好。"赖安说道。即使是在微弱的光线里，我还是能看见，差不多是能感觉到，他肩上的压力和紧张不安。

他的眉毛扭成了一个结，手指弯曲着，抓着椅背。"我没有想出让咱们逃出这里的计划。我不知道如果逃出去了该往哪里去。"他叹了口气，把刘海向后推了推，弄得那几撮头发越发朝天竖着，"我越看这个地方，越觉得糟糕。今天，那个家伙抓住你和伊娃的时候……所以，我一点也不好。如果你还好，艾迪，那么你比我强，对吗？"

如果我能掌控我们的身体，我会告诉他让我们自由并不是他的责任。我会答应他我们将一起想办法。我会保证我们很快都会平安无事。我会说任何话，只要能让他的眉头舒展一些。

艾迪看向别处，我俩的目光朝着地毯看过去。

"你不必为伊娃和我担心，"她说，"我们俩能彼此照顾。"

"如果医生们插手恐怕就不能了。"赖安说道。

这话让我俩猛地转过头来，转得太快，有点发晕："你以为我不知道吗？"

"你要是明白……"赖安犹豫了一下，"大概你就不会有今天的举动了。"

艾迪顿时被惹毛了："他们明明就是在折磨他嘛。"

"你帮不了他。"他说着，一边在手里把芯片翻过来翻过去，肩膀依然挺直着，紧绷着，"而且现在他们会格外注意你了。"

艾迪没说什么，可我能够感觉到她在生闷气，还有她内心翻腾着的难以平静的感情。

"一定要小心点，好吗？"赖安说道，"一定啊。"

他直直盯着我俩的眼睛，直到艾迪点了点头。

第二天午饭的时候，艾利还没有回到我们当中来。护士给每个人少发了一只黄色的托盘却没做任何解释。哈莉猜测艾利会在哪儿，没有人回答她——甚至没有人因为她剩下的饭菜而看她一眼。

时间一小时一小时地过去了，艾利却一直没有露面，我的思绪不由得转到了另一个男孩身上。就是我们看见躺在轮床上的那个男孩，也就是头上裹着白晃晃的绷带，瞪着一双空洞的大眼睛，还有手术前和手术后对比扫描图的那一个。

至少还没有人告诉我们说艾利回家了。根据这一点，我尽可能地给自己找了些安慰。

"就是这样开始的吗？我是说杰米。他们抓住他的时候——也像这样很突然的吗？然后他就消失了？"我们晚上学习结束离开的时候，艾迪悄悄问丽萨。在过去的这三天半时间里，我对诺南德的这幢侧楼已经有了个大致的印象，我们现在肯定是在往昨天待的那间候诊室走去。

艾迪和我走在队列的最后，丽萨走在我俩前面。她得微微转身才能回答艾迪。尽管她的声音很轻，我俩还是可以看着她的口型读懂她说的话："他们叫杰米去……"正在这时，护士扭过头来，虽然隔得这么远，她绝不可能听见我们在说什么，可丽萨还是停下来直到她转过头去，"他们有一天早上把他从学习室里叫了出去……然后他就再也没有回来。"

来到候诊室，队伍不再移动了。但门关着，护士也没有要进去的意思，只是叹了口气，看了看手表。戴文和凯蒂刚才在学习室的时候是一起坐在门边的，现在他俩都挺直着身子站在护士旁边。

我们都站在过道里，仿佛是一张白纸上画过的一条蓝色直线。制服衬衫后面的标签擦着脖子，弄得我俩胳膊上起了鸡皮疙瘩。诺南德永远都是冰冷冰冷的，鸡皮疙瘩就是最好的证明。

如果我们现在是在家里，我们会和妈妈还有莱尔一起准备晚饭。微波炉会嗡嗡地响着，里面热着前一天晚上的剩饭菜。炉火太热，厨房太小，我们都流着汗。莱尔会给我们讲述他当天见到的每一件事，如果说完了，他就会添上一两件前一天发生过的事或者更早的事继续说。

我几乎能看见他在厨房的操作台边上，站在一个三条腿的圆凳上，以外科手术的精准性切着胡萝卜，他的手指头弯曲着，那是艾迪教他的。

我们会——

艾迪面前的门突然打开了，她吓了一跳。

莱安纳医生出来了，一只胳膊下面夹着一堆文件夹，另一只手里拿着一只有缺口的红色茶杯。她似乎没怎么注意到我俩和丽萨站在她前面。

"借过。"她嘀咕了一句，关上了身后的门，然后停下来看着手中的茶杯，好像刚刚意识到自己手上还有这么个东西。她叹了口气，转身又进了办公室。等她再出来的时候，文件夹和茶杯都不见了，她的眼睛看起来也清亮了一些。

"请让一下，姑娘们。"她说，声音大了一些。这一次，丽萨和艾迪给她让开了。

"莱安纳医生！"听到护士的叫声，医生脸上抽搐了一下，"您能到这儿来一下吗？已经七点半了。科尼温特先生说——"

"我去看看他们是不是弄得差不多了。"莱安纳答道。她拽了拽自己的工作服，朝护士走过去，她的鞋跟踩在瓷砖地板上，每一步都发出尖厉的响声。艾迪和其他所有的孩子都站在队列里，目送着她过去。她进了候诊室。

快。我说，她没有锁门。

我担心还得花费宝贵的时间去解释，但艾迪什么也没问，只是飞快地向四周看了看，和丽萨递了个眼色，然后就溜进了莱安纳医生的办公室。我们认出了那些文件夹，上面有蓝色的标签。

她的办公室不大，而且一头宽一头窄，天花板稍微有点倾斜，房子的一头有一扇大窗户。夕阳的最后一抹余晖透进来，反射在外面屋顶的瓦片上。莱安纳的办公桌靠着一面墙，旁边是一个存放文案卷宗的小壁橱和一个低低的书架。桌子边缘堆着一堆文件纸张。

"艾迪，"丽萨跟着我们进了办公室，她瞪大眼睛问道，"你在干什么？"

"弄清楚他们对艾利和卡尔做了什么。"艾迪答道。

他会是下一个躺在手术台上的孩子吗，会是下一个躺在轮床上被匆匆推走的躯体吗？而与此同时，其他的孩子还被关在学习室里，或者默不作声地吃着黄色餐盘里的食物？

或许——或许，如果我们能找到杰米·科塔的文件夹，或者萨莉的——我们就能弄明白他们现在在哪儿，在他们身上到底发生了什么事，尽管诺南德宣称他们已经回家了。

艾迪走到办公室的另一端，说："要是有人来了，就告诉我一声。"

"可是——"丽萨说道。

快点，艾迪。我说

这是你的主意。她厉声喝道，我不是正在抓紧做吗？

她翻动文件夹的时候，我俩的手在发抖。布丽姬特·康瑞德——梳着整齐的长辫子的金发女孩。汉森·德拉蒙德——第一天大谈艾利的那个男孩。凯瑟琳·霍林德——凯蒂吗？阿诺德·伦克……

艾迪·塔姆辛。

艾迪犹豫起来，我催促她，没时间了。快看啊。已经来这儿了。

她抬头看了看。丽萨站在门廊边，脸朝着和我们相反的方向。她慢慢地把门移动到从各个方向看都像是关着的样子，隔着仅剩下的几英寸空间，我们只能看到她的手焦躁不安地放在背后。

艾迪飞快地翻着那些文件夹。不在这里，伊娃。也没有杰米或萨莉的文件。只有九个文件夹。还有五个我们找不到。

去看看放文件的壁橱。我说。

艾迪弯腰一把拉开了壁橱，翻看着那些文件，又把它们抽出来查看上面的标签。我俩的手抖得厉害，差点都塞不回去了。

这没完没了。艾迪说道，咱们没那么多时间了——

冷静。我说，继续看。

她越发恼火了，恨不得给我两刀，但她还是照我说的做了，在把文件夹插回原来的地方之前，都翻看了一遍。

等等！我说，等一下，那个——咱们以前听说过那东西。

艾迪愣住了。我们又重新看了一眼那个标签。

乐复康。

我们被科尼温特抓到的那天晚上，在家里餐厅的那一幕。老爸无助的眼神，妈妈的手指关节在椅子背上反射着白色的光。科尼温特的话在我俩的脑海里回响起来："那是我们称为禁用药的一种东西，是受到严格控制的。它会影响神经系统，抑制占主导地位的思维。"

艾迪摇晃了一下，从壁橱里抽出了那份文件。她紧张不安地回头看了看门廊那边。丽萨没有动，也没说什么，我俩的眼睛于是又赶紧回到了文件上。这份文件已经很破旧了，边缘磨得软塌塌的，还打着卷。艾迪翻开了它。

这只是……药品信息。她说着，把第一页翻了过去。这是科尼温特说的那东西，对吗？也是哈莉……哈莉从她妈妈的医院里偷出来的那种药。抑制剂。

那么为什么这张纸上也说它是疫苗呢？

艾迪继续翻着，里面的纸摞得足有半英寸厚，有些是印有抬头的公文信笺纸，有些是信手涂写在簿子纸上的手写记录。有一张破破烂烂的。艾迪动了一下，结果文件夹里一半的纸张都滑落到了地上，艾迪咒骂着，把它们捡起来重新塞回文件夹。我暗暗祈祷莱安纳医生没有按照什么特殊的顺序排放它们。

我俩的手碰到了一张纸，上面附着一张小小的照片。我们顿时有种似曾相识的感觉。

布朗斯·艾利
双生人

我们跳过他的基本信息直接去看下面更长的报告。有人在纸张的空白处和打印的文字上面涂写了很多备注和笔记。我们的胃已经一阵阵泛酸了——自从踏进莱安纳医生的办公室就开始泛酸。但现在，一阵强烈的反胃向我袭来——很可怕的感觉，半是恶心半是疼痛。我们用手压住嘴唇，咬紧牙关。我不知道是因为咬牙太用力还是因为胃痛，我们竟涌出了眼泪，打湿了艾利的检查报告。我脑海里只是翻腾着将乐复康和疫苗，以及所有在这里，在诺南德的孩子和全国的孩子联系在一起的秘密。

上帝啊。艾迪低声叫道。伊娃——

一个声音打断了她，是一声被捂住了嘴巴的哭声。然后就是鞋子踩在地砖上的声音。我俩猛地抬起头。

门和门廊之间的窄缝里空空如也。

丽萨不见了。

每一条神经——我们身体里的每一条神经、每一块肌肉、每一根筋腱——全都松懈下来，然后又突然变得像橡皮筋一样，绷得紧紧的。

我们把文件扔回壁橱，关上橱柜的门，四下里搜寻着，想要找到一个藏身之处。可是没有。没必要再看，这很清楚——从我们进入这间房子的时候就很清楚了。书桌不太结实但做得看起来像一张普通的桌子，没有后背板。窗户上也没有挂窗帘。

最好的办法就是蹲下来躲在放文件的壁橱另一侧，可是我们连这样做的时间也没有了。

门开了。

评审团的官员——那个在候诊室抓住我俩的男人，他留在我俩手腕上的青紫色的指印还没散去——一步踏了进来。

23

有那么一瞬间，大概也就是一毫秒的时间吧，我们俩没有动。那人也没有动。他没有离开门廊。我们俩也没有尖叫。

尖叫。我俩差点儿从嗓子眼里笑出声来。尖叫难道就能万事大吉？尖叫难道就能管用？

他一边向身后打着手势，一边却不肯将目光从我俩身上移开："把那个女孩也带到这儿来，让别的病人和那位护士都离开大厅。"他的语调依然是低沉、平稳的，就和我们昨天听到的一样。

外面传来一阵奔忙的脚步声。戴文在大声喊叫。然后丽萨也被那个评审团的女官员呵斥着进来了。我们看见她的指甲掐进了丽萨的肩膀。门在她们身后砰地关上了。

"叫科尼温特来。"男人说。女人点点头，放开丽萨，走了。现在只剩下我俩和丽萨还有那个男人在莱安纳医生的办公室里。

他看着我们，目光在艾迪和我还有丽萨身上转来转去。他不比科尼温特高，肩膀也不比他的宽，不比他的强壮。他的衣着就好像要去参加交响音乐会——带有袖口链扣的衬衫，黑色马甲，裤缝笔挺的长裤，黑色的皮鞋。一想到他抓住我俩的情景，我俩的手腕就隐隐作痛。他脸上的神情也让我俩心头一阵刺痛，他的表情很明显地在说，无论是什么情况，无论我们做了什么，无论我们自以为能做什么，我们都永远、永远赢不了他。我们可以一直战斗到鲜血淋漓，而他依然会赢。

而且，他还可以随时去掉这副剑拔弩张的神情，就像可以随时像现在这样把它摆在脸上一样。

"詹森？"科尼温特一边叫着，一边推开了门，我们俩趁机瞟了一眼现在变得空荡荡的大厅。

詹森先生并没有转身去看他，而是说："你说这栋大楼很安全，科尼温特——病人们很安全，没有人能从这所医院走失。"他的话说得不太客气，语调却几乎没什么变化。他的表情倒真是变得很快。"可是很显然，这一个已经很久没人注意了，所以她才能进到这里来。"詹森并不等着科尼温特回答什么。他又问道："这是谁的办公室？"

科尼温特张嘴回答之前，短暂地停了停，但另一个声音替他答道："是我的。"

莱安纳医生来到了门廊处。她看着科尼温特，科尼温特也看了看她。然后，他赶紧挥挥手，示意她进来。这间本来就不大的办公室现在似乎被挤得满满的，尽管谁都没碰上谁。

"关上门。"詹森说道。门被关上了。科尼温特站在一边。我俩每呼吸一次都好像在肺部拉动着一把锯子。

"这里难道没有出门时随手锁门的规定吗？"詹森问道。

"我只出去一小会儿。"莱安纳医生的声音平静而冷淡，"本来打算马上就回来的。"

"值班的护士也有责任。"詹森说道。最终，他的目光闪烁着，从我俩身上移到了莱安纳身上。我们顿时觉得如释重负，仿佛从海底浮出了水面。"我想知道的是，为什么这些病人想要进你的办公室。"

莱安纳医生仔细看了看我们，说："也许该问问她们。"

"她们会撒谎，"詹森说，"那样只是白费时间。"

这会儿，莱安纳医生的目光移到了她书桌上的那一堆文件夹上。我的胃一阵痉挛，突然意识到我俩把它们弄得乱糟糟的，没有像原来那样摞整齐。她又细细地打量了我们一会儿，然后仔细地查看了放文件的壁橱。接着，她一言不发地走过去，拉开了抽屉。总共只有两个抽屉。她拉开底下的那个，看见一份文件躺在最上面，是我们俩没来得及塞回去的那一份。

我仍在努力想要编出点什么能说的话，或者想出个什么可以逃跑的地方——我们可以将莱安纳医生推到一旁，抓起丽萨的手，然后逃跑。

莱安纳抬起头来看着我们。

"拿过来。"詹森说。她拿起文件递了过去。他翻开看着，我们却只能站在那儿，艾迪、我，还有丽萨，等着他一页页地看过去，每一刻我都恨不得赶紧死了拉倒，因为恐惧和未知的一切让我们极其痛苦，简直透不过气来。

终于，他再次抬起头来，仔细看着我俩的面孔。艾利的检查报告在最上面，他举在手里，仔细地看着我们。我们俩努力想让自己的表情不卑不亢，淡然平静，可是我们做不到。房子里的一切现在有点模糊不清。我俩的脸上感到一阵阵灼热的刺痛。

"很有趣的病例嘛。"他说。

"疫苗里有问题。"艾迪突然喊了一句，眼前的一切越发模糊起来。我们俩使劲让自己不要眨眼，因为一旦眨眼，我们就会哭起来——真正的放声大哭——那将又在这个男人面前表现出软弱，那家伙可是毫不示弱的。

莱安纳医生挺直了身板。丽萨一动不动地站在门边，那样镇定、安静，简直就像一件家具。但她的目光转向了我们俩。不是冲着评审团的官员，也不是冲着莱安纳，而是冲着我们俩。

我俩紧抓着壁橱的手松开了。"就是每个人婴儿时期都要注射的疫苗……你们在里面加了别的东西，想要——"我们俩哽住了，不得不停下来吸一口气，一滴泪滚落下来，"想要扼杀其中一个灵魂，想从人群中消灭双生人——"

双生人是遗传基因的问题。这一点谁都知道。

可世上其余的事物——其他的一切都显而易见是混生混长的，双生人是那样稀少，我们一直以为——我们一直以为这只不过就是个遗传基因的问题，只不过就是龙生龙、凤生凤的问题，就像他们在生物课上教给我们的那样，可事实完全不是这么回事——

"不是那么回事，"莱安纳医生说道，"这个国家的大多数人无论如何都要失去他们那个隐性的灵魂。疫苗只是……它有助于——"

"它很恶心，"艾迪哭喊道，"那是毒药。你们在给我们用毒药，给我们所有的人。"我们俩用模糊但却坚定的双眼盯着詹森，"如果那东西不起作用——比如像艾利，或者卡尔，或者我们——你们就把我们抓来，再做试验。有时候，你们甚至要选择让谁死掉。"

双生人体内都有占主导地位的灵魂和另一个隐性的灵魂。在出生前就决定了。这是被写进我们的 DNA 里的。这是一个自然的过程，我们的教学顾问在过去几年里一直都在强调这个。这件事无法改变，无法抗拒。

这当然也不是医生们能决定的事，不是他们在这些冰冷的大厅里、在这些亮瞎眼睛的白炽灯下所能决定的。

"是谁认定艾利不适合这个社会？"艾迪问莱安纳医生，"谁认定了他不够好？谁又告诉卡尔说他将取代艾利，并且在他的余生都要顶着一个假名字度过？是你吗？"

我觉得自己看见了莱安纳医生向后的退缩。艾迪一定也看见了，因为她的身子挺直了一点。

"你还有什么别的要说吗？"詹森问道，他的表情那样矫揉造作，令人生厌。

"谁知道这一切呢？"艾迪轻声说道，"我的父母不知道——我知道他们不知道。除了你们这帮人没人知道，对吗？"

我们瞪着詹森，他也瞪着我们。

他叫了保安。

他们做的第一件事就是把我们关进自己的房间，于是我俩就看不到大厅里发生了什么，只听见丽萨在尖叫，门砰的一声关了起来——丽萨的尖叫一直没有停。

"丽萨？"艾迪叫着，我们俩嘭嘭地砸着门，又捶打着隔开我们和丽萨的墙，"丽萨？丽萨？"

她没有回应。她在哭泣，我们隔着墙都能听见，可她就是不应声，我们也不知道到底发生了什么，不知道出了什么事。

"丽萨？"

门把手在我俩手中哐啷直响，可就是转不动。

"开门，"艾迪大叫道，"你们做了什么？你们对她做了什么？"

没有人来。丽萨还在哭。我们俩在房子里不停地踱来踱去，从这头踅到那头，可还是一筹莫展，没有出去的办法，也没法靠近她。

窗户。我突然有了主意。

艾迪没有丝毫的犹豫迟疑，她立刻搬起我俩床边的那个木质小床头柜将窗户打得粉碎。玻璃碴飞溅得到处都是，也散落到楼下的院子里。我俩从窗户探出身去，刚刚能够到丽萨那间房子的窗户，于是我们把她的窗玻璃也打碎了，这一下用力很猛，差点把手中的床头柜甩了出去。窗户内侧没有装防蚊虫的纱窗。这些窗户原本的设计就是不打算让人打开的。

也没有报警器，不过直到我俩已经爬出了窗户我才想到了这东西。风撕扯着我俩的头发。我们已经把窗框底部和四周大部分的玻璃碎片清理掉了，但等我们找到能在大楼的外墙上蹬脚的地方时，手和腿却也被划得鲜血淋漓。

天空呈现出一片桃红和奶油似的淡黄色，中间却仿佛是一颗巨大的血红的树莓，懒洋洋地打着旋涡。我们没有往下看。身处三层楼高的半空中，我身体里有一部分高兴得几乎要纵声狂笑，这大概是莱尔的那些历险记也感染了我吧。在历险记里，没有人因为要试图爬进三英尺外的一间房子里而从窗户边沿掉下去摔死。此时的我们却没有这样的安全保障。

我俩吸了一口气，一只手抓住丽萨房间的窗框，另一只手放开了我们的窗框。窗框并没有清理得很干净，一块碎玻璃扎进了手里，但我们顾不上去清除它。我们先用一条腿够着丽萨的窗框，用力地踢着，然后另一条腿也够着了，也使劲踢，最后终于翻滚着钻进了丽萨的房间，浑身到处都是小伤口，到处流着血，但总体来说，并无大碍。

丽萨惊得大口喘着气。她的脸上还挂着泪珠，嘴巴大张着，眼镜歪斜着。我们俩哑着嗓子问她："你还好吗？还好吗？他伤害你了吗？"她愣愣地瞪着我们。

24

丽萨的胳膊上有红印子，那是保安抓她时留下的，手上还有一个伤口，我不知道是怎么来的，但不管怎样，她似乎还好。我们想象不出到底发生了什么事，让她那样奋力挣扎，那样尖叫不止，直到她扑到我俩怀里，哭着说："他们下一个就要给我做了。他们要给我开刀。"

"什么？"艾迪抓住了她的肩膀。

丽萨浑身颤抖着："评审团的那个人。他说——哦，上帝啊，艾迪，你在流血。窗户——"

"忘了窗户吧。"艾迪说。我从来没听见过我俩的声音会如此坚定、凶猛和冷酷。从来没有。"他说什么？告诉我他的原话。"

"他说我是个很好的做手术的人选。"

我俩腿上被玻璃划破的地方阵阵抽痛着，但除了手上的伤口，其他的似乎都不算太深。艾迪倒在床上，血把床单染得血迹斑斑的。"他们休想。"她一字一顿地说道，"为什么是你？为什么不是我们俩？我们才是——我才是那个真正——"

丽萨没有坐下。她的泪水不见了，取而代之的是燃烧在她眼睛里的一团烈火。她开口说话的时候，声音里也透着同样灼热的激动："艾迪，艾迪，看着我。"

我们看着她，看着她那副镶着白色水钻、一派"文艺范儿"的宽边黑眼镜，还有她那浓密的卷发、纤长的手指、小巧的双脚和尖挺的鼻子。

"艾迪，"丽萨说道，这会儿她的声音听起来有些颓丧，非常颓丧，"我父亲找不到一份像样的工作，因为没有人愿意雇用他。我的外祖父母寄钱给我们，因为他们有的是可以到处乱撒的钱，而且，他们至少还有那么一点善心。可是，我从来没有见过他们俩当中的任何一个，他们也从来不想见我们。"她走过来和我们一起坐在床边，把床单束成条压在我们的手上来止血。艾迪的手抽动了一下，但没有缩回来。"艾迪，"丽萨继续说道，"你明白吗？他们觉得我们的生命毫无价值，因为我们是双生人，可对我们来说，事情还要更糟。即使他们给你做了手术，有人仍然会介意，要是你的父母抱怨或者去和他们吵闹评理，他们却听都不听。"她颤抖着喘了口气，"我们算什么？戴文和赖安呢？谁也不会在乎我们。"

没有人会在乎一个半异类的双生人孩子。政府可以想做什么就做什么，谁也不会说一个字。他们可以毁了穆兰一家，将他们从房子里赶出去，拿走他们的最后一分钱，找个什么吓人的名头就把他们投进监狱，别人连眼睛都不会眨一下，也没有人会提出质疑。那几乎就是大家预料中的事。我甚至能听见人们的窃窃私语，还有他们如释重负的叹息。"我就知道他们有问题。"人们会这样说，"我不是一直都对你说吗？一个像那样的家庭……肯定有问题。"

"嗯，那不公平，"艾迪说道，"一切都不公平。"

我不记得艾迪上一次拥抱除了爸妈和莱尔以外的人是什么时候。可现在，没有任何目的，也并非勉强作秀，她竟很自然地拥抱了丽萨。"我不该把你卷进来。"她在她肩头说道。

"嗨，"丽萨柔声说道，"是我把你卷进来了。"

这一刻，我俩的下巴靠在丽萨的肩头，目光透过打碎的窗户看出去，只见一个护士站在院子那边，也就是这幢楼的另一侧。她也正看着我们。我们看不清她脸上的表情，但她手腕处有什么东西在闪动，这一点我们绝不会看错。那是步话机，显然她是在呼叫别人来帮她。

艾迪猛地起身。

丽萨吓了一跳，然后转身循着我们的目光看去。"你们得赶快回自己的房间。"话一出口，她就被自己这个荒唐的建议惹得笑起来。想想窗户，再想想我俩的手和腿，那怎么可能呢？

用床把门顶住。我说。艾迪跳起来，拉着丽萨，可是伤口让我俩疼得动弹不得。我们的手还在流血。可是，没时间再为这个发愁了。

"帮我搬床。"艾迪抓住床头，竭力想不去理会伤痛，"快。"

钢质床架比看起来重得多，我们推动它的时候，每只床脚都在地板上发出刺耳的声响。我们的力气勉强能把它推过去顶住门。刚刚弄好，艾迪就开始费力地喘气了。她松开了床架，拂去脸上的头发，我尽量不去注意我们留在床架上那血淋淋的手印。

"现在再搬另一张。"艾迪说。很快，第二张床也搬过来顶在了第一张床的后面。

"现在呢？"丽萨问道。

现在怎么办？床顶住了门，可那样只能挡住他们进不来——而且也只能挡一会儿。艾迪跑到窗口。返回我们的房间也无益。那间房子的门也是反锁着的。跳下去？这可是三层楼的高度，而且下面是坚硬的水泥地。或者，可以打碎丽萨房间另一面墙上的窗户，从那里钻出去。可是，正当艾迪起身去抓床头柜时，我们清清楚楚地听到了有人在开丽萨房间的门。

跳下去不可能，躲到一边也没用。

我的脑海里隐约记起了什么，我见过的——我们俩都见过的——我必须记起来。非常重要。

"艾迪——"丽萨叫着。门口响起重重的敲击声和喊声。要开门了！不要站在门口！丽萨急得大叫："艾迪!"

这时，我突然想起来了。第一天。就在我们踏进诺南德一尘不染的大厅之前，我们曾看见有人在房顶上。

上面。我说，咱们能到上面去吗？

艾迪把头伸出窗外，脖子使劲向前探着。是的——行，也许可以。在窗户上方不远处，有一小块突出的窗檐，如果我们小心，非常非常小心，那就可以够到它，然后爬上屋顶。

这比刚才我们从自己房间的窗户翻进丽萨的窗户还要疯狂十倍，可既然我们已经知道他要对丽萨做些什么，我们怎么还能坐视不管，任凭他们把她带走呢？

"快，"艾迪冲过去抓起丽萨的手，"咱们上去。"

"上去?"她叫起来。

"到房顶上去。"艾迪的语气不容置疑，因为外面撞击门的声音越来越响，越来越有节奏，就像他们用的是古代攻城时的大铁锤。那两张床吱嘎响着，一点一点移向我们。

"到了房顶上又该怎么办?"丽萨一边问一边看着我们，

"咱们会被堵死在那里的。"

艾迪用最快的速度和她说了我们第一天来这儿时见到的那些维修工人。"他们不知怎么上到房顶上去了，肯定不是从打碎的窗户里爬上去的。所以，房顶上肯定有能通到地上的通道。"

"可如果他们是用梯子呢？"丽萨说，"要是他们把所有的通道都堵死怎么办？我不能丢下哥哥自己跑掉啊——"

门已经被撞开了半英尺。

没时间争论了。我说。

"没有别的办法，"艾迪说，"我先上去。然后我再拉你上去。丽萨——丽萨，听我的。"

"可是戴文和赖安——"

"丽萨，"艾迪大声喊道，"他们也希望你走。只有你逃出去了，你才能救他们。"

丽萨最后朝门那边看了一眼，她的嘴唇抿紧了，然后，她点了点头。艾迪松了口气。

我们祈祷着，在这个青翠美丽的世间看到的最后景象可别是坠落时看到的诺南德精神病康复治疗中心的侧墙。

"小心点。"艾迪爬出窗户时丽萨低声叮嘱了一句。我们俩并不擅长运动，从来没有参加过什么体育活动或者赛跑之类的，甚至都没跳过舞。孩提时代我俩玩得最多的就是爬树。我很喜欢爬树，喜欢绿色的树冠，还有抚摸树皮的感觉，公园里树木的芬芳、泥土的气息和阳光都让我愉悦。

艾迪抓住了我们头顶上那块突出的窗檐，我权当我们是在爬树。受伤的手抓住水泥台时，我们就咬紧牙关。事实上，我们不得不尽量靠着胳膊上的力量让自己爬上去。我们俩以前在健身房可是连一个引体向上都做不动的人啊。不过，以前也没有一伙正在砸门的保安在身后追我们。就在我一边低声鼓励自己，一边祈祷的时候，艾迪的另一只手也抓住了窗檐，抓得紧紧的，然后脚也离开窗户，开始向上攀。

接着就是一阵可怕的失重的感觉。我们俩悬在半空，不知所以，胡乱地挥着胳膊，手也到处乱抓，试图紧紧抓住房顶上的瓦片。还有一阵茫然的恐惧，以为就这样了，一切都要结束了。终于，我们不再来回移动，艾迪双手抓得紧紧的，突然手一扭，疼得我俩全身的肌肉都在颤抖，可是她就这样撑起身子，登上了窗檐。

天空被淹没在一片色彩当中，紫罗兰色、红色。可是这会儿可没时间沉醉其中，甚至连喘口气的工夫都没有。

"丽萨，"艾迪叫喊着，向下伸出手，"抓住我的手!"

我们用力把丽萨拉了上来，就在那一刻，门被撞碎了。

我们匆匆在屋顶上穿行，风抽打着我们的脸颊，拂去我们额头、眉毛和脖子上的汗珠。每一步都咔咔作响，每呼吸一次都感到疼痛。可是我们不能停步。我们必须找到一条下楼的通道。任何能下到地上的通道。

房顶似乎很大，不是完全平整的。诺南德大楼有好多奇怪的尖角和突起，使得这幢建筑物的某些部分隐藏在里面看不见。我们不想沿着大楼的边沿查看，可是又不得不这样做，以便找到类似消防通道或内设的上下阶梯什么的。不管是什么，只要能找到。

那里。我说，那里，在左边。那是什么?

有个东西在渐渐变弱的阳光里闪烁着，是个金属的东西。艾迪冲了过去，但丽萨更快。原来那是一扇小门。一扇金属门，通向大楼里面的。丽萨刚刚抓住把手，门就一下子开了，一个保安从里面爬了出来。

丽萨摇晃着跑开了，她晕头转向，歪着身子朝我俩跑回来，可是她的速度不够快，保安拦腰抱住了她。她尖叫起来。我们俩冲过去，狠狠地撞向保安，他哼了一声，但似乎并没有受到重创。

"放开我！"丽萨说道。她的腿猛踢着。

"谁来帮帮我？"保安大叫起来。房顶上响起一片飞奔而来的脚步声。又来了两三个人包围了我们。他们都穿着黑制服，都板着脸。

"住手，"丽萨说，"放开我！"

"冷静，"新来的保安当中的一个说道，"没有人想伤害你。"

他说话的时候看了看艾迪和我，渐渐地靠近了我们。我们向后退着躲开了。一步。两步。

"放开她！"艾迪说，我俩冲着丽萨眨了眨眼睛，"他弄疼她了。"

"他没有。"那人说着，又向前挪了一点，然后又一点，又一点。

丽萨尖叫起来。艾迪浑身一抖，急忙向后退了两三英尺，却突然有种失重的感觉，突然惊吓得屏住了呼吸——那里全无遮挡，什么也没有。

艾迪俩猛地转过头来，手脚乱挥着，想要保持平衡。

"艾迪！"丽萨大叫。

艾迪强咽下一口气。

就在这时，我感觉到保安的手指从我俩的手指间滑落，我们的身子向后一翻，从屋顶上掉了下去。

25

嗨，嗨，还记得吗？

还记得我们七岁时那些小孩把咱俩锁进汽车后备箱里的事吗？

我们当时在玩捉迷藏，记得吗？那个孩子——他叫什么来着？他让咱俩躲进后备箱里，因为谁也不会朝那里面看上一眼。

他说得对，不是吗？

没有人找到我们。

几小时都没人找到。

醒来，压痛。我们头上觉得沉甸甸的好像有东西压着，还很疼。眩晕，恶心。我们想动一动——看丽萨和哈莉在哪儿。还有那个抓住她俩的人。我试着想动一动，可眼前的一切都模模糊糊的。"丽萨？"我叫道。一双手把我们按下去，让我俩别动。又是一阵刺痛。仿佛有什么东西在下面拉着我们，把我俩埋进黑暗中。嘘，嘘……

我醒过来，从一种黑暗被拽进另一种黑暗。过了一会儿，我才记起来发生了什么。记忆里混杂着今天、咋天和前天的事情，仿佛一条滑溜溜的银色鱼儿在一个泥水混浊的池塘里乱窜。思考也很困难——思想消散了，残缺不全，可是有一个念头始终徘徊着。

丽萨。那些穿着黑制服的人在屋顶上向我们逼近，其中一个抓住了她，她在尖叫、扭动、挣扎。

我猛地坐直了身子——可是差点儿因为一阵恶心大叫起来。我俩的颅骨好像有铁拳头顶着似的，呼吸听起来好像胸腔里空洞洞的，头似乎被打碎了，心脏每跳动一下都会让全身疼得发抖。

我们不是在自己的房间里。有什么东西在我们身下沙沙作响。纸。

我紧紧地抱住脑袋，从体检台上翻身下来，差点撞到冰冷的地面。我的手指压在右边太阳穴上一个软绵绵的东西上，是绷带。我痛苦地抽搐了一下。我俩的腿上还缠着更多的绷带，左胳膊上也裹着一条，而我——

是我在行动。

艾迪……

哦，上帝啊，不——

艾迪。我尖叫起来，艾迪！

她答应了。

我——我在这儿。

我们蹲在地上，确认彼此都还好，我们俩都还活着，此时此刻还活着在这里。然后，我们扯下绷带，撕得皮肤生疼，手指碰到手上深深的伤口，疼得差点儿大叫起来，不过，只是个伤口罢了。没有缝针。没有手术的痕迹。我松了口气，顿时觉得好虚弱。

"丽萨？"艾迪低声唤道。

没有回应。疼痛回来了，我们站不住，也无法保持平衡。环顾四周，只见一只转动的机械臂上有一盏大灯，还有监视器、被丢弃的银色托盘和体检台。

这是一间手术室。

出去。我说，出去，艾迪——快，出去。马上。

她跌跌撞撞地走过去把门拉开了一条缝。

过道里光线昏暗，只开着应急灯照明。艾迪左右看看，用肩膀顶开了门。那令人难受的惨白的灯光照不到太远的地方。大厅的两头依然黑洞洞的。除了微弱的电流发出的噪声外，一切都很安静。

艾迪小心地一步步走出门来到过道，轻轻地关上门。我们认不出这是哪个大厅。往哪边走呢？

我告诉她，我看不出不同的方向有什么区别。要想清晰地思考还是很困难。我俩的头部还有被重击的痛感，胃里翻江倒海，恶心难忍，手也在一阵阵地抽痛。

艾迪犹豫了一下，转向了右边。寂静让我俩的呼吸声、衣服的窸窣声和踩在地砖上的脚步声都显得很响。我们的两侧是一扇扇的门，像夹道而立的人，也像列队的士兵。

丽萨会在其中的一间屋子里吗？赖安怎么样了？他们也抓住他了吗？艾迪查看了一下，芯片依然藏在我们的短袜里，可是它冷冰冰的，毫无动静。不管他在哪儿，反正不在附近。

如果这是在三楼的话，那么这里是我俩从没见过的一幢侧楼。这里的墙看起来不一样——似乎更加生硬刻板。或许只是因为暗黄色灯光的缘故。然而这里的门都是金属的，不像大病房附近的那些房间都是木门，而且，这里的房间都没有窗户。

艾迪一直盯着其中的一扇门看着，好像盯的时间足够长就可以让丽萨从门后走出来。门的左边有个看起来像个小型扬声器的东西，还有两只黑色的按钮。另外一只红色的三角形按钮在稍稍偏一点的侧面。门本身是平板一块，只在门楣上高高地贴着B42，在眼睛的高度也有一块长方形的小门牌。一个按钮键盘安装在门把手上方，那里本该是门锁的位置。

我觉得那块门牌是个窗口。我说。

艾迪点点头。她抓住了那块门牌上的金属把手。它在我俩的手心里冷冰冰的。如果不得不这样做，如果能找到丽萨和哈莉，我们愿意查看每一个房间。

可是这里的房间太多了。我们会不会先发现别的什么呢？

我俩强压下心中的疑虑。

准备好了？艾迪问我。

好了。

她拉动了金属把手。门牌利索地滑向一边，露出下面的一小块玻璃窗口。

最初，我们除了黑暗中的一丁点光之外什么也没看见。然后我们眯起眼睛才发现那是夜灯——一个小孩的船形夜灯。它照着离门最远处的角落，但这房间本来就不大，很快，我俩的眼睛就适应了，看得清床上的情景。

一个小男孩坐在床上。

他的头勾着，肩膀微微地耸起，细瘦的双腿从床垫边上垂下来。我们能清楚地看见他的脸，能够分辨出原来他在——

他在说话。艾迪低声道，看见了吗？他的嘴唇在动。

可不管他嘀咕的是什么，声音都不可能穿透这厚厚的门。

扬声器。艾迪说着，伸出手去摸到了那个圆圆的小格栅和它旁边的几个按钮。按钮上都没有标明各自的功能。我还没来得及反对，她就飞快地戳了一下左边的那个。

小男孩的声音立刻透过扬声器飘了出来。"……还有……

嗯。还有，嗯，他们，在——在前，前天。我们……我们，呃……再说一遍。呃……他们那时候……"

艾迪又摁了一下那个按钮。他的声音被切断了。

我们俩有好一阵子都没说话。

我们又重新透过那个小窗口往里看，小男孩仍然在里面嘀咕着什么。

另一个按钮是不是可以让我们说话的？我问。

还真是。艾迪刚摁下去的时候，里面发出一阵噼噼啪啪的杂音，然后就好了。

"嗨？"她低声说道。

小屋里面的男孩抬起了头。

就在这一瞬间，我们立刻认出了他就是轮床上的那个男孩：杰米·科塔。年龄，十三。西班牙裔。十三岁。杰米，杰米。手术前，手术后。

手术。

杰米起身，吃力地向门口走来，每一步都摇晃得很厉害，身子从这边歪到那边，就像一艘快要沉没的船。可他的眼睛却炯炯有神，脸上还带着一丝笑。他踩在什么东西上，用脑门抵着那个小窗口。

哦，上帝啊——哦，上帝，他的额头有一道很长的、弯弯曲曲的切口缝合线，半个脑袋都被剃光了。缝合线把他的头皮连在一起。

我俩的胃里一阵翻腾，酸水涌上了喉头。

杰米的嘴巴这会儿动得更厉害了，一张一合的。当他看见我们正在看着他时，他挥了挥右胳膊，把头扭向了一边。

扬声器。艾迪说道，他想让我们听见他说话。

可是当她摁下那个收听按钮时，里面传来的却是一阵莫名其妙的呓语："我——总是，我——而且，嗯，嗯……请……我，我需要——"

他狂热激动的声音在过道里回响着。

杰米开始笑——或者是在哭——也许都是吧。因为他别转了脸，离开了窗口和扬声器，所以很难分辨他到底是哭是笑。我们只能看见他的肩膀在颤抖，在抽搐。他总是在抽搐。

然后，他又把嘴巴靠近了扬声器，低声说道："走了……没了……他们——他们把他切除了，切除了。他……"他的声音变成了悲哀的呻吟，"他不见了。"

艾迪砰地关上了那扇窗口。

一阵可怕的、令人极其痛苦的恶心涌上来，让我俩无法呼吸。我们俩硬撑着，一边跌跌撞撞地穿过走廊，一边强压下那阵恶心。杰米最后那几句平静的、断断续续的声音在我俩的耳畔回响着，扎心扎肺，痛入骨髓。

我们一路跑着，直到在大厅里撞上了一个迎面匆匆走来的人。

莱安纳医生惊叫起来，但她抱住了我们——伸出胳膊环抱住我们。我尖叫起来。

我们俩浑身冷汗，满怀恐惧，无法呼吸。

他走了。

他没了。他不见了。

他那相依相伴的灵魂，生来就被魔鬼的手把他们的灵魂纠缠在一起的那个人。他们把他切除了。手术是成功的——如果这可以被称作成功的话。成功！

莱安纳医生死死抓住我俩的胳膊，大声喊着让我俩冷静，冷静，冷静。

有人在哭。直到眼前的雾翳稍稍退去，直到疼痛稍稍减轻，直到我俩能够呼吸、喘气，我们才意识到那不是我们俩。

我们忘了关掉杰米房间的扬声器。

莱安纳医生的手简直就是铐在我俩手腕上的镣铐。她把我们拖回到杰米那里去。我们不想去，因为心里又羞又怕。羞愧的是自己胆怯，跑开了，丢下了那个本来就已经很孤独的男孩——他有生以来第一次如此孤独。

"杰米，"莱安纳医生说，"杰米，安静。没事的。"匆忙中她松开了我们，在门上的键盘里输入了一个密码，打开了杰米的房门。我们俩退缩着，靠在墙上，努力想驱散头部抽搐的疼痛和眩晕。我想到了跑，可这个念头并没有传达给我俩的四肢。"安静，杰米。宝贝，没事的。没事的。"

我俩慢慢地撑着墙站直了身子，一边扶着门框一边转过身来看着房间里面。

那盏蓝色的船形小夜灯发出柔和的光，与应急灯发出的黄色光混合在一起，足以让我们看清床上的景象：莱安纳医生坐在那里，抱着杰米，轻轻地摇着他，很轻，很轻。

"安静，宝贝，嘘……"

莱安纳医生用一支小手电照着我俩的眼睛。艾迪眯起眼，把头转到一边，我俩的手摸到了体检台。杰米已经安静下来。莱安纳再次把他锁在房间里，然后拉着艾迪和我回到我们刚才醒来的那间手术室。

"你觉得头晕吗？"她问道，她的声音没有了平时那种权威专横的味道，就像一把变钝了的刀子，"或者恶心？"

艾迪耸耸肩，尽管我俩的头痛得厉害，胃里也阵阵恶心。她问："我们这是在哪儿？"

"地下室。"莱安纳医生答道。

"丽——哈莉在哪儿?"

莱安纳医生不耐烦地转过脸去,摆弄着一个托盘里的医疗器械。她把某样东西掉在了地上,不得不弯腰去捡。她的动作有几分慌乱,完全没有她一贯镇静沉着的风范:"可能上床睡了吧。现在很晚了。"

她在撒谎吗?

艾迪强咽下心中的疑惑,轻轻地咳了一声,问道:"她还好吗?"

莱安纳医生没有转过脸来,她说:"她又没有从哪个屋顶上摔下来,所以,我要说,她的情况比你要好。你和她都很幸运,没有把玻璃碴弄进肉里。"

"可是,她到底怎么样了?"艾迪问道,"她在自己的房间里吗?他们没有给她开刀吗?没有给她做手术吗?"

那女人顿时目光犀利地看着我们。也许,我们不该泄露出我们知道了这么多,可是这个时候,我们俩谁都不在乎了。

"她很好。"她说。

艾迪低头看着我俩的大腿,看着我俩身上光滑平整的蓝裙子,还有脚上那双难看的、上学穿的漆皮鞋,黑色的短袜。我们的芯片还卷在短袜里,就在右脚踝处。赖安的芯片。我俩的手指向下滑,一直摸到了芯片的轮廓。它一丝光都没有。

但仅仅感觉到它的存在,感觉到它坚实的存在就给了艾迪说话的勇气和力量。

"杰米。"

莱安纳医生愣住了。

"那是杰米。他没有回家。他就是我们来这儿的第一天见到的那个孩子。他——"艾迪抬起头,看着莱安纳医生的眼睛，用沙哑的嗓子低声说道，"你给他开了刀。你——"

莱安纳医生揪住我俩的衣领，猛地把我俩拉到她面前。"不。"她的声音颤抖着，"我没有动杰米·科塔一指头。明白吗？我没有染指这里的任何一个孩子。我没有对你们当中的任何人做过那样的事——没有开过注射疫苗的处方，没有拿过手术刀，也没有——"

艾迪别转脸："那就帮帮我们。不要让他们对丽萨做手术——你不能让他们对丽萨做那样的事——"

莱安纳医生眼中的恼怒暗淡下来，变得平静了一些。"我是在帮助你们。你知道，对于像你们这样的孩子他们是怎么做的——把他们扔进某个与世隔绝的储藏室里，忘记他们的存在。我在这里工作就是因为我想努力让事情有所改善，艾迪。我们正在寻找修补你的办法。你怎么就不明白呢？"

"就像他们修补杰米那样？"艾迪问道。

莱安纳医生的双颊通红，衬着她苍白的皮肤，非常显眼。她的眼睛很大，很深邃，也很强势。"我们有进展。已经找到了一种办法。也许有一天——"

"有一天？"艾迪呸了一声，"那眼下呢？丽萨怎么办？"

"这不是只关乎丽萨或你我的事，"她说，"而是怎样才能让大家都受益，怎样才能对整个国家有好处。"

她看着我们，我们也看着她，双方都气喘吁吁的。

"她是个什么样的人？"我俩低声问道，"你的另一个灵魂，你失去了的那个人，你还记得她的名字吗？"莱安纳医生默默地凝视着我们，脸色凝重起来，表情也变得平淡漠然。

她没有回答。

"帮帮我们。"我俩说着，抓住了她的胳膊，用力地抓着，越来越用力，"拜托了。"

26

我们在地下室过了一夜，蜷身躺在杰米对面的房间里，在黑暗中听着自己的呼吸，渐渐地，恶心的感觉消退了，我们也睡着了。可每次到了要做梦的时候，莱安纳医生就会来把我们叫醒。这是为了确认我们是否有脑震荡，为了确认我们没有遭受任何脑损伤。

脑损伤。我俩大笑起来。她转身走了。

我们睡了醒，醒了睡，梦境和现实交织融合在一起。后来我们下了床，透过房门上那个小窗口看见对面的房门大开着，我不知道这是梦还是现实。我们看见了船形小夜灯，还有坐在床边的一个身影，双臂环抱着一个小男孩，他在无休无止地自言自语，念叨着一个不复存在的人。

这或许是现实，也可能是我的愿望在梦境里彰显出来。在我们的记忆里，莱尔生病的时候妈妈就是这样坐在他的床边。我们发烧时，妈妈也这样坐在我们的床边。

我们糊涂了，搞不清楚。

一夜过去了。在这么深的地下室看不到天亮的迹象。没有窗户，没有阳光，甚至没有像在上面几层楼那样，穿梭奔忙的医生和护士们会表明诺南德又开始了新的一天。不，在这里，只有莱安纳医生告诉我们该起床面对现实了。

我们被循环往复的睡睡醒醒弄得筋疲力尽，可她看起来却像根本没睡的样子。她说我俩似乎状态还不错，应该回到其他孩子们中间去吃早饭了。

赖安。当我们终于在餐厅一眼看见他时，我唤了他一声。从他脸上一闪而过的神情看得出，他见到我们也松了口气。我们俩的目光在桌子上扫了一圈，可是没有看见丽萨。卡尔在——他是卡尔，不管医生们怎么说——他眼中的白翳比以前更重了。凯蒂也在，她呆呆地盯着她的早饭，举动就像个布偶。可就是没有丽萨，没有哈莉。

艾迪正打算坐在赖安旁边，护士拦住了我俩。"上面说要把你们两个隔开，"她不动声色地说道，"换个地方坐吧，亲爱的。"赖安的嘴唇抿得紧紧的，但他并没有抗议，只是看着艾迪慢慢走到桌子的另一头。

即使如此，整个早餐过程中，那护士还是用一双老鹰似的眼睛紧紧地盯着我们。艾迪两眼只瞅着黄色的不锈钢餐盘，闭着嘴一言不发。等到护士让我们站队的时候，艾迪甚至都没有往赖安旁边凑。到了学习室，她和一个小一点的女孩结成一组，和布丽姬特隔着一张桌子。他们谁都没看我们。我们俩现在就像卡尔，已经成了危险人物。

今天已经是我们到诺南德的第五天了。我不得不倒着数日子，这样才能想起来是星期几——星期三。这些日子都混在了一起。到底是星期一、星期二，还是星期天，又有什么关系呢？反正再不用走路去上学，也没有了课间休息时的欢声笑语，没有了去小餐馆吃午饭时的奔跑，只有一个安静肃穆的学习室和我们这十四个穿着诺南德蓝色制服的孩子。十三个。因为丽萨和哈莉不见了。

我发现自己一直在傻傻地想着一些莫名其妙的琐事。凯蒂来这儿之前穿的是什么类型的衣服？她喜欢连衣裙吗，或者，她有没有因为和那么多哥哥在一起就坚持也穿长裤？布丽姬特只用黑色的发带是因为她喜欢，还是因为她离开家的时候觉得那是她唯一能带到这里来的颜色？

我们看着这些趴在无聊的作业和书本上的孩子。到现在我都不知道他们当中大部分人的名字，甚至没有和其中的一些人说过话。这成了我的一个心结，像肉体的疼痛一样让我不安。他们大多数人不比凯蒂大多少。我试图一个一个地观察他们，从他们的面容、头发，以及他们坐在椅子上的动作中发现细节。有个女孩长着一头淡褐色浓云般的卷发。她旁边的男孩满脸雀斑，把自己的指甲咬得都露出了肉。其他的孩子多数都穿着运动鞋，也有些穿着上学穿的鞋子，和我俩一样。有个女孩穿着白色的凉鞋，另一个女孩穿的是搭配连衣裙的黑色鞋子，就像是从一个派对上被直接绑架到这里来的。

我越看身边这些双生人，越注意到他们身上的点滴细节，一个令我痛苦难受的念头就越清晰，越强烈。他们当中会有多少人落得杰米那样的下场？会有多少人屈服于那把手术刀，在麻药夺去他们四肢的力量时，两个灵魂被迫低声道别？

丽萨。我一遍遍地念叨着她的名字。这是恐惧的呻吟。我无法让自己停下来。丽萨，哈莉。

我俩的铅笔头折断了，科尼温特过来给了我们一支新铅笔。他还是穿着挺括的白衬衫，和把我俩从家里拐出来那天穿的一样。他那欺霜赛雪的白衬衫袖口向上翻着，领子衬着他的肤色，越发白得刺眼。他走到我俩身边，弯下腰，悄悄地在我们耳边说出了那句话："今天应该是个好天气。"铅笔头一下子戳伤了我俩的手，"做手术再理想不过了。"

天气的确不错。护士领着我们下了三层楼，走出后门来到外面，我们亲眼看见了今天的好天气。学习时间结束后，我们一踏上楼梯，孩子们就显得有些躁动不安，甚至有几分兴奋。

"她要带我们出去。"凯蒂低声说道。这是我俩回来之后她第一次和我们说话，虽然并没有看着我们，但她的确说话了，这就意味着有情况。

护士们是怎么和这些孩子说的？躲开那些惹麻烦的家伙，比如卡尔，比如艾利，免得给你们自己惹来同样的麻烦。她们是不是让大家都离我俩远点，还是大家自然而然地疏远了我们？

院子比从三楼的窗口望下去要大得多。铁链围成的围墙比我们的头高出足足三四英尺，但还没有高大结实到像一扇大门。我们仿佛刚从一个樊笼里被放出来，又进了另一个。但也许是医院里面实在是太过干净、冷清，有人至少还试图让这个院子更有点人情味，不管怎样，他们还随意放了些孩子们玩的东西：一个摇摇欲坠的支架上装着一个篮球的篮筐，一套两三岁小孩玩的塑料玩具——可是卡尔恐怕连这个都摆弄不好，地面上还留有被抹去一半的跳房子游戏的方格。院子的一角坐落着一个粉色和红色相间的艳俗的游戏房，塑料做的一扇扇门都大开着。这些都是我们从楼梯上就可以看到的景象，这个大楼不规则的外形使得院子的好多地方都不能完全展现在我们的视野中。

护士开始给我们分带有塑料把手的跳绳和橡皮球。她刚从包里拿出来，这些东西就被抢走了。然后，在一阵听起来几乎有些疯狂的笑声和尖叫声中，孩子们都散开了。凯蒂回头看了我们俩一眼，犹豫了一下，然后去和别的孩子玩了。

我俩的思绪还在科尼温特的那句话上盘桓。丽萨和哈莉现在在哪儿？莱安纳医生说她们还好，那是她撒谎——她们人都不见了，就这样从一群孩子当中被带走了，还能一切都好吗？

我们看见赖安远远地站在院子的另一头，几乎被大楼的侧墙挡住了，他站在粗糙的墙面和铁链围墙之间的一个狭小空间里。护士正在调解两个小孩之间为玩扔球游戏而引发的争斗。艾迪趁机从她身边溜过去，来到赖安待的地方。

"艾迪。"我俩冲向大楼阴影里的时候，赖安朝我俩走过来，"感谢上帝——出了什么事？你们还好吗？她在哪儿？我妹妹在哪儿？"他一直盯着我俩头上缠着的绷带，还有我俩的手和腿，"到底怎么回事？"

"我不知道丽萨在哪儿。"艾迪说。

他愣住了。他脸上的神情让我那种恶心难受的感觉又回来了，让我心里有什么东西不住地翻腾着，一阵猛似一阵，我差点儿以为自己都要崩溃了。"你怎么会不知道呢？她和你在一起。不是吗？"

艾迪给他讲了我俩打破窗户爬到丽萨房间的事，还有我们怎样逃到屋顶，摔下来，在黑暗中醒来，等等，给他讲了我们见到的一切。

她告诉了他引发这一切的可怕信息，告诉了他我们在莱安纳医生办公室里发现的一切——疫苗，艾利和卡尔，还有评审团的那个男人在把丽萨锁进她房间时说的话。

艾迪停下来喘着气，赖安什么也没说，也没有动，只是看着我们。天气热得似乎要冒泡了，即使是在诺南德大楼的阴影里也仍然很热。汗水把我俩的衬衣贴在皮肤上。艾迪怕他听不清，又大声重复了一遍科尼温特早上在我们耳边说的话。

好半天——好长好长时间，长到令人难以忍受——没有人说一句话，整个世界都静止了。

然后赖安说道："你把你的芯片给她了吗？"

艾迪不由得低头去看我俩的短裤。不，我们没有给她。我们没想到这一层。艾迪的沉默等于对赖安的回答。

"你为什么不给她呢？"赖安这会儿似乎无法再保持一动不动了——他的手微微动了一下，还有他的脚，他似乎想迈出一步，或是想揉揉太阳穴什么的，可他什么也没做。他抬起头，又低下头，嘴巴歪向一边，嘴唇抿得紧紧的。"那东西就是用来让咱们保持联系的，艾迪。有它，咱们谁都不会失去消息——"

我俩紧咬着牙关，咬得腮帮子都疼了："我只是当时没想到，别逼我行吗？"

赖安一只手握成拳放在嘴上："我以为她和你们在一起。现在她有可能在任何地方。他们可能会——"

"我从房顶上掉下去了，"艾迪厉声说道，"我顾不上——"

他不能大喊。他也没有大喊——他的自制力很好，能忍住不去大喊大叫，可他的声音颤抖着："顾不上去想怎样救我妹妹吗？"

"赖安，这不公平。"我说了一句，差点儿咬到了我俩的舌头。

因为我真的把这句话说了出来。

没时间去细想我这是在做什么，我又是怎么做到的，这意味着什么，等等，只是因为赖安那样说艾迪，这不公平，在我旁边的艾迪又是那样气恼，所以我才勉强鼓足力气说出了这句话。

我们俩挺直身子站着，一边还要说话、思考，观察周围的动静，做出反应，这一切都太令人紧张了，我努力从这紧张的压力中挣脱出来，对他说："你这样做帮不了忙，赖安。这没用。我们没有给她芯片，这一点我很抱歉。可是现在该怎么办？现在怎么办？"

他看着我们，用一种我不理解也不想试图去理解的语调问了一声："伊娃？"我不想去探究他这声询问到底有什么含意，因为我要搞定所有的一切，我已经太累太累了。

我们突然有种滑稽奇怪的感觉，就像在糖浆里游泳一样。我俩的四肢很沉重——厚重。我动不了，可艾迪似乎也动不了。我们呆立在那里，心脏在胸口猛烈地跳动着，这是我俩全身唯一一个还能动的部位。我们僵住了，热得直流汗，那只没受伤的手撑在墙上，粗糙的墙面上那些突起的小颗粒深深地嵌入我俩的手掌。

艾迪。我叫她。

赖安把我俩那只缠满绷带的手抓起来握在他手里。只要我俩当中有一个能行动自如，肯定会马上缩回来——他的指头稍稍用了点力，碰到了我俩的伤口。可艾迪和我现在都陷入了这种"中间"状态，可怕的"中间"状态，我们都竭力想要挣扎出来，手上的疼痛也就被忽略了。赖安的手握着我俩的手，这感觉很熟悉，正是我第一次独自拥有我们的身体时他握着我的感觉，当时我眼前一片茫然，似乎除了他的手，世间再没有其

逃离诺南德

他引导我的东西。我努力坚持着，想用我的手去握住他的手，因为他必须冷静下来。他必须集中注意力。我们必须救出丽萨和哈莉。可是我做不到，我无法握住他的手，因为艾迪正在向相反的方向使劲。

"让给她，艾迪，拜托了。"赖安说道。他的声音很低。我们现在说什么都要小声，但他的话说得清楚明白。"让她来掌控，艾迪。只要一小会儿——只给她一小会儿——"

艾迪哭起来。可她的控制力不再大到能真的流出眼泪。她的哭泣是无声的，看不见的——对别人而言，不是我。就像我的一切对别人而言也是看不见的，但对她不是。自从我俩第一次被"解决"之后，每一月每一周每一天都是如此。自从我被挤到一边，锁进我自己的身体之后，我的皮肤就成了一件紧身衣，我的骨头成了监狱的铁栅。

我放弃了。

"放开。"艾迪嘶声喊道。我俩的脸红得发烫，全身也滚烫。她扭转身背对着赖安，而他在她挣脱之前就松开了我俩的手。

艾迪转身向铁链围墙走过去，我俩呼吸急促，胳膊僵硬地垂在身体两侧。她的感情在抵触我，那样纠结混乱，我简直无法把它们理出个头绪来。她盯着外面的停车场。热乎乎的铁链贴在我们脸上，我们紧抓着铁链，直到手上压出了深深的印痕。

狂风暴雨渐渐过去了，取而代之的是一阵深深的、冰冷的恶心难受。其他小孩在院子里叫着，笑着，仿佛是我俩的背景声音。

"走开。"艾迪说道。她闭起眼睛，在头晕目眩中迷失了一会儿。

等她睁开眼，发现赖安在几英尺开外的地方徘徊着，看着我们。

"我不是她。"艾迪说，我们的脸痛苦地扭曲着，"我不是伊娃。所以，你别再这样了。别再——"

她流泪了，这会儿是真的流泪了，泪水真真切切地淌在我俩的脸颊上。赖安踌躇着，可艾迪恨恨地瞪着他，最后，他只好退回到角落里去。

我能够感觉到艾迪把自己隔离起来，缩在一个空旷寂寥的地方。一个安全之地，寂静、冷清，没有任何感情。我俩的胸口一阵疼痛，呼吸也变得断断续续。一阵罕见的风刮过来，卷起围墙下面的尘土，打着卷儿吹到我俩的鞋子和短袜上。

艾迪。我轻声唤她。我的声音透过她自己竖起来的监狱的墙缝飘了过去。我感觉到她躲在里面发抖，把自己包裹得严严实实，想把我挡在外面。艾迪。我理解你。真的，艾迪。我懂。

如果艾迪丧失了控制力，我就会变成她，她会变成我现在这个样子——被禁锢在我俩的头脑中，只能看着、听着，却无法自由行动。我完全理解那种感受。

我不想强求任何事情。我说，艾迪？你听见我说的话了吗？我永远不会，永远都不会。

艾迪什么也没说，只是面无表情地看着围墙外面。有几辆样子古怪的车停在大楼附近，稍远一点的地方停着一辆黑色的货车，除此以外，别无他物。诺南德的后院可不像它的前院那样整洁漂亮，仿佛一颗绿宝石。一个送货的男人正从一辆货车的后面往下搬一些箱子，他把头上的帽子压得低低的，这样才能遮挡毒辣的阳光。他活动了一下肩膀，伸了伸胳膊，又张开双手咔吧咔吧地弯了弯指节，然后才抱起一只大箱子走到车厢的侧门旁边。这样一来，他离我们就只有几英尺之遥了。

我们俩默默地看着他。关注他，我俩就不必关注对方了，就可以不必小心仔细地琢磨着对方的心思而说话了。

咱们可以等，艾迪。我说，我不介意。

你当然介意。她的话撕碎了我俩之间本来就很脆弱的和平与宁静。我的心口一阵发紧。她闭上了眼睛。你想行动自由。你想拥有控制力。你想——只要他在旁边你就想掌控咱俩的身体，而且——她深深地吸了口气，我们的肌肉因为四肢紧张而感到一阵疼痛。她说，而且，我——

有东西撞到铁链上，发出哗啦啦的响声，打断了我俩的思绪，让我们猛然回到了身边这个现实的世界：院子，炎热干燥的空气，手里抓着的铁链。铁链拉起来的围墙。有什么东西碰到了铁链上——一块方形的东西——硬纸板，被风刮来的。我们弯腰想抓住它。还好，我俩的手很小，刚好能穿过铁链之间的缝隙，抓住它之后，我们赶紧缩回了手，粗糙的铁链把手刮得生疼。

艾迪没说完的那半句话还在我俩心头悬着，像一阵轻飘飘的烟：而且，我——；而且，我——

这半句话会永远就这样悬着了，永远不会说完了。我俩看了看手中的硬纸板，上面用黑色签字笔潦草地写着几个字：

艾迪，伊娃。
我们想帮你们逃出去。

艾迪抬起头，没有人。什么也没有，只有那些车和人行道，还有——那个邮递员，他这会儿已经马上就要走到大楼跟前了。

他看见我俩在看着他，于是他笑了笑。

逃离诺南德

27

午饭时戴文没有坐在我俩旁边，我不能确定他这样做是为了让护士满意还是让我俩满意。不，是让艾迪满意。因为艾迪不是我，我也不是她，这倒也好——只是现在，我俩之间感觉如此生疏，我甚至害怕我们会立刻撕裂，一分为二。

我们把那张硬纸板扔了。拿着它太危险。艾迪先是把它藏在了衬衣下面，等进了房间之后，又用水把上面的字迹抹得一塌糊涂，然后塞进卫生间的垃圾桶下面。她本来要把它冲进下水道，但那样恐怕会造成管道堵塞。

艾迪，伊娃。
我们想帮你们逃出去。

护士拍着手，让大家起身到门口去排队。我看见戴文瞟了我俩一眼，只一眼，不过他的表情并没有透露什么，然后，他就看向了别处，我也不能再做什么去引起他的注意了。我和艾迪仍不时地感到眩晕，如果起身太快，会觉得整个世界都是倾斜的。四肢很痛。一夜之间就出现了很多青紫的瘀伤。胳膊上，腿上，还有头上缠着绷带的伤口周围，到处都是青一块紫一块的。

戴文站在队列前面，于是我俩向后面走去。其他孩子还是不理睬我们。我们俩看上去一定是糟透了——应该很吓人吧。被扔下没人搭理，我倒是有几分高兴。我们已经背负了太多，没心思再顾及这些了。

邮递员，我们第一天来这儿时见到的那个小伙子，就在我们最初到诺南德的那几分钟里见过他。当时，他盯着我俩看，我们还以为是因为我们是双生人，所以他才对我们那样感兴趣，好像中了邪似的。但是，或许正是因为我们是双生人才会有——

逃离诺南德

我们想帮你们逃出去。

但肯定不只是我们俩。他的意思是所有的人，所有的小孩。那么，他为什么偏偏要和我俩接触，又为什么是现在呢？

他说"我们"，那又是指谁？

这要紧吗？要是有人打算帮我们逃出去，用得着去管他们是谁吗？

我俩闭上了眼睛，杰米在地下室哭泣的样子在我脑海中闪现。

他走了。他们把他切除了。他没了。他不见了。

科尼温特在学习室，铅笔戳到了我俩的手。

"今天做手术再理想不过了。"

我们要逃离这个地方，无论逃到哪里都行。更重要的是，要带上丽萨和哈莉一起逃，免得太迟。

我们前面的一个小女孩走着走着停了下来，我俩撞到了她身上。她转过身来，看了我俩好一会儿，冲我们皱着眉头，又指了指护士。护士正停下来和一个护理员说话。小女孩的头发是我们见过的最淡最淡的金黄色，她大概十一岁，和凯蒂一样大。要是在平时，我肯定会觉得她很漂亮。可现在，我只是尽力让自己不要去想象这样的景象：她被关在地下室，和杰米一墙之隔，哭着去捶打房门，或者，她躺在手术台上，羽毛般轻软的头发被剃光了一半，亮出头皮等着手术刀。

突然，有人抓住了我俩的手腕，艾迪差点大叫起来。感谢上帝，我俩没叫出声来，因为当我们转过身时，看到的是邮递员男孩的脸——淡蓝色的眼睛，尖鼻子，乱蓬蓬的刘海——他竖起手指放在嘴唇上，把我们拉到几码以外的大厅里，然后推着我俩进了一扇半开的门。

这是一个类似于储藏间的地方，四周全都是摆满洗涤液的架子，我俩被夹在墙角的一只拖把和另一个墙角的一把笤帚之间。所有的东西都有股怪怪的气味。

"我们的时间不多。"邮递员男孩低声说道。他的身子向我们倾过来，似乎并没有注意到艾迪在躲着他，还差点儿踢翻了一瓶玻璃清洗液。这间屋子里唯一的光是从他关上门后打开的一支笔形小手电里发出来的。他叫道："艾迪？"

"我听着呢。"艾迪说。手电的光照着我们俩的脸，她眯起了眼睛。男孩把手电拿开了。艾迪问道："你是谁？"

男孩似乎忘却了一切——这狭窄的角落，被抓住的危险，他似乎都不在乎了，竟然咧开嘴笑了起来。我们在昏暗中看见了他的牙齿。

"杰克逊，"他答道，"我不应该和你们说话的。我真的不

249

逃离诺南德

该——彼得要是知道了准会杀了我。可是塞宾娜认为应该让你们知道。"

"知道什么?"艾迪问道。储藏室里热得要命。我俩使劲忍着才没去推开这个挡住了门的家伙,跑出去凉快凉快。他实在太瘦,瘦得皮包骨头,所以待在这个储藏室里,还不至于和我们有身体的碰触,可是他很高,简直就是赫然耸立在我俩面前。艾迪不得不向上仰着头才能看到他的眼睛,这倒时不时地让我们想到这里的天花板有多低了。

"要心存希望。"他——杰克逊——说道,"你们一定要心存希望。"

心存希望。好奇怪的说法。

心存希望。

"什么?"艾迪问道。

杰克逊急促地吸了口气,好像这样能给他加把劲儿似的。"我们一直在观察诺南德,已经有一段时间了。我们打算救你们出去。"

"你们是谁?"

"艾米利亚把我们叫作地下组织。"杰克逊说着,竟还大胆笑了起来,好像我们还有时间开玩笑似的,"我觉得——"

"我对你们的组织叫什么名字没兴趣。"艾迪说。

也许咱们还是不要惹毛了他为好,艾迪。我说。不过,杰克逊似乎一点也没觉得难堪。事实上,他一直都在笑。他的笑容就像一根点燃了的火柴,从温暖变得火热。

"双生人。"他说,我俩顿时心头一跳。

我们。他也是双生人吗?这个我们一直以为他拿我们当怪物看的人原来也是我们一伙的?

"彼得——他是我们的头儿。他以前就在做这些事——救孩子们出去。他曾经有过针对诺南德医院的计划，可惜落空了。他以为能帮上忙的那个人，"他的脸色阴沉下来，"嗯，她栽了。"

救孩子们出去，计划，彼得。

我们还没来得及细想这些，杰克逊就告诉了我们更多的事。"他现在正在重新计划，要做些改变，这次他想低调一点，所以，我其实不该和你们说这些的。但是我知道——我知道是怎么回事。"他不再笑了，脸上一点笑容都没有了，这让他看上去大了好几岁，"我就是想告诉你们我们来了。你们只需要再等一等。你们要心存希望。"

我们俩又开始头晕眼花了，也许是因为这个角落太过逼仄，也许是因为昨天那狠狠的一摔，也可能是被这个邮递员男孩向我们脑袋里灌输的这一大堆信息弄晕了。也许，三者都有吧。

"他们把小孩们的大脑切开。"艾迪终于开口了。这是我们目前知道的最要紧的事，面对着这么多混乱迷惑，我们得先挑出重要的信息。她看着别处，继续说道："而且，他们给每个人接种的疫苗……就是给婴儿们打的疫苗——他们在那里做了手脚，让很多人失去了自己的另一半灵魂。还有……对于有些孩子，他们决定谁占主导地位谁不占。他们来选择让谁活下去——"

杰克逊把手放在我俩肩头，艾迪看着他的眼睛。他说："我知道。"

"你们的人打算制止这种事吗？"艾迪躲开了他的手，"那个地下组织是不是要改变这一切？"她故意用变了调的声音说他刚才提到的那个名字，有点儿调侃他的味道。

"我们是在努力，"杰克逊答道，"但这还不够，根本不够，艾迪，"他平静地说了一句，"相信我，好吗？我——"

"可我甚至都不认识你。"艾迪说。他举起手，示意她压低声音，他的眼睛瞪得大大的。

"你会的。"他说着，就像这是一场合法的辩论。

我们必须相信他。我说，任何地方都比这里好，艾迪。任何地方。

杰克逊又露出了他那令人恼火的笑容："你还有那么多不知道的事——不过你都会知道的。现在首要的是你们赶紧从这里出去。"

艾迪瞟了他一眼。我们俩很难受，也厌倦了去了解我们不知道的事情。到现在为止，那些我们不了解的事都不是什么好事。可艾迪又问道："什么是我们不知道的事？比如？"

"比如——"他犹豫了，可艾迪瞪着他，他只好继续说，"比如，政府希望你们认为美国与世上其他的国家非常疏远，但其实并没有那么疏远，这究竟是怎么回事。"他不等艾迪打断他就继续匆匆说道，"现在我们没时间深入谈论这个话题，但我发誓，有一天咱们可以尽兴地谈。你们只需要再等一等就好。"

我感觉到艾迪还打算坚持让他解释自己说的这番话，可杰克逊是对的——我们没有时间了。注意听。我说，他在告诉我们逃出去的办法。

我俩的嘴唇抿紧了，艾迪把她的问题咽了回去，她说："我们没时间再等了。那个女孩——我的朋友——她已经被安排好要做手术了。也许就在今天，或许是明天。为什么不能现在就逃走呢？比如今晚？"

"所有的侧门都有报警器，晚上也都会上锁，"杰克逊说，"你从里面打不开，进不来也出不去。唯一的通道就是正门，可那里一直有上夜班的保安。"

我们都默默地倒吸了一口冷气。本想再说下去，可是没时间了。护士随时都会结束她的谈话，其他小孩也会发现我们不见了。

"要是我们破坏了报警器呢？"艾迪问道，"那样是不是也能同时打开侧门？"

杰克逊又咧嘴笑了："不。但那样我们就有时间破门而入，不用出动装甲部队了。怎么？你是个电子天才吗？"

"不，"艾迪说，"可我认识一个人，他是。"

我们从储藏室走出来，微微有点头晕，杰克逊跟在我俩身后。护士还在大厅里和护理员聊着天。其他孩子大致站成一队，有些在小声说话，有些只是无精打采地靠墙站着。

我们离开了多久？三分钟？四分钟？难道就没有人——

不，有人注意到了。戴文发现我们不见了。他冲我俩皱着眉头，直到艾迪竖起手指放在嘴唇上示意他不要吭声，他才把目光转向别处，假装他没看见我们。

我们回头看了看杰克逊。他在笑，艾迪咧开嘴巴学着他的样子笑了笑。我们定好的计划被匆忙地缝合在一起，是根据现场的决定制定的，没有多少悬念。基本的框架是合适的。我们要做的是填补剩下的内容。我们没时间再去忙别的什么事了。丽萨和哈莉没时间了。

艾迪转过身，匆匆跑回队伍中去。

28

　　科尼温特在我们学习的时候把艾迪和我与其他孩子隔离开，让我俩坐在靠近他的地方。每过几分钟，他就抬起头看看我们，以确保我们俩是在做功课。要是超过一两分钟我俩没有写字，他就要咳上几声。也许他认为我俩在做数学题的时候更安全些，他会觉得这样是在给我们找点事做，当我们脑子里塞满矩阵、钝角三角形和连续的除法时，大概就顾不上去想什么逃亡计划了。

　　如果我们不是双生人，这种想法恐怕也没错。可在我们俩之间有一部分共用的大脑，我们一边做着数学题，一边在那部分共用的空间里全心全意地盘算着一些重要的事情。

　　在清洁工的储藏室里，杰克逊把他们的计划大致给我们说了说。地下组织有货车，还为十五个孩子准备了机票和假的身份证。他们备齐了我们逃离医院后所需的一切。但前提是我们得先逃出来。

　　我们没有偷偷扭过头去看戴文——科尼温特肯定会发现的——但我们刚一进来的时候看见他坐在那里，我能感觉到他的存在，就像能实实在在感觉到我俩脚踝处的那枚硬币大小的芯片一样。它现在应该发出持续的红光，但是它被藏在鞋帮侧面，卷在我俩的黑色短袜里，没人能看见。

科尼温特坐在他的书桌旁，不时地变换着姿势，他在填一些表格文件之类的东西。评审团今天没有露面，我在想他们是不是走了，不会再来了。

不是的。艾迪说，那个男人，是他挑的哈莉和丽萨。他会留在这里。

学习室的门开了，响起一阵鞋跟踩在瓷砖地板上的咔咔声——这是在过道里，等那人的脚步踏上地毯，声音就消失了。我俩抬起头，迎上了莱安纳医生的目光。她站在门廊处，好像站在相框里，只见她脚穿一双轻便黑布鞋，身上是无可挑剔、平整得没有一丝褶皱的衬衫和半身裙，外面套着医生的白大褂。很漂亮，几乎可以说很优美。一个曲线玲珑凹凸有致的女人。她向科尼温特的书桌走去。

艾迪和我做完了作业，用眼角余光偷偷瞟着他们。他们说话的声音很低，但科尼温特离我们只有六七英尺远，即使我们听不清他说的话，也能听出来他声音里的紧张不安，而且越来越强烈，直到他终于重重地放下手中的笔，就像法官重重地敲下手里的小木槌一样。他直勾勾地瞪着我们俩。

我们俩仿佛失去了理智，竟也回瞪着他。

"艾迪，"他的声音听起来仍然充满危险的味道，"你昨天没有验血，莱安纳医生现在带你去。"艾迪没有立刻站起来，于是他又说，"现在就去，艾迪。"

我俩站起来，丢下铅笔和数学题，跟着莱安纳医生出了门。现在她身上有我们需要的东西，她必须告诉我们一些具体的信息。我俩的脑海里一直盘算着我们的计划。

"你好。"我们在那间小小的体检室坐下后，艾迪静静地和她打了声招呼。这是我俩今天早上和莱安纳医生说的第一句话。这间房子里几乎所有的东西都是白色的：墙，地板，还有把我俩和莱安纳医生隔开的小桌子。我们就像一个蓝色的斑点，落在一把椅子上。放在我们和医生之间的机器是灰色的，一个精巧的新奇玩意儿，大小和打字机差不多，里面装着一些小玻璃瓶，透过银色的网格能看得到。这些玻璃瓶连接着塑料管，塑料管从机器里伸出来，弯弯曲曲地一直伸到桌子上。

莱安纳医生关上门后，这间房子显得更小了。当然，和杰克逊一起在储藏间待过之后，这根本算不得什么，只是觉得我们俩和医生似乎都占据了太多空间，尽管她很瘦，而我们俩也不算高大。

"把胳膊给我。"她说。她的声音依然威严独断，不容违拗，双颊也依然苍白。艾迪照办了。

我们从小就做过太多的血液测试，针头早已不会再让我俩担惊受怕。冰凉的针头扎进去了，血涌出来，流进管子里，再滴入小玻璃瓶，整个过程中，艾迪没有丝毫的退缩。有好长一段时间，我们谁都没说话。皮下的针头几乎没有造成痛感。我们看着第一个小玻璃瓶满了，然后其他几个也满了。莱安纳医生坐在我俩对面，也懒懒地看着机器。

"你们在争论什么？"艾迪问道。莱安纳医生的注意力迅速回到我俩身上。

"谁？"她问。好像我们说的还会是别人似的。

"你和科尼温特先生。"

莱安纳医生用一支棉签压在我俩的胳膊上，然后拔出了针头。"没说什么，艾迪。再说，那也不关你的事。"

"是关于杰米吗？"

"不，"莱安纳医生答道，"不，不是关于杰米的。压住胳膊。"

艾迪照办了，但并没有把目光从她身上移开，而是看着她从身后抓起一把乱糟糟的电线。这些电线一头连在另一台灰色的机器上——比刚才那台大——另一头连在一个无檐帽似的东西上。

"是关于哈莉吗？"我突然问了一句，连我自己都惊得发抖了。我有控制力？这可不是计划中的一部分啊，而且我也没想要这样做。我本来是想等着艾迪去问她的，可艾迪半天不吭声，我又急着想知道。"哈莉安全吗？"这太傻了，简直是我问过的最傻的问题，哈莉当然不安全，于是，我只好不住嘴地说："他们还没下手吧？他们还没有——还没有给她做手术吧？"

莱安纳医生的脸上毫无表情，那样平淡、苍白、冷漠。她的淡然像道格栅一样将我挡开了。她怎么能这样淡定呢？

"是的。"她终于说了一句。我俩一阵欣喜，如释重负，全身似乎都要软瘫了。

我感到自己的控制力正在溜走，就放松了，由它去，可这时艾迪突然说道，不要，伊娃。控制，控制住。继续和她说话。你能做得比我好，我知道。

可是——

你行的，伊娃。

"她在哪儿？"我努力克服着浑身的虚弱感，问道。莱安纳医生看着我们，我不得不硬撑着，调整呼吸，重新掌控我俩的身体，这样我才能再次张嘴说话。"他们把她关在哪儿了？

在地下室吗？和杰米在一起吗？他们计划什么时候做手术？"

"这不是你该知道的事。"医生答道。

"怎么不是？"我俩的声音颤抖着。莱安纳医生手里拿着一瓶清澈的液体。她握得那样紧，指关节都发白了。"如果事情最后变得就像杰米那样，我的一个朋友就要死了，另一个也要变得痴痴呆呆了——我总该知道这种事什么时候发生吧？"

"很可能不会发生，"她低声说道，手里的塑料瓶被她捏得变了形，"杰米很幸运。"

一股冰冷的东西从我全身穿过，从头到脚，从一个指尖到另一个指尖。"你这话是什么意思？"

她没有说话，也不再看着我们，甚至仿佛不再呼吸了，像块石头似的一动不动，像块水晶石。

"被他们做了手术的其他那些孩子，"她说，"一个都没有下得了手术台。杰米……杰米是唯一一个活下来的。"

她开始有条不紊地开启手中的瓶盖，可是手抖了一下，瓶盖掉了，她到处搜寻着。

我一把把桌上的瓶子扫到了地上。

它们在瓷砖地板上叮当乱响，清澈的液体泼洒出来，随着瓶子翻滚到墙角，画出一道凌厉的弧线。空气里顿时充满了酒精那辛辣刺鼻的气味。

"帮帮我们。"我说。这已经不再是祈求了。

莱安纳医生一动不动，眼睛盯着自己的手。我努力让自己回忆起地下室的那个女人，坐在杰米的房间里，她怀抱着杰米时脸上的神情，还有她抱他的样子。

"你能把杰米弄出去。"我说。她没有作答。我深深地吸了口气，又说："有人……有人会帮我们逃走。他们也会带上他。他会很安全。"这是我唯一能想到的——只有这样说，才能让她觉得事态重大，才能让她震惊，才能让她看着我们，认同我们。

这番话真的起了作用。她猛地抬起头，嘴巴微微张开，脸上也有了一点血色。她的表情出现了奇怪的变化——不是困惑，而是恐惧。

然后，她说话了，她的话仿佛是来自梦中一般："你和彼得谈过了？"

我俩的四肢发软了："你知道彼得。"

我们仿佛看见莱安纳医生裂开了，碎成了一片一片。刚才走进这间房子的时候感觉它似乎太小，我们和医生都占据了太多空间，而现在，这个女人似乎不再占据任何空间，她就像想象中虚构的人物一样不真实，似乎是透明的。

"他是我哥哥。"

我撑不住了。我没法接受眼前的一切，没法让我们俩还能这样站着，没法让我俩的心脏还能跳动，肺叶还能呼——吸——

可我必须撑住了。必须。因为现在是我在掌控着我们的身体。

"他是你哥哥？你的哥哥是个双生人，而你却在这里工作？"

"我告诉过你，我是想帮你们的——"她的声音重新恢复了坚定刚毅。

"那就帮啊，"我叫起来，"帮帮我们。现在就行动。帮我们逃出去。"酒精的气味刺激着我们的眼睛。"你要是不帮我们逃出去，莱安纳医生，"我声嘶力竭地说道，"那你就是在帮他们杀害我们。"我瞪着她，她把目光转向了别处。我抓起她的手，问："哈莉是不是在地下室？"

最后，她终于点了点头。只点了一下。

等我能再次喘过气来，能勉强直起身子，并且能口齿清楚地说话时，我努力让自己的声音变得坚定、强大，不容拒绝："门上都装着门禁，我需要密码。"

房子里一片寂静，只有呼吸的声音。我们俩的呼吸，还有她的呼吸。短浅而急促，十分急促。坚硬的木质桌子，不舒服的椅子。莱安纳医生面部的轮廓，她的薄嘴唇，她额头上疲倦的皱纹，还有她那双淡褐色的，淡褐色的眼睛。

她告诉了我们密码。

逃离诺南德

29

我试着留住我的控制力，努力留住它，奋力留住它，我也知道，艾迪没有和我争。可它终究还是溜走了，就像从指缝中流走的水一样。我累极了，累得简直不想再拥有它。或许让艾迪重新把它收回去我倒觉得有几分解脱，让她控制吧，我也好免受其累。

于是，艾迪又回来了，她把持着让我俩度过了这一天剩下的时光。到了本该游戏的时间，活动内容却变成了各自读书——这大概也是因为我俩的缘故。其间戴文和我们交换过几次眼神，是艾迪和他的目光接应的。我们从他身边走过时，也是艾迪悄声告诉他：熄灯后注意看你的芯片。

戴文只是点了点头。晚上，艾迪从我们的房间悄悄溜了出去，我们没等多久就在过道里发现了他。

我们坐在大病房的一张桌子旁，艾迪开始讲述一切。发生了那么多事，似乎我们根本无法把它们一件一件全都转述清楚。但艾迪做到了，戴文提出很多问题，艾迪一一回答了，有时，她会有点踌躇，但她尽最大的努力保持冷静，让自己的回答准确、可信。她和戴文说话的时候都不看对方。他们俩都把各自的芯片拿了出来——否则大病房里就是昏黑一片——现在所有的东西都映出一抹柔和的红光。

"那么你能做到吗？"艾迪问着，终于看了一眼戴文。他一动不动地坐在那里，瞪着远处黑洞洞的地方。"你和赖安能把报警器废了吗？"

他皱起眉头："咱们是不是要做得看不出来？要保持原样吗？"

"只要弄坏了就行。"艾迪说。

"那就可以。"他说，"只要能摸到接线盒，我们就可以关闭所有的东西。灯，警报，或许连安全摄像头都能关掉。"房子尽头有一扇门，他朝那边看了看，缩进了阴影里："咱们先得从这里出去。"

"我已经让杰克逊去给咱们弄一把螺丝刀了，"艾迪简短地说，"门把手很容易就能卸下来，和丽萨门上的一样。"

然后，坐在我俩对面的成了赖安，不再是戴文了，他微微笑了笑，只是微微地。可我知道，那正是他特有的翘起一边嘴角的微笑，是我日夜思念的微笑。

"咱们明天晚上就行动。"艾迪说。赖安的笑容消失了，因为我们不得不明晚就行动。没时间再等了。

在我们的一再追问下，莱安纳医生说出了哈莉和丽萨的手术被安排在后天。

"要告诉其他人吗？"艾迪问。

"暂时不要。"赖安说。他摆弄着他的芯片，把它在桌子上推来推去，要不是他的手指明显是在用力，他那副样子很可能被人误以为是心不在焉了。"一直等到非说不可的时候再说。因为咱们不清楚他们是不是能保守秘密。"

艾迪点点头。不让其他孩子知道这么大一个秘密，这似乎有点让人内疚不安，可拖一拖似乎是最好的办法。十一岁左右的孩子很可能会走漏风声的。

布丽姬特——布丽姬特就是肯定会走漏风声的一个。到时候她会不会和我们一起走都成问题。布丽姬特长着一双神情冷漠生硬的灰眼睛，一张刀子嘴，还有两只永远交叉着抱在胸前的胳膊。她总是气哼哼的，却十分肯定自己会被拯救，会被治愈。藏在她身体里的另一个人是谁呢？到了我们逃亡的时候，那个隐性的灵魂会强大到足以代替她吗？她会愿意吗？

"那么，我想咱们该说晚安了。"艾迪说着，把我俩的芯片握在手中。红色的光从我俩指缝间漏出来，照亮了我们的手。"回头见——"

赖安不再摆弄芯片了，他抬起头。"谢谢你，艾迪。"他说。他看人的方式总是让被看的人觉得自己很受重视，觉得自己很重要。我以前就感受到了，感受过很多次，现在，艾迪应该也有同感。她呆住了，坐着没动。"谢谢你，在你们都被关起来的时候还去查看丽萨的安危。如果你不管她，我们根本不会知道有关她手术的事。"

艾迪低下头，手里捏弄着睡衣的下摆："也不只是我一个人，也有伊娃。"

主要是你。我说。

"我知道，"赖安说，"但那也是你的功劳。"他笑了，可是带着点忧伤："所以，谢谢你。而且，我为以前的事道歉。"

我俩的手局促不安地放在大腿上。艾迪在椅子上扭来扭去变换着姿势。

"我们会把她救出来的，"最后，她说，"我们要救出所有的人，离开这里。"

　　第二天早上，在护士按照惯例来叫我们起床之前，我俩就起来了。昨晚我们俩溜进溜出，凯蒂倒是躺在床上连翻身都没怎么翻，现在，她还没有醒来。艾迪也没做什么，只是坐在床边。几天前，我们也总是在这个时候醒来，走到窗边，看着阳光一点点爬进来。就在那里，我们感受着从窗外透进来的热气——那会儿诺南德的空调还没有把热气驱散。我们就在那里看着医院外面的世界，虽然只能看见一点点。

　　可现在，窗户上都钉上了厚厚的木板条，一直钉到墙里。一丝阳光也透不进来了。

　　不过，明天早上，这些都无所谓了。我们今晚就要离开这里。

　　杰克逊告诉过我们，他今天还有一个包裹要送给科尼温特，他编了个理由把送东西的时间从早上推到了晚些时候，趁机把螺丝刀塞给了我们。在回自己的房间之前，我俩还得想办法把它藏好。可是，我们也不能一整天都揣着一把螺丝刀啊。因为我们没有口袋，所以这东西成了个烫手山芋。也许我们可以趁着在学习室的时候把它藏在那里的某个角落，可是等到洗澡、刷牙、换睡衣准备上床睡觉的时候又怎么办呢——所有这些事都要在更衣室里完成，旁边总有别的女孩，门口还守着个护士。

　　但我们还是想办法把它藏好了。我们必须如此。

　　评审团今天回来了，但不再像以前那样盯着我们。我想，我们今天可以观察他们了，就像能在动物园里待上一天一样。我们从他们身边走过，在体检室里瞥见他们，多数时候他们是和科尼温特在一起，有时候也和温德尔医生在一起。医生们似乎在给评审团的成员们展示诺南德使用的机器。有一次，我们看见评审团的一个男人带着一名护士进了一间房子，并且关上了门。是要和她面谈吗？还是调查询问？

不管是什么，反正护士们都紧张起来，科尼温特也格外忙乱。杰克逊在晚饭前来了，他拦住带我们穿过大厅的护士，告诉她说，他刚才去了科尼温特先生的办公室，可是没找见他。他一直拖住护士，让艾迪有足够的时间从队伍的前面——那是护士能随时盯着我俩的位置——悄悄溜到最后。

我们这才发现杰克逊原来是个了不起的健谈的家伙。护士最后终于说服他，让他明白这会儿他不能去打扰科尼温特先生——他必须等着，或者过一会儿再来，再说我们要去吃晚饭，已经晚了——这时，护士已经急急忙忙，很不耐烦了，她匆匆带着我们向餐厅走去，没有再查看身后的队伍。

杰克逊走过赖安身边的时候和他对看了一眼，然后两人都立即走开了。艾迪等其他人重新开步走的时候故意落在了后面，杰克逊经过时，她稍稍把手伸出去了一点。杰克逊比我俩高得多，他得侧一下身子才能把手里的东西给我们。我们俩的手触到了螺丝刀那冰冷锋利的金属刀头，还有一张薄薄的地图，那是杰克逊画的通往维修室的地图，赖安就要去那里破坏报警器。我们紧紧地握住了这两样东西。

我们的这一连串动作没有超过三秒钟。艾迪没有扭过头去看着杰克逊一直走到大厅里，尽管我俩能听见他的鞋子踩在明光锃亮的瓷砖上发出的轻微的吱嘎声。她加快脚步追上队伍的尾巴，把螺丝刀塞进裙子腰间的松紧带里。地图有可能会掉出来，于是，她弯腰把它卷进我俩的短裤里，挨着芯片放着。

等她直起身来要继续往前走的时候，队伍里的一个女孩却停下了脚步。她看着我们，头上金发编成的小辫子像蛇一样地盘在她的肩头。

布丽姬特。

她看见了？

"怎么？"艾迪说，"我的袜子滑下去了。"

布丽姬特的眼神让人难以捉摸。她说："你应该站在队伍前面。"

"嗨，你们两个小姑娘！"护士终于发现自己队伍里有两个人站住不走了，"赶快跟上。艾迪，回到前面来。你知道你不该走在后面的。"

艾迪镇静地从布丽姬特身边走过，那丫头却死死地盯着我们迈出的每一步。

266

30

　　晚饭后，他们派莱安纳医生到学习室看着我们，以前可从来没让她来过。按照惯例，科尼温特不去餐厅，莱安纳医生也不去学习室——不是作为看管者去那里。

　　可是今天，科尼温特和护士们都不见了，不知去了哪里，我们被丢给了莱安纳医生。她不再是我们俩在体检室里见到的那个仿佛碎成了片的女人，现在的她已经收拾停当，重新变得生硬、冷酷，浑身上下充满了职业的气息。但她的脸上多了一层寒光，仿佛瓷器上的那层保护釉，这是以前没有的。她的眼里也透出几分空洞茫然，这让孩子们比和护士在一起的时候胆大放肆了一些，更不用说和科尼温特在的时候相比了。按说我们该安安静静地玩那些已经玩得烂熟的棋类游戏，可渐渐地，大家就开始小声说起话来。莱安纳医生一言不发，呆呆地坐在门边的椅子上，这样一来，说话的人更多了，整个房间都是一片聊天的声音。

　　戴文走过来坐在我俩旁边，艾迪没有抬头。我俩坐在地上，被近旁的桌子和几把椅子挡住了大半，离我们最近的人足有六七英尺远，那是卡尔。

"你们，都弄好了？"戴文用他特有的方式问道。他说话总是这样，把一句话弄得听起来没头没脑的，让人不知道问的是什么，答的又是什么。

艾迪点点头。卡尔抓了一摞卡片用它们来搭房子，搭了拆，拆了再搭，纸房子倒下的时候，他不再吓得往后缩了。他的动作还是有点呆滞笨拙，但眼神变得比以前清亮了，也更警觉了。这是不是说明他们停止给他用药了呢？

无所谓。我说，他今晚也和我们一起走。

那么，但愿他一切都好，但愿他会康复。他可千万不能再受到什么可怕的伤害了，若是再有什么，他恐怕就再也治不好了。

艾迪看了看房子前面挂在门框上面的钟，七点四十五分。用不着等太久了。

她去哪儿了？

我愣了一秒钟才反应过来艾迪问的是谁。但那把空着的椅子已经说出了答案。

"艾迪？"有人在身后叫我们，凯蒂拿着一盒棋子，破旧的盒子在她手里都快成碎片了，"要玩吗？"

艾迪拍了拍我俩和戴文身边的空地，笑着答道："当然。你来摆棋盘好吗？"

凯蒂点点头。艾迪又看了一眼莱安纳医生的空椅子。

"看那边。"戴文侧过头对着我俩的耳朵说道。我发现凯蒂从棋盘上抬起眼睛飞快地看了我们一眼。"科尼温特的桌子旁边。"

只见莱安纳医生正在科尼温特的桌子旁转悠。其他人若不是像我们这样一直关注着她，准会以为那就是她的桌子。可现在我们知道怎样读懂莱安纳医生了。我们是双生人，我们身边也都是双生人。我们已经学会了去看懂每一个声音、每一个动作、每一个表情中的变化。我们看见她拉开一只抽屉，拿出一个小硬纸盒，她的双手紧张得发抖。

"她在干什么？"艾迪悄声道。

戴文没有回答。他盯着莱安纳医生，只见她打开了盒子，从里面取出几个小一点的白色的容器放在一边，然后从盒子底层摸出一张纸来。

"是包裹。"他说。

他说得没错。我们俩只能认出那上边贴着邮票。这肯定就是杰克逊早先送来的那个包裹，就是在他塞给我俩螺丝刀和地图的时候，也是他缠住护士问科尼温特在哪儿的时候，因为只有科尼温特能签收包裹。

为什么只有他能签收？

因为那是私人物品吗？艾迪问道，一边看向了别处。

那为什么非要送到这儿来？我说，如果是私人物品，为什么不送到他家去？

凯蒂摆好了棋盘。她挑了一枚棋子，放在了"开始"的位置上，然后抓了一把棋子给戴文，他挑了一枚，放在了凯蒂的棋子旁边。

莱安纳医生还站在桌边，眼睛上上下下地瞄着那张纸。艾迪扭头让凯蒂开始，这时，门开了。艾迪顿时紧张起来，差点儿喊出了声。科尼温特已经站在了门口，不过，他正在转过身和后面的一个男人说话。

是詹森。

我俩的眼睛迅速回到了莱安纳医生身上。她当然也在看着门口。一瞬间，她就把那张纸塞进了白大褂口袋里，然后跨了一步，用身子挡住了包裹。

两个男人瞅了她一眼，科尼温特点了点头。她也点头回应了一下，神态自若，就好像是在房子里巡视孩子们累了，正靠在桌边休息呢。

可是科尼温特皱起了眉头，即使是这会儿他正在和詹森说话。过了一会儿，他示意詹森进到学习室里面来。他们边说话边走近了他的书桌和莱安纳医生以及那个我百分百确定她无权查看的包裹。两个保安也跟着要进来，却被门挡住了。或许詹森现在需要有人保护，把他和我们这些孩子隔离开，也可能是莱安纳医生已经有麻烦了。

不要紧，伊娃。艾迪不等我开口就先说道。我俩的眼睛在科尼温特和莱安纳医生之间来回瞄着。坐在我俩身边的戴文却一动不动。

当然要紧了。我说，他会发现她的。詹森也会。他们会——我不太确定他们会怎样，但他们俩不管是谁先向她发难都不会让她好受，而且——

我不在乎。我们管不了，伊娃。艾迪说。对凯蒂，她说："你先走。有骰子吗？"

凯蒂点点头，双手合拢，上下摇着。戴文用眼角余光瞟着我们，可艾迪扭过头一心一意地看着棋盘。再过几小时就要熄灯了，这家医院就要变得空荡荡的了，只剩下我们这些病人和骨干人员，我们也就要逃跑了。

我们也不再需要从莱安纳医生那里得到什么了。她已经告诉了我们地下室那些房间的密码。

可是——

科尼温特和詹森快要走到我们身边了，我俩靠在墙上，大致在他们和莱安纳医生之间。不管怎样，我得拦住他们——这样她才能有时间把东西放回原处。我只要站起来说点什么就行。可是我该说什么才能吸引他们的注意力，给莱安纳医生争取到足够的时间呢？

我眼角的余光看到了红色和白色的东西闪过，那是卡尔用卡片搭的房子又倒了。

卡尔。

伊娃。艾迪用警告的声音喝了我一声。

我不能让他们逮她个正着。我说，她帮过我们，艾迪。咱们欠人家一个人情。

我们什么也不欠她的！

"卡尔！"我坚定地叫了他一声，但从我嘴里出来的声音听上去却没有我想象的那样坚定。戴文抬起头。凯蒂也停止了摇骰子。

"是艾利。"她轻声道。

卡尔听到自己的名字抬起了头，警觉地皱着眉头。我没有意识到刚才自己叫的那一声意味着什么。卡尔。人们最后一次叫他的真名字是什么时候的事了？

"但他不是艾利，"我说，"对吗？"

凯蒂移开了目光，把骰子扔了下去。她的一只发卡松了。"医生们说他是谁他就是谁。"

"不，"我说，"不，凯蒂——"

伊娃。艾迪说道，你这样做让她很危险，你知道吗？如果你让她帮忙但咱们万一弄砸了，有人就会发现她在帮咱们……

丽萨帮了咱们，想想她和哈莉的下场。

我犹豫了。她说得对。可是科尼温特现在离她只有几英尺远了，他正停下来把一个孩子指给詹森看，我看见莱安纳医生紧紧地抓着桌子的边沿。

"卡尔，"我说，"你能帮我个忙吗？"

"你要干什么？"戴文问道。

现在我说话容易多了。虽然每个字都需要我用尽全力，可我都能说出来。"我们必须在科尼温特走过去之前分散他的注意力。莱安纳医生——"

"现在不是替她考虑的时候。"戴文说。

"她帮过我们，"我说，"她告诉了我们哈莉房间的密码——"

他不吭声了，我不等他再开口，急忙对卡尔说道："你能——吸引一下大家的注意力吗？只要几分钟就行。"这时，我突然想到，在卡尔和艾利争斗的时候，他们给卡尔用了药。那么他们可能会再次给他用药。现在，他的眼神才刚刚恢复了清亮——

卡尔蹲着，身下是他的那一堆卡片。他噘起了下嘴唇。他只有八岁，无论是年龄还是体形都比莱尔小，只比露西大一点点。我让他这样做真是疯了，让他担这么大的风险。

我垂下肩膀泄了气。

然后就听到了卡尔的尖叫声。

他的叫声像把刀子，把整个房间都划开了——划得很深，划破了房子里令人难受的死气沉沉，挑破了隐藏其间的混乱。我向后踉跄了几步，凯蒂匆匆跑到我俩身边。戴文两手捂住了耳朵。

整整一副牌都被扔到了墙上，然后是一副棋。卡尔又叫起来。扑克牌飞得到处都是。白的，红的，白的。近旁的几个孩子跌跌撞撞地跑开了。门口的那两个保安瞪大眼睛看着，可是没有动。或许他们不知道怎样以正确的举动对付一个正在尖叫的小男孩。

科尼温特转过身来。

他走向卡尔，我抓起凯蒂的手远远地跑到了墙边。他的嘴紧绷着。詹森待在原地不动。我大着胆子瞟了一眼莱安纳医生。她半转过身，把那些白色的容器塞回硬纸盒里。

科尼温特正要一把抓住卡尔，他却停下不叫了，一低头躲了过去。突然的安静也很刺耳。科尼温特先生的牙关咬紧了。他又伸手去抓卡尔，卡尔又溜掉了。他们互相看着对方，谁都不说话。

科尼温特先生忽然叹了口气，似乎刚才发生的一切只不过是世上最让人抓狂的小麻烦。他转身看着詹森，脸上的表情仿佛在说："小孩子嘛。你能拿他怎么办呢？"

莱安纳医生现在站到了书架旁边，双手垂在身体两侧。包裹已经不在科尼温特的桌上了。

我颤抖着长出了一口气，看了看戴文。他慢慢地靠着墙，手指松开了，平放在腿上。凯蒂使劲捏着我俩的手。我没有立刻低头看她，她就一直拽我俩的胳膊直到我就范。

"什么事?"我悄声问她。但我顺着她的目光看过去，马上就明白了。

科尼温特正在向我俩走过来。

他和我们同时看见了地上那把黄色的螺丝刀。

31

科尼温特什么也没问。他没有抓着螺丝刀追问是谁的。他只是弯腰，捡起来，把它装进了自己的口袋。然后，他冲保安打了个手势，让他们把我俩和戴文带回各自的房间。

我们不肯安静地离开，叫着，挣扎着，又踢又打，戴文在我俩身后也在反抗。可是保安比我们强壮有力，终究还是把我们搡进了房间里——那可恶的安放着沉重的铁床和钉满了木板条窗户的房间。保安把我们扔到床上之后就守在门外，科尼温特却跟着我们进了房间，我很想揍他——我想把他摁到墙上——但是我忍住了。我们俩抓着床沿哭道："为什么？"

科尼温特眼露凶光："因为我想看看你怎么再从这里跑出去。"他说着就朝我俩走过来，我们俩赶紧躲开，一直爬到床头，背靠着墙，可他还步步逼近，"我想看你能不能徒手拆掉窗户上的木板条，艾迪。我想看看你怎么把门撞开。"

"我没打算要跑到哪儿去，"艾迪嘶声说道，"你用不着把我关起来。"

科尼温特在我俩的床边停下来。"还是确保安全吧，"他说，"今天晚上哈莉·穆兰要做手术，你还是给我老老实实待在这儿，哪儿也别去的好。"

我俩靠在墙上，如坠冰窟。

不是明天吗？莱安纳医生告诉我们说手术是在明天的啊。

她说得千真万确，是明天。

"说起来，这还是你的错，"科尼温特不再理会僵在床上的我们，一边转身走开，一边带着半是惩戒、半是失望的口吻说道，"你总是喜欢瞎打听那些不该你管的事。要是你规规矩矩的，哈莉也不会昏头昏脑地去帮你，她也就不会被挑中。"

他关上门走了，留下我俩思索着他的这番话。

我们俩试着去打开窗户。不过，在那之前我们先用尽所有的力气砸了半天门。砸门不成，我们又开始使劲地踹，直到腿都踹疼了，还是不行。他们拿走了床头柜，房子里剩下的唯一的家具就是床，可是那东西太重，没法拿它去砸门破窗。后来，有人在门口大声呵斥我们，让我们不许再吵闹。可能是个保安吧。科尼温特让一个保安留在大厅里看着。这下子，逃跑更是难上加难了。

所以我们最终还是试着去打开窗户。我们把手插进木板条和窗户之间的缝隙里，用尽全力向两边撑，用拳头猛砸木板条中间，想打断它。左手上的伤口重新裂开了，血渗透了白色的绷带。可是，木板条很结实，连个裂缝都没有。

我俩坐回到床上。浑身上下哪儿都疼。我们的芯片躺在薄薄的床垫上，就在我俩旁边，一闪一闪地发出微弱的红光。赖安在他的房间里干什么呢？

我们怎么会把螺丝刀掉出来呢？

一阵自责涌上心头，像碎铁片一样撞击着肋骨，那尖锐的痛楚直扎到心里。我的错，我的计划——我那愚蠢的计划。我们帮了莱安纳医生，是的。可我们自己却丢了螺丝刀，错过了逃出这里的唯一的机会。

我本来以为我已经有掌控身体的能力了，可此刻泪水流了下来，我却根本无法控制，倒像是泪水控制了我。

我为爸妈流泪，他们太害怕，不敢来保护我们。

我为哈莉和丽萨流泪，她们现在多么需要捍卫和呵护。

我也为杰米流泪，对他而言，一切都已经太迟了。

我一直哭泣，直到四肢酸软，头发贴在脸颊上，眼前一片模糊，双手也痛苦地抖个不停。

可是我说：我们不能就这样放弃了。

对。艾迪说道，我们绝不放弃。

心存希望。

心存希望。

此刻，我能感觉到艾迪就在我身边，温暖、坚定，是我力量的源泉。

咱们还有去维修室的地图。我说着，两手抱住头，努力调匀了呼吸，止住了眼泪。只要我们能从房子里逃出去，赖安还是能破坏报警器。

咱们还知道哈莉和丽萨房门的密码。艾迪说道，只要咱们能下到地下室，就可以救她们出来。

只要手术还没有开始，只要还不是太晚。可这怎么可能呢？我不敢相信我们还能行动，还能救哈莉和丽萨，还有杰米和其他所有的孩子——

其他孩子现在在哪儿？科尼温特把我俩关进房子应该已经有一个多小时了。别的孩子这会儿应该都在大病房待着。

他们晚上总得把孩子们送回来的，我说，到时候，他们要开门让凯蒂和妮娜进来。我看着门边那块空白的墙。要是我们藏在那里——

又能怎样？艾迪问道，一把推开保安然后撒腿就跑？就算咱们能跑出病房，还没等跑下这层楼就会被抓住的。

那会儿应该很晚了。我说，大厅里不会有太多人的。人们都回家了嘛。

但保安会马上喊人来，这地方很快会挤满了人。我很清楚这一点，可我又是多么希望事情不是这样子啊！

正当我这样想着，正当我俩的目光落回到地上，肩膀抵着墙时，锁眼里突然响起钥匙的咔嗒声，门开了，莱安纳医生拉着凯蒂的手走了进来。

不等门重新关上，我一下子从床上跳下来，冲到莱安纳医生跟前，一把拉开凯蒂，声嘶力竭地吼道："你撒谎。你骗人。你说要到明天才——"

"计划变了，"莱安纳医生说，"我不知道。"

"你不知道？"

"安静，艾迪。"莱安纳医生仍然穿着她的白大褂，光滑的头发梳在脑后。

"为什么？我干吗要安静？"

"因为如果你大吵大闹，保安就不让我把你带走，"莱安纳医生说道，"他就在外面的走廊门口，如果你继续这样吼叫，他马上就会跑来的。那样的话，我只好把你留下了。"

我看着她，又低头看看凯蒂，小姑娘的眼神怀有希望却又充满困惑，我简直无法用语言描述。

"我给彼得打了电话。"莱安纳医生的口气好像承认自己失败了似的，好像即使到了现在——即使她已经走到了这一步——她还是觉得和自己的双生人哥哥接触是错的，"他知道你们行动的时间。他会来的，就在侧门那里。他们还有货车——"她停下来，看着我们，"我敢肯定，你已经知道了。"我默默地点点头。凯蒂的手抓紧了我。"那个男孩——戴文，他就是你对彼得手下的人提过的男孩，是吗？他能解除警报？"

她这是在套我们的话吗？是不是她通过什么办法发现了我们的计划，现在正打算——我真的糊涂了。可如果她已经知道了这么多，她还用得着问我们吗？

"是的。"我说。

"那就来吧。"她从大褂口袋里掏出一样东西扔给我们。我扑过去接住了它。一把钥匙。"维修室的。你们有地图吧？"我点点头，弯腰把钥匙卷进左脚的短袜里，但我的眼睛一直没有离开莱安纳医生的脸。钥匙贴着皮肤，比赖安的芯片凉。"其他的孩子们在等着呢。咱们的时间可不多哦。"

"其他孩子？"我皱起眉头，"你是说所有的人？也包括杰米和哈莉？"

"不。"医生说。

"那咱们先去救他们，"我说，"不会花太多时间的，你告诉我密码了——"

莱安纳医生摇摇头："没那么容易，艾迪。"

"你这是什么意思？"我说，"当然不会太容易，可是——"

"你不明白。"她说。

"那你倒是给我个解释啊。"

莱安纳医生不再看着我们，她走到钉着木板条的窗户前："我们不能去救哈莉。"

艾迪和我一下子都炸了，我俩心里顿时涌上了强烈的不信任感和一阵愤怒。

"什么?"我气堵喉塞,冷笑道,"我们当然要去。"

她摇摇头:"艾迪,你怎么就不明白呢?你以为这个医院到晚上就空荡荡了吗?你以为大家都收拾回家了,只剩下病人们吗?"

"不,"我说,"当然不是啊——"

"这里一直都有医生。"她的嗓门变高了,"一直都有。护士们也一直都在。到处都有人。"

"对,可是——"

"除非是在给你们当中的某个孩子做手术。"

我不吭声了。我听不下去了。她不该说这个的。可她在说,还在继续说。

"艾迪,人们会去看,会去观摩。不是所有的医生,但他们当中的很多人都要去。评审团的人都会在那里。护士们也会去一些,因为手术室需要她们,因此,大厅里的人会比平时少。我可以对他们说我是带孩子们去做测试。可能有点让人怀疑,但只要他们——"

"不,"我说,"不。"

"哈莉的手术是我们的一次机会。"莱安纳医生说道。

"不。"我没有叫,也没有吼,但我的声音坚如钢铁,"绝不。我们绝不丢下她。还有杰米呢?他也在地下室。你要扔下他不管吗?又一次扔下他不管吗?"

莱安纳医生向门口走了一步,脸上闪过一丝可怕的神情:"艾迪,等你长大了,你会明白有时候你不得不做出艰难的牺牲才能——"

"他们切开杰米的脑袋时你也是这样对自己说的吗?"

她不说了。

没有人说话。

凯蒂的手在我俩手中不安地扭动起来，我过了一会儿才明白她是想让我们松开她。我低头看了看她，但她正盯着莱安纳医生。我松开手，她几步跨过去，走到莱安纳身边，那只刚刚还在我俩手中的小手握住了医生的手。

"带我出去。"她说着，一边仰着苍白的、精灵似的脸，用黑色的大眼睛看着莱安纳医生，"带我出去吧，求你了。让艾迪去地下室好了，你带我们其他人出去。"

32

莱安纳医生似乎永远也打不开赖安的房门。我努力克制着内心的焦躁和紧张，从她手里抓过钥匙自己开。如果我们还抱着在手术之前救出哈莉的希望，那就得动作快点。我俩的胸口也阵阵发紧，我知道，只要能看见赖安，知道他一切都好，就不会这么紧张了。

门终于打开了，他从床上跳下来，还没走出五步我就知道他是赖安，不是戴文。他向我们冲过来，一脸的惊疑，我扑过去，双手搂住他的脖子，把脸埋在他的肩头。我听见他衬衫下面的心跳，怦，怦，怦，和我的心跳一样快。在这个冷冰冰的医院里，他的胸口是唯一让我感到热度的地方。他犹豫了一秒钟——只有一秒钟——就抱住了我。

"伊娃。"他低声唤道，气息吹进了我的头发。我点点头，他的胳膊抱得更紧了："怎么样？事情怎么样了？"

"咱们走。"我说。

大厅里还留着一半的灯光，但空荡荡的。我们的脚步声有回响，影子拖在身后像燃烧的幽灵。每次我们走过一扇窗口，

逃离诺南德

就要穿过一片月光，然后又踏进黑暗。黑暗、光明，黑暗、光明。

来到楼梯间，灯光没有了。我手摸着栏杆，以防绊倒时能抓住它，不过我没有磕绊。我们一直跑啊跑。赖安有时在我俩身边，有时稍稍在前面一点，有时又在我们身后。等跑到地下室，我们累得气都喘不上来了。

黄色的应急灯照得地下室就像是一个危险地带。我们不禁放慢了脚步。除了一阵微弱的嗡嗡声以外，一切都是默然的，静止的。静默让我们的呼吸声、衣服的窸窣声，还有脚步声听起来都很响，我们走过一扇又一扇的门。我向每个窗户里窥探，瞥见手术台、无影灯，戴着橡胶手套的胳膊——这些都是在我俩的噩梦里闪现的东西。可是没有哈莉，也没有医生。不管他们在哪儿，反正不在这一片地下室。

B42，艾迪说，似乎怕我忘了要去的房间号。咱们得去救杰米。

找到他的房间并没花费太多时间。应急灯照着我们和那扇朴素而结实的门。

他们就是在这扇门后面切开了那男孩的脑袋。毫无道理，毫无道理的紧急信号灯。

而他是唯一的幸存者。

输入门禁密码的时候我差点儿失了手。第一次输错了，结果吓得我不敢再试。万一输入的次数是有限的呢？要是我再输错几次弄得警报响起来怎么办？但艾迪对我说，冷静，伊娃。冷静。我深深地吸了口气，又试了一次。绿灯亮了，我如释重负，几乎有些眩晕，但还是迅速地推开了门。

"杰米，"我叫他，"杰米，醒醒。咱们走。"

他惊醒了，大叫起来。我也吓得向后一跳，撞到了赖安身上。他伸手扶住了我的腰，虽然只是很短的一瞬，却扶得稳稳的，可我不得不离开他去靠近杰米。

"嘘，别出声。"我边说边向他伸出手，"是我。你还记得我吗？我前天来过。咱们通过扬声器说过话。"

杰米既不点头也不摇头。他什么也不说，可他的眼睛里似乎闪着光，表明他的神志是清醒的。

"你能起来吗，杰米？"我问，"我们要带你离开这里。咱们离开地下室，好吗？相信我，杰米。"

他点点头，推开身上的毯子，慢慢地把双腿移到床边，努力让自己站了起来，可是有点摇摇晃晃，我正要去搀他的胳膊，赖安却先扶住了他。杰米吃了一惊，赖安冲他点点头，他也回应了一个微笑，只是那笑容在他脸上看起来有些鼻眼歪斜。现在我能更清楚地看看他了——他似乎比我印象中的还要瘦小，一头浓密杂乱的深褐色卷发，灰白色的皮肤，瘦得皮包骨头，头上还有那一道长长的、弯弯曲曲的刀口缝合线。

我们走出去后我关上了身后杰米的房门，就在这时，我们听见一声尖叫。

赖安把杰米推到一旁，说："你们待在这儿别动——"

我已经箭一样从他身边跑了过去。

丽萨又叫了一声，这次她喊的是她哥哥的名字。我冲过拐角，来到大厅。就在前面，我看见一缕灯光。不是黄色的应急灯，而是明亮的荧光灯，就是照亮诺南德各层楼的那种荧光灯。

又转过一个拐角，我来到了一个灯火通明的大厅，所有的东西都亮晃晃的，简直要亮瞎眼了。只有一扇门开着，尖叫声正是从那里发出来的。我冲了进去，赖安紧跟在我后面。

一名保安转过身，伸开双臂想拦住我们。两个护士，都戴着手套，一个手里还拿着注射器。还有一个女孩，一边乱踢乱打，一边嘶声尖叫，不停地尖叫着。

赖安冲了过去。我也跟着他。他一把将保安推到一边，用力很猛，那家伙撞到了墙上。两个护士愣愣地看着，脸色苍白，眼睛瞪得老大。丽萨的眼镜掉在了地上，白色的水钻在灯光下熠熠闪烁。

赖安和我几乎同时冲到护士们身边——他抓住了那个还拉住丽萨不放的护士，拿着注射器的那一个已经吓得向后踉跄了几步。我抓住丽萨的胳膊，我们一起帮她挣脱了护士。

那名保安不知什么时候站了起来，从后面抓住了我的肩膀，我想都没想就使劲踢了他的膝盖一脚，他痛得叫起来。我又给他脸上狠狠地来了一肘，他松手了。血流了出来。血，夹杂着他吃惊的、痛苦的咒骂，一起涌了出来。一个护士企图再次抓住丽萨，只见她手中的注射器寒光一闪，就被赖安一脚踢飞了。他用力踩住针管，一把拔下针头，把它折弯——弯得一塌糊涂，再也修不好了。他跳过去抓起丽萨的眼镜扔给她，她戴上了。现在，我们三个，不，我们六个，站在房子中间，被护士和保安包围着，喘着气。汗珠在苍白的脸上亮晶晶地闪着光。保安把手从鼻子上拿开，鼻血滴滴答答地流进了他的嘴里，我们俩一阵恶心，可是，现在顾不上想这些，我们要战斗，我们要突出重围，夺门而去，然后一路奔逃。

门。只要我们能靠近门口——

有那么一秒钟，只有一秒钟——不，一毫秒——所有的人都呆立不动。这一瞬间仿佛是拍下了一张充满恐惧、汗水和鲜血的快照。

然后，警报响了。

它分散了所有人的注意力——除了我。

我已经抓起丽萨的手腕，与赖安对视了一眼，然后我们闪电般奔到门口。护士和保安这才回过神来，可是已经晚了。房间不大，我们几下就搡开护士，躲过保安，跑到门外大口喘着气。我有点晕头转向，但还是使劲关上了门，在赖安和丽萨的帮助下，我死死抓住门，没让里面的保安和护士拉开它，然后，我输入密码，彻底将门锁上了。

警报哇啦哇啦地一直响着，和我们第一天到这儿时听见的一样，也和那次试探我俩时他们放的假警报声一样，当时正是这声音把我从床上惊醒，诱我出现。现在，它在整个医院回响着。

我有种感觉，这一次不是什么测试。这次是真的。一定是哪里出事了。大事。丽萨房子里的那三个人没有和其他人接触，不可能是他们告发的。那么，肯定是其他孩子和莱安纳医生那边出了问题。他们恐怕遇到了麻烦。

保安还在使劲砸那扇厚厚的门，他的声音从里面透出来，听上去闷乎乎的，再加上尖厉的警报声，几乎很难听到。赖安抓着我俩的胳膊，丽萨紧紧握着我俩那只受伤的手，指甲掐进了我俩缠着绷带的手心里。但这疼痛倒让我清醒了，让我能思考，能够灵光闪现。

"快来。"我拉起身后的他们两个，"咱们赶快过去带上杰米上楼。快。"

杰米一看到我们就踉跄着向我们走来。他穿着睡衣，就像个躲在墙角的幽灵，深褐色的头发和白色的睡衣对比鲜明，十分醒目。丽萨抓起他的胳膊，把他拉到我们身后。可他绊倒了——他绊了一跤，摔倒在地哭了起来，我们不得不停下。

这时已经能听见人声了。奔忙的脚步声和杂乱的说话声，正从我们逃离的方向一路追过来。

可杰米的行走速度只能这样慢吞吞的，即使是丽萨和我在两边扶着他——几乎是半抬着他也还很慢。赖安跑到后面给我们搭了把手，我们三人缓慢地——慢得让人揪心——帮着杰米走到了黑魆魆的、令人窒息的楼梯口。

警报。我们蹒跚而行的时候艾迪突然想起来，赖安还得去拆除警报呢。

别再管什么警报了。他们已经知道出事了。

警报一直可怕地尖叫着，我觉得心脏都要爆裂了，它响彻整个楼道，盖过了我们的脚步声。还剩下一层楼了。

丽萨慢慢推开通到一楼的门，我们都看着昏暗的大厅。旁边只有一个厅能通到别的地方，侧门应该就在那个厅的某个角落里，不会太远的。而且，大厅里现在仍然阒寂无人，仍然是安全的……

我松开了杰米。

赖安赶到我身边："怎么——"

"我要去楼上，"我说，"我要确保其他人也都逃出去。"

丽萨张大了嘴："伊娃，你疯了。"

伊娃。艾迪说道，伊娃，咱们要把他们带到侧门那里。

我想咽一下口水，可喉头干得要命："他们那边有点不对劲儿。我得去看一下。凯蒂，卡尔，还有别的小孩……他们——"

"伊娃——"赖安想叫住我。

"侧门，"我说，"穿过大厅。一直走，找到侧门——不会太远的。告诉杰克逊我回头就去那里和你们会合。"

"不！"丽萨的眼里闪着泪花。她的头发经过地下室的那番打斗已经乱得没了形，脸颊上也有刮破的伤痕。她试图再次抓住我的手，可我把她往前一推。

"你赶快走，丽萨。你还得赶在他们追来之前把杰米带到侧门呢。他走不快。你们现在就走。"

她还在犹豫不决，还在摇头，还在看着她哥哥。

"走啊，"他说，"拜托，丽萨，赶快走。我们随后就到。"

丽萨又踌躇了一会儿，然后终于点了点头。我目送着她紧抓着杰米的手，走进黑魆魆的大厅，消失在阴影中。

"我走了。"我对赖安说。要不是我那么笨，丢了螺丝刀，事情就不会是这样。大家这会儿可能都已经坐在彼得的货车里，渐行渐远，逃到了安全的地方。这场混乱，这些麻烦，都是我的错。"我必须去。别拦着我，赖安。"

"那我和你一起去。"他说着，向我伸出了手。

我握住了他的手。我们一起向楼上跑去，刚刚推开三楼的门，灯就都亮了——光芒万丈。

他们知道我们在这儿。艾迪说道，他们知道我们在干什么，伊娃。伊娃——咱们得赶紧跑。

我摇摇头，不，不。咱们不能跑。

"伊娃，"赖安说，"灯全都亮了，说明他们正在搜查所有的大厅。如果其他人还没有从侧门逃出去的话，那咱们也不可能偷偷带着他们从保安身边溜掉。"

我弯下腰，腾出一只手从短袜里摸出藏在里面的那把钥匙。手上的绷带让我的速度慢下来，但我还是摸出来了。我把莱安纳医生给我的这把钥匙连同杰克逊的那张地图一起塞进赖安手里，说："那就关掉所有的灯，全部关掉。维修室在顶楼。那里有个门，你——"

"我去关掉所有的灯。"他毫不犹豫。

我们俩站在空荡荡的楼道里，远处的警报还在响着。突然，他笑起来，一边摇着头："上帝啊，伊娃。你是不是把所有的东西都藏在你的短袜里啊？"

我不知道该哭还是该笑。或许我有点悲喜交加，百味杂陈吧，于是，我既没哭也没笑，只是把他推到前面的楼梯口，微笑着对他说："咱们一会儿见，好吗？完了就下楼去。我在侧门那里等你。"

他点点头，也露出一个笑容。

警报突然停了。

我俩的笑容都消失了。怎么回事？

"行动吧。"我说。

赖安向楼上跑去。我深吸一口气，然后推开了三楼的大门。

33

这里是一片诡异的寂静。警报的声音还回荡在我的耳边，我甚至有点想念它，因为最起码，它还可以在我们匆匆穿过走廊的时候掩盖我俩的脚步声，还有我俩的呼吸声。我们穿过大厅，来到亮着灯的地方，感觉好像赤身裸体暴露在了灯光下。

我尽量快速安静地走着，可我俩那双上学穿的漆皮鞋实在不适合潜行。它们在地板上发出轻轻的咔嗒声。最后，我干脆脱下鞋子拎在手里。

也许，如果我不这样做，一切都会是另一种情况。

艾迪和我接近了大厅的尽头，这时，我们看见了她——身穿诺南德蓝色制服的小仙女凯蒂。科尼温特正抓着她的胳膊。

他们俩谁都没发现我们。

艾迪后背抵着墙，靠近了一辆被丢弃的手推车，一边看着墙角周围。科尼温特离我们只有三四英尺远，但他背对着我们。

"其他人在哪儿?"他边问边使劲摇晃着凯蒂，她闭上了眼睛，"你要是还想回家，凯蒂，你就告诉我。"

我使劲想挣脱艾迪冲过去。

等等。她喝住了我。

"我不知道,"凯蒂说道,"他们和莱安纳医生还有保安在一起吧。布丽姬特——布丽姬特不想走,护士来了,她叫来了保安——"

科尼温特又抓住她摇着,厉声呵斥她闭嘴:"我说的不是他们,凯蒂。戴文和艾迪在哪儿?"

我们身旁的那辆手推车里有一个金属平底托盘,就是莱安纳医生和温德尔医生用来盛放医疗器械的那种盘子。艾迪慢慢地弯下腰,把我俩的鞋子放在地上,然后双手抓起了那只托盘。

"我发誓,"凯蒂说道,"我真的不知道。我——"

我一秒钟都不能再忍了。

我转过墙角,狠狠地把托盘砸向科尼温特的后背。他吼了一声。凯蒂尖叫起来,她的眼睛睁得很大,脸色灰白,但她没有吓呆。她一扭身挣脱出来,跑到我俩身边。我抓住她,把她拉到我俩身后,一点点向后倒退。科尼温特站稳后转过身来,脖子上青筋暴起,十分吓人。

他的眼神像冰一样冷,脸上僵硬冷酷,没有了往日的那种圆滑、光润,倒像是浑身长角,满身是刺。

可是当他开口说话的时候,他的声音却还是那样滑腻腻的。

"艾迪,是你啊。"他笑着,慢慢地掏出口袋里的步话机,低声说道,"三楼,东侧。马上过来。"

我俩的心狂跳起来。

眼下的情形成了一个僵局。凯蒂站在我俩身后,我们和科尼温特之间足有三四码远的距离。如果他向前扑过来,我还来得及向后跳着躲开,那样他就会摔倒,我就有机可乘。要是我们和凯蒂转身逃跑，就很容易受到他从背后的攻击。

僵局。

"我们要走了。"我说道，喉咙干得厉害，这几个字几乎是硬从嗓子眼里挤出来的。我小心地向后退了一步，说："我们要走了，科尼温特先生。"

他对着步话机吼了起来："你们没听见我说话吗？我让你们马上过来。"然后，他又对着我们说：

"艾迪——"

"我不是艾迪，"我说着，不再向后退了，"我是伊娃。"

我的名字从喉咙里脱口而出，美妙而又清晰。

"别这么荒唐。"科尼温特说道。

我笑起来："荒唐？"

"你病了，"他说，"你是个有破坏性的、患病的孩子，你不明白——"

"我没病。"他还想说什么，被我打断了，"我没病，我也没有出问题。我不需要被矫正、治疗，或者你说的什么。"我长长地、深深地吸了口气，似乎我是这大厅里唯一还在呼吸的人。

"艾迪。"科尼温特的嗓门提高了，滑腻腻的腔调也没有了。

"我不是艾迪。"我大喊道。

灯熄灭了。

我冲向前，抓起金属托盘使劲向科尼温特的头上砸去，我用的力气那样大，震得我俩的骨头都隐隐作痛。

伊娃。艾迪惊叫起来。

我转身就跑。他没有喊叫。我把科尼温特打倒了，他竟然没有叫。这时——

应急灯亮了，将一切笼罩在土黄色的灯光下，就像在地下室一样。

科尼温特蜷缩着倒在地上。就像一个布偶。一个破破烂烂的布偶。

哦，上帝。

哦，上帝。

我扔下托盘。它摔到地上，哐啷啷地响着，响个不停，响彻了整个大厅。

哦，上帝。

一双冰凉的小手伸进了我俩手中。凯蒂。她把我俩从那蜷缩着的身体旁边拉开了。一步，两步，三步。我们必须离开。我们要走。彼得还在等着我们。

我几乎要把凯蒂的手捏碎了，可她一声也没有抱怨。我们朝着来的方向往回跑，楼梯在那边。

赖安在楼梯口和我们相遇了，差点儿互相撞上。"找到他们了吗？他们在那里吗，还是已经出去了？"

这时他看见了凯蒂。她似乎勉强让自己硬撑着。她的头发贴在脸上，有些飘进了嘴里。她紧紧地抓着我的手。我们能感觉到她在发抖。

她摇摇头："布丽姬特——布丽姬特不想走……"她的声音哽住了，但她努力让自己平静下来。"我们碰上了一个护士，莱安纳医生说她要带我们去某个地方，可布丽姬特说她撒谎。她说她怀疑有什么事，而且——"我俩的手被她握得好痛，她用了多大的劲儿啊，"大家都跑了，可那个护士叫了保安，她拉响了警报。我和卡尔在一起，可他被抓住了——来了那么多人。我藏起来，一直等到他们都走了。"她急促地喘了口气，说，"我想从这儿出去，艾迪。我——"

"你会的。"我说，"你会出去的。很快。"

我看着赖安，心里想着卡尔和其他小孩，甚至也包括布丽姬特，可我从赖安脸上看出来，我们已经没有时间了，如果我们还想把凯蒂和妮娜送出去的话。

"下一次，"他柔声说道，"咱们会找到他们的，伊娃。他们所有的人。"

可现在，我们必须赶紧离开。

赖安刚才也切断了大厅里所有灯的电源，但应急灯仍然亮着，保安的手电筒也在空中射出一道道纵横交错的光束。他们互相高喊着："这里没人，这边也没发现情况——"

我们蹲伏在楼梯口，隐藏在昏暗当中，看着那边混乱的景象，一边盼望着，祈祷着，但愿丽萨和杰米已经安全地逃了出去，上了杰克逊应许我们的那辆货车。

赖安拍拍我俩的肩头，把我们从思绪中拉了回来。我数到三，他不出声地说了一句。我们看懂了他的口型。我握紧了凯蒂的手。

一。

二。

三。

我们一起行动了，就在我们马上就要穿过大厅时，一个保安在我们身后大喊起来。我们没有放慢脚步。我越发握紧了凯蒂的手。

我们跑起来，笔直地向前飞奔。死路，左转。到了。到了——在长长的大厅尽头，出口指示牌亮着，发出红色的光。保安还在大声喊着，让我们站住，马上站住——

杰克逊。杰克逊突然出现在外面昏暗的夜色中，身后还跟着一个人。他伸出手来接应我们，示意我们再快一点。那人一把抱起了凯蒂。我们跑出来，来到了月光下。丽萨张开双臂和我俩相互搀扶着，我们跌跌撞撞地爬进了货车，我差点把她撞倒，压在她身上，杰米和赖安紧跟在我们后面钻了进来，杰克逊砰的一声关上门，钻进了副驾驶座。

车驶了出去，轮胎摩擦着地面发出尖厉的响声，这时，保安从里面奔出来，冲进了停车场。

294

逃离诺南德

34

一切都发生得太快了。

我们一路驱车飞奔，来到机场，准备登机。身份证上有我们的照片，但名字都不是我们的。所有这一切都在昏昏然的光影和马达的嘈杂声中过去了，等我们清醒过来，已经坐在了飞机上，杰米在我俩旁边的座位上低声自言自语着。

凯蒂透过飞机上的小窗看着外面，她的手压在窗户上。丽萨睡着了。戴文——他现在是戴文——低头看着自己的手，后来也睡过去了。

这是我们第二次坐飞机，感觉怪怪的。我们一点也不兴奋，只有疲倦。

在到达机场之前，我们在一间很小的汽车旅馆的房间里换了衣服，脱下诺南德的蓝色制服，穿上一身不太合身但勉强过得去的衣服，梳了头发，洗了脸，然后在镜子里看着自己，看着我们那双空洞下陷的眼睛。

那个男人，后来我们得知，他就是彼得。他比杰克逊高——也更强壮些——从他的脸上、灰褐色的头发中，我们都可以看出莱安纳医生的一些影子。他冲我们笑笑，可我俩太累了，虽然也努力想回应他一个笑容，却觉得力不从心。是他，在我俩咬着嘴唇忍着痛的时候给我们拆下头上的绷带，换上了一块小小的创可贴。腿上的绷带好办，长裤就可以遮挡，手上的也可以用过长的衣袖遮挡。杰米戴上了一顶旧的棒球帽，用来遮掩他的刀口——颅骨上的缝合线。可丽萨脸颊上的伤口和我俩额头上的青紫，还有那块创可贴，就没办法了，只好让头发披散下来挡着脸，尽可能遮住一些吧。

彼得和杰克逊跟我们一起上了飞机，但是坐在和我们隔开几排的后面。还有一个人，他坐的是另一架航班。他也开了一辆黑色的货车，空的，原本计划是要拉其他孩子的。我们没能救出来的那些孩子。

我们在海边的一座城市降落了。一切就像一场喧嚣拥挤的梦。我们没有行李。也没有人在机场迎接我们。我们进了一辆很大的货车，整个旅程大家都很沉默，星星冰冷，尖厉，划破了一块块黑色的云层。

拂晓之后不久，我们来到一座公寓前。两个女人等在路边，一个二十五六岁，另一个和我妈妈的年纪差不多。她们有说有笑，直到我们的车停了下来。

彼得和杰克逊从车里钻了出来。杰米靠在车窗上，还在对着自己嘀咕，他的双手扭在一起，放在大腿上。戴文坐在他旁边，一声不吭。我很渴望见到赖安，他会对我微笑，不会把他自己封闭起来，和我们其他人拉开距离。可那不是赖安，我只好看向别处，尽力让自己去关注窗外的世界。

路上很空旷。街上笼罩着一层粉色和淡黄色的柔和的薄雾，一会儿让街道变得明亮起来，一会儿又让街道显得雾蒙蒙的。我的目光流连在那幢公寓上，那是一栋高楼，红砖墙上伸出一条巨大的钢架消防通道，盘旋在楼的一侧。彼得、杰克逊，还有那两个女人在街灯的影子下面低声地说着什么。

突然，我意识到他们在商量什么了。

"不！"我推开了车门。丽萨从茫然中猛然惊醒。彼得的最后一句话话音刚落。

"不，"我又说了一遍，"你们不能把我们分开。"

沉默好像一个膨胀起来的气泡，圆圆的，牢牢地罩住了我们。

年轻一点的女人冲我们露出了一个踌躇的笑容。她的头发是卡布奇诺蛋糕的颜色，打着卷儿，像一团蒸汽一样围绕着她的脸庞。我们几个小孩在一起很容易令人生疑，她说，不过，她又承诺，我们会离得很近。

可我们不肯。

最后，他们让步了，我们五个小孩都挤进了彼得的小住所。这里只有两间卧室，因此，我们男孩女孩各用一间。彼得把还没有完全醒来的凯蒂抱上楼，进了房间，将她放在床上。杰克逊到里屋去找有没有多余的毯子和枕头，好让丽萨和我在地板上临时搭个铺。没有人换衣服。除了蓝制服以外没什么可换的，谁都不愿再碰一碰那东西。再说，我们也太累了，都横七竖八、手歪腿斜地瘫在那里。

过了好久，我们才从噩梦中醒来。梦境里，卡尔躺在手术台上，手术刀划过他的脸，留下一道血淋淋的印痕。醒来后我好不容易才让艾迪安静下来，不再大声尖叫。丽萨在我俩身旁发出呓语，但没有醒来。

我慢慢躺下，手摸到枕头下面，掏出了我们的芯片。在诺南德的几个晚上，我们已经习惯了睡觉时把它放在枕头底下。

跳动着的柔和的红光令人安心。我俩的心跳慢下来，直到节奏变得一样，起伏同步

这时，红光突然加速闪动起来。

我掀开身上的毯子坐了起来，然后才意识到我竟然能做这一切。现在我行动起来比以前容易多了，不再像过去那样每一个动作都充满痛苦艰辛。或许，以前正是乐复康的副作用使一切变得那样困难。

我小心地从丽萨身上跨过去，冲向门口。艾迪保持着安静沉默。

赖安在过道里等着我们，等着我。

"伊娃。"他唤道。我的双臂已经抱住了他的脖子，头靠在他的肩上。

"你还好吗？"我问。

他笑起来："我正要问你呢。"

"我很好。"因为靠在他的肩头，我的声音听起来闷闷的。我们一起坐下来，彼此都没有松手，他背靠在墙上，没有说话。最后，我松开了手，稍稍向后靠了靠，这样我才能看着他的脸。

"怎么了？"他先是神情严肃地问着，然后看我开始笑起来，他也摸不着头脑地笑了，一边问我，"什么事这么好笑？"

"我知道是你。"我说着，笑得越来越厉害，这种境况下还能大笑，真是太荒唐了。我笑得有几分伤心，可不笑憋着更难受。赖安本来还想让我悄声，可他也笑了起来。我俩笑得一发而不可收，气都上不来了，一边尽量憋着，一边各自捂住嘴巴，直到终于平静下来。"这里黑乎乎的，赖安。我几乎看不清你的脸。可我知道是你。"

他笑了。即使在黑暗中，我也能感觉到。他的双手依然放在我肩头，我俩的脸挨得很近。

"你也知道是我。"我说。他点点头。"你怎么知道是我？"我一语出口，突然觉得很害羞，突然意识到我们俩挨得有多近，突然意识到我其实是坐在他的腿上，我还从来没有和任何人这样近距离地接触过呢。一种阴沉的、不安的感觉向我袭来，我浑身僵硬，目光也从他脸上移开了。可这不安并非来自我。它不属于我。我使劲想把它推到一旁。

"伊娃？"赖安叫着我的名字。他的手从我的胳膊上滑下来，握住了我的手腕。"伊娃？"他更加温柔地叫了一声，慢慢向我靠过来，想要看着我的眼睛。我忘却了一切。

时间仿佛顿住了。无法用言语解释。然后他的嘴唇就压住了我的双唇，柔软而又热烈。这只是一眨眼的工夫。心跳的一瞬间。他放开了我，什么也没说。我抓住他的胳膊。这一次，我吻了他。我的头轻飘飘的，要不是我们已经坐在地上，我一定要晕倒了。

可是，我身体里突然有什么东西扭动起来。向后退缩着，迅猛而坚决。有什么东西在喷薄而出，我还没反应过来，身子却已经躲向一边，大口地喘着气——艾迪。艾迪。艾迪——

她没说什么，可我听见她在哭，我开始发抖了，我走开了，赖安也没有试图拦住我，只是看着我，我想他明白是怎么回事。他没有起身，但就在我转身离去的一刹那，他拍了拍我的手。那一瞬间，只有我，只有他，世间再没有别人。

可是只有那一瞬间。因为我永远不可能是独自一人，他也一样。我躲进卫生间。我已经能感觉到我的控制力随着艾迪的感情变得越来越强而逐渐在溜走。关上门的那一刻，我们俩都哭了。

对不起。艾迪说道，我很抱歉。真的抱歉。我试着——

没关系。我说。我还能说什么呢？她是艾迪。她是我的另一半。她比任何人都重要。

我只是没有想到。她双手蒙住脸，想捂住泪水。从来都没想过——

从没想过她不得不看着，感受着，去亲吻一个她不想亲吻的人。这早就是我私下里担心和害怕的事了。我的负担。

我不知道该说什么。

等我们大着胆子回到过道时，赖安已经不在那里了。

日子一天天过去了，一天，两天，一周。彼得很少回家，回来时总是带着他的朋友——蛋糕色头发的年轻女子，年纪大一点的戴着角质镜框的女人，一个褐色皮肤的男子，一个姿势很像芭蕾舞演员的女孩。还有杰克逊，他每次来的时候都笑嘻嘻地看着艾迪和我。他们聚在餐桌旁，语气激烈地谈话，常常一说就是几小时。有一次，我俩去厨房的时候，听见别的人问他我们怎样了。

"他们正在康复。"彼得答道。

康复？

我想是这样的。

赖安和我并没有互相回避。事实上，我们俩都隐身了。我对艾迪说，我太累，没力气去控制我们的身体。而每次我们看着那个黑色卷发、眼睛更黑的男孩，或者和他说话，甚至从他身边走过时，我都知道他是戴文，不是赖安。他和艾迪不怎么说话。如果哈莉或丽萨注意到了，她们也不说什么。她俩比以前安静了，大部分时间都独自待着，要么就和杰米在一起。但随着时间过去，她们重新有了笑容，起初只有一点点，然后就越来越多了。

冰箱里总是有食物：牛奶、鸡蛋、苹果等等。我们在食物储藏室找到了花生酱和面包，于是，有一段时间我们就靠三明治过活。谁也没有抱怨。杰米的战栗一直没有彻底消失，但他会笑嘻嘻地帮我们做午饭。有一次他正在舔刀上的花生酱，被我们抓了个正着，他开心地大笑起来。有时候我们发现他还在自言自语，把一些破碎的句子混杂在一起，似乎还想把失去的那个与他双生的灵魂拼凑起来。但平时，他总是很爽朗欢快。我终于明白了，他是多么让莱安纳医生牵肠挂肚，这是诺南德的其他病人比不了的。

有一天，门铃响了，不是蛋糕色头发的年轻女人，也不是褐色皮肤的男子，而是一个疲惫的女人，浅褐色头发松散地扎成马尾，拎着一只箱子，脚上是一双看起来很不舒服的鞋子。

她和彼得互相看了一会儿。他们的脸是如此的相似，却又如此的不同，相似和不同都在一瞬间闪现。然后，她的目光转向了我们。我俩和哈莉正坐在餐桌旁吃早餐，其他人还没有醒来。

莱安纳医生提着箱子走进来，刚迈过门槛就歇了下来。她的嘴唇有些颤抖，但她马上让自己平静下来。她没说话，似乎担心有人会发话，有人会说，她不能再往里走了，她得离开这里。但是彼得给她让开了路，他的唇边掠过一丝微笑。

艾迪和我坐在消防通道上。过去的十几天里，我们俩越来越喜欢在这里打发时间。我们还没得到能出去的许可，因此，来这里是唯一能够不离开公寓大楼就直接晒到太阳的办法。这会儿太阳已经快落山了，所以我们不会被晒焦，但空气还是热烘烘的。住在城里的时候，我们常常在消防通道上消磨时光，那里比这儿冷一些，街道也更繁忙嘈杂，但不管在哪里，消防通道总能给人一种平静、自由的感觉。我们不许莱尔跟着，声称那里是我们的地盘。每次他气呼呼地大闹时，老爸总是站在我们这一边。或许，他理解，我们俩需要一个自己的空间，或许，他想让莱尔不要离我俩太近，也可能，他觉得消防通道对一个小男孩来说太危险了——我不知道到底是什么原因。可现在，我宁愿舍弃一切去换我的小弟，让他来这儿，听他用不肯放弃的执着不时地叫我俩看这个看那个。

我愿意放弃一切，只要我能知道，妈妈正站在窗口，不时地查看着，确保我俩不会莫名其妙地伤到自己。我愿意放弃一切，如果今晚能见到老爸，我们的家人会带我们回去，一起逃到某个安全的地方。只是，无论什么时候，赖安都得和我在一起。赖安和他们全家，还有各个医院的所有的双生人孩子。

我们身后的窗户开了，合页像往常一样发出刺耳的声音，好像在悲泣：该给我上点油了。

"大家叫你去吃饭。"莱安纳医生说道。我点点头。

她在窗边徘徊了一会儿，看着外面红色的天空，就像我俩刚才那样。我自己都没有意识到，就脱口而出问了一句："你还没有来过这里吧？"

她踌躇了一下，然后就从窗户里钻出来，也站在消防通道上。她的鞋跟让她站立不稳，摇摇晃晃的，我偷偷地笑了。

"很美吧。"我说着，转身看着下面熙熙攘攘的街道，汽车驶过，排出阵阵尾气，人们往来穿行。艾迪偏爱风景画，但也许有一天，她会迁就我，画一画底下的这一番景象。以后不必再刻意隐瞒她的绘画天才了。

我们沉默了很久。最后，我说："医院里是什么情况？"

莱安纳医生靠在我们身边的栏杆上，她的头发松散地披在肩头，将她脸上冷峻的线条遮挡了一些。"其实也没什么特别的，"她说，"孩子们都走了。"

"走了？"我瞪大眼睛看着她，"去哪儿了？"

"研究所。"

我看向别处："科尼温特呢？温德尔医生呢？他们怎么样了？"

有时候，艾迪和我的噩梦里没有手术刀、皱皱巴巴血迹斑斑的防水纸，这时候，我们就会梦到科尼温特一动不动地躺在地板上。

莱安纳医生的嘴唇抿得紧紧的。"我不知道。手术在技术上完全是合法的。没有父母的同意，他们绝不会动手。可是——"她说的时候我俩的嘴巴张得很大，"可是谁都知道，如果消息传了出去，就会引起强烈反对，不管合不合法。就评审团——也就是政府——而言，诺南德医院是个彻底的失败。"她苦笑了一声。

那就是说，科尼温特还好。艾迪说道，如果他不在了她会说的。如果他……

如果他死了。我们担心的就是这个，这种担心让我们四肢发软，总是害怕我们打他时用力过猛，或者刚好打到致命的部位，害怕我们把他打死了。

"他们都忙着各自脱身，摆脱干系。"莱安纳医生说，"但一切都会被掩盖的，都会被抹去。几年之后，一切都会像从没发生过一样。"

我尖声大笑，吓得莱安纳医生往后缩了缩。"除了杰米、萨莉，还有其他死去的孩子。他们永远不会被抹去。还有那些没有逃出来的孩子。他们还被关着，还在危险当中。"我闭起眼睛，抓紧铁栏。过了一会儿，我说："事情本来可以是另一番样子的。"

"你看见我在科尼温特先生的桌子旁边。"莱安纳医生依然注视着残阳如血的天空，"他发现的那把螺丝刀是你的，对吗？"

我不作声。

"谢谢你，"她说，"谢谢你引开他的注意力。"

"那是卡尔，"我说，"不是我。"楼下，几个少年成群结伙地闲逛着，离得太远，看不清他们的脸。但我能看得出他们走路时那副吊儿郎当的样子。我转身问莱安纳医生："那东西很重要吗？"

她沉默了一会儿。"它让我明白了，彼得没有说谎。"她看着我俩，"艾迪，那张纸——"

"伊娃。"我说。

她愣了一秒钟，但马上说道："伊娃。那张纸上有密码，每个密码代表一个国家。来自不同地方的药物是根据地区编的密码。当然，你得有特殊的渠道才能知道密码里的每个数字代表的是什么，可是——"

"可是什么？"我问。

"那个盒子里的药品是来自国外的，伊娃。"她说，"我觉得那不仅仅是药品。他们计划得到我们的机器、我们生产设备的技术等等，我们也成了计划当中的一部分。"

我不得不紧紧抓住栏杆，因为我俩的膝盖软了。

疫苗。那些疫苗也是从外国运来的吗？从一些双生人的国家？

如果他们是双生人，为什么还要帮助我们的政府清除我们呢？

"如果就是他们给我们供应的疫苗，那么政府告诉我们的关于这个世界上其他国家的事怎么可能全都是真的呢？"莱安纳医生说道，"伊娃，他们比咱们富有、强大，这是真的。至少，他们当中的某些国家是这样。"

我们最早的记忆中，有一些是关于战争的电影片段：炸弹从空中降落，城市在火焰中燃烧。直到小学一二年级，他们都一直大言不惭地给我们讲述国外发生的战争、破坏和死亡。双生人的国家被混乱和无休止的战争困扰着，他们总是处于备战状态，别人稍有冒犯便蓄势待发。据推测，美洲国家停止了交易——切断了所有的交通往来——其实是从入侵以后就这样做了。我们受到的教育是，和他们没什么可交易的，他们的一切甚至都不值得我们一看。

欧洲，亚洲，非洲，大洋洲，所有的双生人，都被毁灭了，都烧掉了。

"都是谎言。"莱安纳医生的声音那样小，我不知道她是在对我们说还是在对自己说，"他们说的所有的事，任何事，都有可能……"她沉默了，双手撑起身子离开了栏杆，然后，可能是害怕自己再摇摇晃晃吧，她脱下高跟鞋，回到窗口边去了，留下我们俩靠在消防通道的边沿，陷入深深的震惊当中，我们真希望自己此刻是站在坚实的地上。

我突然想起贝斯米尔的那个人。那个双生人，他站在愤怒的人群当中，被指控放水淹了历史博物馆。那个从某个角度看去有点像我舅舅的人。

"是那些管道。我们说过多少次要修理那些管道了？"

也许，那根本不是他干的。这有可能。很有可能。

问题的关键是，这不是问题。他或许平生从未踏进博物馆一步，而这也没什么区别。因为我们的政府撒了谎，或者根本不知道他们到底在课堂上宣扬了什么，在教室的黑板上写满了什么，在教科书里又塞满了什么。

"米雪儿。"莱安纳医生说道。

我没必要问她在说什么。答案已经清楚地写在我们的脸上了，我们彼此心知肚明。

"你曾经问我，是否还记得她的名字。"莱安纳医生说。

"就是在地下室的那天晚上。"艾迪说道，"我们摔下来之后。"

"她是个什么样的人？"当时我们俩曾低声问她，"你的另一个灵魂，你失去了的那个人，你还记得她的名字吗？"

"她叫米雪儿。"她说。她的话很快消散在燠热的、散发着咸味的空气中。

35

　　我们以前从未在海里玩过，从没在跃入海浪的时候尝过咸涩的海水，也从来没有试过沙子在脚下滑动的感受。我向哈莉身上泼水，她回头大声地喊着，笑着。风将她的头发吹拂到脸上。凯蒂和杰米在沙滩上找贝壳，背对着我们。我们谁都没穿泳衣，但是这样也很好。我们还有整整一个漫长的夏天，还有明年夏天，还有后年夏天，大后年夏天。

　　天气越来越热。明媚灼热的阳光，几乎已经融化了诺南德医院的白墙留给我们的冰冷的记忆。我想，莱尔会喜欢这种天气的。但我马上甩掉了这个念头。太伤心。

　　我踏着拍岸的水浪一路走过去，我俩的短裤边沿滴着水，衬衫贴在身上。腿上的伤口已经结痂，咸涩的海水并无大碍，就连手上的旧伤和额头上的伤口也只是在浪花打过来的时候微微有点刺痛罢了。这些地方留下了疤痕，可这是没办法的事。

　　杰克逊和我们一起来了海边，但他站在离水边老远的地方。也许，他不想插进我们这个小群体。但他冲我招了招手。

　　*他总是那副傻笑。*艾迪说道，*就像他永远有笑不完的傻事似的。*

"玩得开心吗?"我哗哗地踩着水走近杰克逊的时候,他问了一声。大海的深蓝色仿佛将他眼里的蓝色冲淡了一些,他的眼睛似乎变成了透明的。我笑了笑,看向了别处。他不是我渴望看到的那个男孩。

阳光让我眯起了眼睛,但我很容易找到了赖安。他站在水边,离哈莉和我站的地方十几码远。他还穿着鞋。风把他的头发吹得向后飘,我的笑容先是绽开,然后又渐渐消失了。

"怎么啦?"杰克逊问道。

"什么?"我说,"没怎么。"

"要是真的没什么,一个小姑娘可不会是这个样子哦。"他笑道,"他不知道你喜欢他吗?"

我脸红了,不好意思转过去面对着他:"你怎么知道我喜欢他?"

杰克逊又笑起来。

"好吧,他知道。"我说。我甚至不必全神贯注就能回忆起过道里的那个吻,还有他嘴唇的温度和他紧紧拥抱着我的双手。那黑暗中匆匆的一吻,其光芒足以胜过这海滩上所有的阳光。

"他不喜欢你吗?"杰克逊怀疑地问道。

赖安背对着我们。他看了一眼他妹妹,然后转身面对着大海,面对着那一片广袤、开阔、波光粼粼的水面。

"嗯,不是那么回事。"我说。艾迪有些躁动不安,但没有说话。我也不想说什么,因为不管我怎么说,听起来都会像是在怨她。可我不怨她。只是,事情本来就是那样。

"那不仅仅是我们两个人的事,不是吗?"我不再看着赖安,而是转身看着杰克逊的眼睛。他太高了,我只好仰起头看着他，"艾迪……"

杰克逊笑得不那么起劲了："可艾迪不一定非得在那儿。"

"她当然在。"我皱起了眉头，"这就是问题的关键。我们是双生人，从来都不会单居独处。我们——"

"你从来没有消失过然后再回来吗？"

我瞪大眼睛看着他。

阳光火辣辣地直射着我们，火热火热。

"从来没有吗？"他静静地问道，"你从来没有让自己睡着，留下艾迪独自一人吗？"

我们十三岁的那年夏天。我溜走了几小时。没有做什么治疗。没有用药。只是我自己想消失了。

"可是——"我说。

"那需要练习。"杰克逊说，他的眼神这一刻显得很温柔，"大量地练习，如果你真的想认认真真把它当回事的话。不过，那很正常，伊娃。谁都一样。我想你知道。"

我们怎么会知道？谁能告诉我们什么是正常，什么又是不正常？我一生都在拼尽全力去把握，生怕放手就会失去。

哈莉叫凯蒂和杰米下水去玩，两个小家伙扔下贝壳，连鞋都没脱就乖乖地去了，哈莉开心地笑起来。

伊娃？艾迪叫我。

我们不必现在就说这件事。我说，拜托，咱们先不说了好吗？

这件事对现在、今天、这一刻而言都太过沉重。杰克逊一定也明白我的心思，因为他没再说什么，只是对我笑了笑，我也笑了笑，转身从他身边走开了。

赖安仍然站在水边。

我小心翼翼地走近他，害怕我还没过去，他就变成了戴文。但他没变，他看着我。

"嗨。"我走到离他几英尺远的地方时，他打了声招呼。

"嗨。"我走近几步，脚趾陷进了沙子里。

赖安也走近了我。水拍打着他的鞋子和我赤裸的双脚。

"你最近一直在和彼得谈话。"

"是的。我开始加入彼得和他朋友们的聚会，听他们讲在这个国家身为双生人意味着什么，自由和斗争又意味着什么。我还问他我们听到的关于海外其他国家的消息是不是真的，他们是否真的正在发展壮大，真的供给我们物资。"

是的，是真的。

其他孩子的面容还会常常出现在我们的梦境中，布丽姬特，卡尔，他们被转到别的医院，别的研究所，被套上别的制服。

但彼得和他的朋友们正是为这些孩子在奔波忙碌，毁掉那些研究所，给所有被从家里诱骗出来的孩子自由。可他们的家庭可能再也不会提及他们。

我们现在就是这样的孩子。

"赖安！"哈莉大声喊着。她笑着冲我们招手："伊娃，你在干什么？过来吧。"

赖安冲我笑笑。我也回应了他一个笑容。他拉起我的手，把我拽入水中，海浪拥着我们，前前后后地漂来漂去。

"你的鞋子——"我笑起来，但他不管。他也大笑着。这一刻，我感到从未有过的轻松快乐。我的身边充满了阳光、空气和云彩。

我闭起双眼，双手紧紧抓住赖安。他握住我的手，引导着我，就像很久以前的那一天，我闭着眼睛躺在他家的沙发上动弹不得的时候——那时的我又害怕又困惑：谁都可以控制我，除了我自己。而此刻，我任凭阳光浸透我的肌肤。

艾迪就在我旁边，她温暖，亲切，她是我们俩这个整体的一半。可我——我是伊娃，伊娃，伊娃，从来都是，永远都是。

致　谢

　　盯着空白的纸页足足有十分钟之后，我想是时候安下心开始写点什么了。可我真是无从下手。把一本书呈现在读者面前，这是一个团队努力的结果，从封面到内容，会有很多人参与其中，献计献策。如果我把他们每一个人的名字 都罗列出来，那恐怕需要好长时间，你也需要耐下性子才能读完。所以，向那些我没能提名致谢的人们致歉。

　　……首先向我的父母表达我无尽的感激，感谢你们对我的爱，在我最需要的时候，总是伴我左右，让我知道我有能力来实现梦想。

　　……艾丽莎和柯思汀是我写作《逃离诺南德》的第一位读者。你们的鼓励驱使我前行，而那时正是我们在为升学考试做准备的期间。我曾开玩笑地和你们说，如果这部小说出版了，你们会在致谢名单中的，嘿，真的，你们就在这儿出现了！

　　……《让文字流动起来》的女士们，你们是最好的、任何人都可以求助的写作密友（也是最棒的朋友）。非常感谢萨凡纳·福利和莎拉·玛斯，你们每人分别审读《逃离诺南德》的草稿不下五遍，特别是有时在一天之内就要阅读大量文字，而且工作中从来都是不厌其烦的。

……还有那些读过这本书初稿的人们，你们字斟句酌地帮助我才有了这本书的出版，谢谢你们的注释和支持。我感激你们每一位。

……我杰出的代理艾曼纽·摩根，如果没有你，我和我的这部杂志（Hybrid Chronicles）会是什么样！我是如此喜欢和你一起共事并期待长久合作。同样感谢惠特尼·李，是你让这部三部曲跨越大洋，出版于世界各地。

……卡里·萨瑟兰，非常棒的编辑，还有柯林斯儿童出版社其他各位，非常感谢你们，感谢你们所做的一切。卡里，你的见解和建议，评价和评论，使《逃离诺南德》成为了一部非常具有故事情节的书。

……最后，还有重要的一点，一位 V.帕特森女士——您也许不记得我了，但我亲切地记起——您是我专业写作的启蒙，您引导一个十二岁的小孩写故事，您没有说我还太小，而是让我相信：我也能，向全世界讲点什么。

图书在版编目（CIP）数据

双生战记之逃离诺南德 /（美）凯特·张（Kat Zhang）著；雨珊 译.-- 北京 ：作家出版社，2017.6

ISBN 978-7-5063-9527-4

Ⅰ．①双… Ⅱ．①凯… ②雨… Ⅲ．①长篇小说 –美国 – 现代 Ⅳ．①I712.45

中国版本图书馆CIP数据核字（2017）第146289号

双生战记之逃离诺南德

作　　者：凯特·张（Kat Zhang）
译　　者：雨　珊
责任编辑：宋辰辰
装帧设计：王一竹
出版发行：作家出版社
社　　址：北京农展馆南里10号　　　邮　　编：100125
电话传真：86–10–65930756（出版发行部）
　　　　　86–10–65004079（总编室）
　　　　　86–10–65015116（邮购部）
E–mail:zuojia@zuojia.net.cn
http://www.haozuojia.com（作家在线）
印　　刷：三河市华业印务有限公司
成品尺寸：142×210
字　　数：221千
印　　张：10.25
版　　次：2017年7月第1版
印　　次：2017年7月第1次印刷
ISBN 978–7–5063–9527–4
定　　价：38.00元